이제
내려가볼까요?

더 높이
오르지 못할까
두려운 날,

수평선 아래에서 만난
진짜 평화

이제
내려가볼까요?

최송현
에세이

은행나무

©이재한

8

9

입수

바다에서 찾은 나스카 지상화

"앞으로의 계획은요?"

방송생활을 시작한 후 인터뷰할 때마다 마지막 순서로 매번 마주한 질문이다. 대부분의 인터뷰는 작품을 잘 마친 후의 소회를 전하거나 새로운 작품에 대한 홍보로 진행하는 경우가 많은데, 작품에 대한 질문은 있는 그대로 나의 이야기를 전하는 일이라 전혀 어렵지 않았다. 그런데 인터뷰 중 큰 비중을 차지하지도 않고 의례적으로 가장 마지막에 그저 등장하는, 그 '앞으로의 계획'에 대한 대답 때문에 인터뷰 자리로 향하는 마음이 편치 않았던 적이 많다.

드라마를 할 때면 다음 날 스케줄표를 기다리느라 밤늦게까지 잠 못 들고 기다리는 날이 많았다. 내일 내가 쉬어야 하는지, 새벽에 나가야 하는지 알 수 없었고 아무런 결정권조차 없었다. 당장 내일의 삶을 알지 못하는 것이 답답하기도 했지만, 작품을 하는 동안은 작품의 구성원이라는 소속감에 그 자체를 즐기기도 했다. 그러나 작품이 끝난 후에는 달랐다. 계약 관계로 묶여 있는 배우와 소속사. 회사로부터 언제 새로운 일거리를 제안받을지 알 수 없었기에 개인적인 장기 프로젝트나 먼 미래의 계획을 세운다는 것이 참 어려웠다. 작품이 끝나갈 때면 배우들은 다음 작품에 대해 이야기했고, 다음 작품이 정해지지 않은 이들은 언제쯤 다시 연기할 수 있을까 초조해했다. 쏟아지는 시나리오 속에서 작품을 고를 수 있는 소수의 배우를 제외하고는 '앞으로의 계획'은 연기자 자신이 정할 수 있는 것이 아니었다.

"계획 없이 사는 게 제 계획입니다."

방송 생활 16년 차, 처음 이렇게 대답했던 날. 나는 비로소 자유로워졌다. 일이 없을까 봐 고민하는 사람처럼 보이지 않으려고 바쁘게 무언가를 준비하는 사람처럼 애쓰던 노력을 덜어낸 그 대답을 좋아해주는 사람들이 있었다. 생각해보니 나에게 가장 큰 상처를 주었던 것은 계획대로 되지 않는다는 실망과 좌절감이었다. 반대로 내 인생을 뒤흔들 정도의 커다란 행복의 시작은 모두 내가 계획한 것이 아니었다. 연기자의 길에 들어선 것도, 스쿠버 다이빙을 시작한 것도, 사랑하는 남편을 만나게 된 것도 모두 선물처럼 갑자기 내 인생에 나타난 사건이었다.

방향을 잃었다고 생각했던 긴 시간이 지나자, 반드시 하나의 방향으로 순서를 정해 사건이 벌어지길 기대했던 마음이 오히려 나를 힘들게 했다는 것을 알게 되었다. 성인이 된 지 20년이 훌쩍 넘어버린 지금에서야 내 인생 순간순간 이곳저곳에서 벌어졌던 일들이 하나의 그림으로 완성되어간다는 기분이 든다. 가던 방향으로 한 발짝 더 나가야 한다고 생각했던 타이밍에 갑자기 다른 방향으로 세 발 물러선 것 같아 괴로웠던 순간도 내 인생 전체를 부감하며 바라보았을 신에게는 다르게 보였으리라. 내 인생이라는 작품을 완성하기 위해서는 그 위치에 꼭 들러 그 사건을 경험하며 스스로 좌표를 찍어야 한다는 것을, 신은 때론 가까운 시일 안에, 어떤 때는 수십 년이 지나서야 알게 했다.

페루의 나스카 지상화는 세계 7대 불가사의 중 하나로 땅 위에 그려진, 지구에서 가장 큰 그림이다. 해발 500미터의 건조한 평원지대에 무려 서울 면적의 절반이 넘는 360제곱킬로미터에 걸쳐 각기 다른 30여 점의 그림이 있다. 100개가 넘는 기하학적 도형을 사용해 범고래, 원숭이, 거미, 개, 인간 등 다양한 모양의 그림을 그려 넣었는데 그림의 제작 방법은 간단하다. 나스카 평원은 하얀 석회질 토양 위로 검은 자갈이 얇게 덮여 있는데, 이 돌을 약 20~30센티미터 깊이로 긁어내 안쪽의 밝은색 흙을 드러내고 걷어낸 돌은 옆에 둑처럼 쌓는 단순한 방식으로 그림을 그린 것이다. 이 그림들은 비가 거의 내리지 않는 사막성 건조기후 덕분에 수천 년 동안 유지될 수 있었고 워낙 규모가 큰 탓에 공중에서만 관측할 수 있어서 1930년대에 우연히 이 지역을 비행하던 파일럿에게 처음 발견되었다.

인간의 눈으로 지상을 걸어가며 본다면 그저 끝도 없는 자갈과 흙뿐일 텐데, 기원전 나스카 문명의 사람들은 어떻게 그 거대한 그림을 그려낼 수 있었을까. 정말 우주인이 나타나 지휘 감독이라도 했던 것일까. 만약 정말 누군가가 공중에서 지휘했다면 땅 위의 사람은 자신이 만들어가는 선이 어떤 그림이 될지, 이 그림이 완성되기는 할지 알 수 있었을까?

마음이 많이 어지럽던 2012년 어느 날, 나는 갑자기 계획에 없던 스쿠버 다이빙을 시작하게 되었고, 내가 왜 이렇게 이 스포츠에 집착하는지 자문하는 날이 많을 정도로 깊게 빠져들었다. 다이빙을 하며 희로애락을 겪었고, 4년 전 바닷속에서 만난 사람과 사랑에 빠져 그 이듬해 결혼했다. 다이빙 강사가 되고, 유튜브에 스쿠버 다이빙 전문 채널을 만들어가는 일은 연예계 활동과는 달리 내 계획과 통제 안에서 이루어지는 경우가 훨씬 많았다. 하지만 그렇다고 늘 앞으로 나아가기만 했던 것은 아니었다. 스쿠버 다이빙 13년 차인 지금에서야 이 글을 써 내려가며 무엇이 왜 그렇게 좋았는지, 왜 그렇게 바다에 안기면 눈물이 났는지, 마치 나스카 지상화를 하늘에서 내려다보듯이 비로소 모든 더 많은 것들을 명확히 볼 수 있게 되었다.

모든 이의 인생에는 나스카 지상화가 있다. 아직 비행기를 타고 그림 전체를 바라보지 못했을 뿐 우리 모두는 결국 신비롭고 거대한 하나의 완성된 그림을 그려나가고 있다고 믿는다. 이 책은 바다 그리고 스쿠버 다이빙으로 그려온 내 인생의 나스카 지상화이며, 통제할 수 없이 그저 흘러가기만 하는 것처럼 보이는 삶을 불안해했던 나와 닮은 분들에게 보내는 위로와 응원이다. 한 페이지 한 페이지 물길 따라 흘러가듯이 책장을 넘기는 가운데 어느 순간 여러분 또한 자신의 삶이 그려내는 이 불가사의하고도 아름다운 그림을 조망할 수 있기를 소망한다.

contents

입수

Live

Love

Dive

Save

출수

부록

알아두면 재미있는 다이빙 사전

Live

말하지 않을 자유

3초. 라디오에서 정적이 흐르면 방송사고가 되는 시간.

2초. 예능 프로그램 녹화 중 질문에 답하지 못하면 말할 기회가 사라지는 시간.

1초. 대화의 공백이 생기면 다음 할 말에 대해 고민을 시작하는 시간.

반달눈으로 따뜻하게 다가오면 한없이 살가워지지만, 도끼눈 뜨고 공격하면 입을 닫아버리는 내 성격은 집단 문화와 잘 어우러지지 못하는 부분이 있었다. 말의 공백을 어떤 다른 직군보다 큰 잘못으로 여기는 엄격한 문화 속에서 2년간 직장 생활을 하는 동안, 마이크 앞에서 말하는 훈련이 쌓이면 쌓일수록 사석에서 내 이야기를 나누는 대상은 점점 더 줄어들었다. 말하고 웃는 내 모습을 화면에서 접했던 사람들은 일하지 않는 공간에서 내 침묵을 무례나 공격이라고 여기기도 했다. 어쩌면 그 시절 내가 가장 누리고 싶었던 것은 말하지 않을 자유였는지도 모르겠다.

세 자매 중 막내인 나는 신기하게도 서른이 넘도록 막내의 운이 계속 따랐고, 드라마 팀 주조연 중에서도 가장 어린 축에 속하는 경우가 많았다. 아무도 시키지 않았지만 적절한 주제를 찾아 대화의 빈 공간을 메워가며 싹싹한 막내의 모습을 구현하는 것이 내겐 큰 과제였다.

3~4개월이면 촬영이 종료되던 미니시리즈보다 작업 기간이 두 배 이상 긴 일일드라마를 처음 시작했을 때, 내게 가장 어려웠던 것은 연기도, 체력도 아닌 싹싹하고 밝은 막내의 모습을 유지하는 일이었다. 주연 배우로 참여했던 작품에서 전체적인 스토리가 바뀌면서 내 역할이 단역이 된 상황이 물론 속상하지 않은 것은 아니지만, 배울 점이 많은 현장이었기에 괜찮았다. 도리어 주변의 반복되는 위로와 걱정은 나를 혼란스럽게 했다.

'괜찮지 않은데 괜찮다고, 나 자신을 속이고 있는 걸까?'

올림픽 개최로 3주간 드라마가 결방되었고 일주일 동안 휴가가 생겼다. 절반 이상 남은 이 작품을 건강한 마음으로 잘 끝내기 위해 내게는 처방이 필요했고 그때 우연히 스쿠버 다이빙을 만났다.

어린 시절 수영을 배운 나는 물에 대한 두려움이 없었고 새로운 시도와 여행을 좋아하는 사람이다. 유행을 따르기보단 내게 의미 있는 무언가를 만들어가는 것이 즐겁다. 당시 친한 이들 중 스쿠버 다이빙을 하는 사람이 아무도 없었던 것도 내 호기심을 자극했다.

일주일의 휴가 동안 입문 자격증을 취득할 수 있는 하나의 과정. 내가 좋아하는 물과 여행. 새로운 도전과 흔치 않은 취미. 스쿠버 다이빙을 배우겠다고 결정했을 때, 내가 기대했던 몇 가지 포인트들이 있었다. 그런데 정작 물에 들어가서 스쿠버 다이빙을 직접 경험했을 때 느꼈던 가장 큰 만족감은 그 누구와도 말하지 않을 수 있는 자유였다.

스쿠버 다이빙은 물속에서 숨 쉬는 초능력을 얻는 대신 말하는 능력을 반납하는 시간이다. 물속에서는 기체 탱크에 연결된 호흡기를 입으로 물고 숨을 쉬기 때문에 다이빙을 하는 동안 입은 오로지 호흡이라는 기능에만 충실하게 된다.* 다이버는 서로 간단한 확인이 필요할 때 수신호로 소통하고, 대부

* 얼굴 전체를 덮는 풀 페이스 마스크full face mask를 사용하면 코로 숨 쉬고 입으로 말할 수 있다. 송수신기를 장착하고 일정 거리 안에 있는 다이버는 서로 음성 언어로 의사소통할 수 있다. 풀 페이스 마스크를 사용하려면 사전에 맞춤 교육을 받아야 하며, 다이빙 입문 단계에서는 입에 무는 호흡기를 사용한다.

분의 시간 동안 대화의 의무에서 벗어난다. 그래서 내게 바다는 대화를 이어가기 위해 소모했던 에너지를 온전히 내가 원하는 곳에 집중할 수 있는 세상이다. 바닷속이 신비롭고 아름답게 느껴지는 것은 그 세상이 실제 그렇기 때문이기도 하지만, 그 공간에서 마법처럼 새로운 자극을 인지하는 능력과 감각이 더 살아나는 '또 다른 나' 덕분이다. 아무리 좋은 카메라와 마이크로 바닷속을 담아낸다 해도 육지와는 확연히 달라진 신체 감각이 포착해내는 것들을 화면만으로 온전히 누릴 수 없다.

아무도 말하지 않는 물속 세상은 고요하지만 적막하진 않다. 나와 동료들의 호흡 소리가 주기적으로 끊임없이 반복되고 심리적 안정을 준다는 백색소음이 공간을 채우고 있다. 고래나 물개와 같은 해양 포유류뿐만 아니라 물고기나 갑각류도 소리를 낸다는 사실을 사람들은 알까. 강아지나 고양이처럼 소리의 크기나 행위가 명확하지 않아서 해양생물이 내는 소리에 대한 연구는 아직 많이 이루어지지 않았다. 하지만 바다에서 오래 시간을 보낸 사람들은 바다가 생물들의 소리를 담고 있다는 것을 안다.

내가 가장 좋아하고 또 익숙한 바닷속 소리는 성게가 내는 소리다. '타닥타닥' 자작나무 향초가 타는 소리와 비슷한데 성

줄무늬성게Banded Sea Urchin.
흑백의 점들로 덮인 구는 항문돌기다.

게가 이빨로 바위를 긁을 때 몸 내부의 액체가 공명하는 소리라고 한다. 캠핑장에서의 힐링 타임이 캠프파이어 '불멍' 시간이라면 내게 다이빙에서의 최애 힐링 타임은 얕은 수심에서 산호초를 바라보는 '물멍' 시간이다. 바다에서는 수심이 깊어질수록 색깔이 사라져서 온전한 색을 보려면 수중 라이트가 필요한데, 수면을 뚫고 내려온 자연광이 닿는 얕은 수심에서는 사랑스러운 산호와 물고기들의 다채로운 색을 조명 없이 그대로 감상할 수 있다. 이 아름다운 장면에 '타닥타닥' 온기를 담은 생명의 소리가 더해지면서 물멍의 평화가 완성된다.

물속에서 좀 더 여유롭게 긴 시간을 보낼 수 있게 되면 다른 생물들의 소리도 들리기 시작한다. 정확히 어떤 생물이 어떤 소리를 내는지 알기는 어렵지만, 해양생물들은 새가 지저귀는 소리, 개구리의 울음과 흡사한 소리를 내기도 한다. 가끔은 아주 소탈하게 사람이 허허 웃는 소리처럼 들리기도 한다. 말하는 능력을 반납한 대신 내게 해양생물들의 이야기가 들려온다.

스쿠버 다이빙을 하며 말하지 않을 자유를 누리는 동안 가장 멋진 일은 나의 호흡을 만나는 일이다. 호흡한다는 것은 곧 살아 있다는 의미이며, 인간의 육체는 물론 정신 건강에도 크게 영향을 주는 매우 중요한 행위다. 하지만 대부분의 시간에 우리는 호흡을 의식하지 않는다. 언제 어디든, 무슨 일을 하든

항상 호흡하고 있지만, 별다른 힘이 들지 않고 눈에 띄는 움직임이나 소리가 없는 행위이기 때문에 집중해야만 호흡을 의식할 수 있다. 그런데 바닷속에서는 그렇지 않다. 다이빙하는 내내 호흡이 보이고 들린다. 애쓰지 않아도 호흡과 함께 여정을 보낼 수 있다.

공원에서 아이들이 입으로 후 불어 만들어내는 비눗방울보다 더 예뻐! 숨을 내쉴 때마다 숨 방울들이 줄을 맞춰 수면으로 뻗어 올라간다. 버블은 옹기종기 모여, 풍성하게 반짝반짝 빛을 내며 상승하면서 저 멀리서 사라진다. 숨을 들이마실 때는 아주 조심스럽고 부드럽게 바람이 이동하는 소리가 슈욱하고 들리고, 내쉴 때는 보글보글 하는 소리와 함께 공기 방울이 호흡기에서 뿜어져 나온다. 물은 공기보다 밀도가 높아서 소리를 빠르게 전달하고 굴절시키며 크게 증폭한다. 에코를 잔뜩 품어 듣기 좋은 음량의 내 호흡 소리는 주기적으로 리듬을 타며 귓가에서 노래한다.

대부분의 스포츠 종목에서 호흡 방법은 기술 완성에 있어 매우 중요하다. 그런데 스쿠버 다이빙은 호흡이 가장 기본적이고 중요한 기술 그 자체다. 수중에서는 기체의 부피에 따라 물체가 뜨고 가라앉는 변화가 생기는데, 우리 몸의 폐도 기체가 들어찬 공간이라 수중에서 몸이 뜨고 가라앉게 하는 역할을 한다. 숨을 들이마시면 폐가 부풀고 숨을 내쉬면 부피가 줄어드는 것을 이용해 몸의 높낮이를 미세하게 조절할 때는 장비가 아닌 호흡을 활용한다.

수중에서 한정된 기체의 양을 낭비하지 않고 안전하게 잘 사용하기 위해서는 규칙적이고 안정적인 호흡을 하면서 수시로 남은 기체의 양을 확인하는 것이 중요하다. 그래서 스쿠버 다이빙을 하는 동안은 매 호흡에 집중하면서 나 자신을 관찰하게 된다.

빠른 움직임으로 숨이 가빠졌다면 다시 안정적인 호흡을 되찾으려고 하고, 아무리 신나는 순간을 보내고 있어도 일정 시간마다 남은 기체량을 확인한다. 평소보다 기체를 빨리 소모했다면 남들보다 조금 더 얕은 수심에서 시간을 보내며 기체량을 관리한다.*

눈앞에 보이는 내 숨 방울과 보글거리는 호흡 소리의 리듬은 내 몸과 마음의 평화를 보여주는 지표다. 인간이 자력으로 숨 쉴 수 없는 바닷속 공간에서 한정된 기체를 가진 나는 비로소 숨 하나하나를 들여다보며 나와 대화할 시간을 맞이한다.

* 수심이 깊어질수록 한 번 호흡할 때 소모하는 기체량이 많아진다.

조금 지치진 않았는지. 무언가에 너무 열중하다가 정말 중요한 것을 놓치진 않았는지. 이렇게 달리다간 고갈될 거라 예상하면서도 막연하게 계속 이어가고 있진 않은지. 내게 진작 물어봐주었어야 할 중요한 질문들이 다이빙하는 내내 나에게 이어진다. 그렇지만 불편하고 복잡한 대화는 아니다. 그저 내가 지금 안녕한지, 다이빙을 끝내는 순간까지 안녕할지, 끊임없이 나의 호흡을 관찰하고 귀 기울일 뿐. 너무도 단순하지만 가장 원초적인 질문이라 진실하고 따뜻하다. 살면서 이렇게까지 나에게 집중하는 시간이 있었을까. 스쿠버 다이빙은 내가 타인이 아닌 나 자신에게 진심으로 아낌과 사랑, 존중을 받는 시간이다.

말하지 않을 자유가 있는 바닷속에서 나는 나와 숨으로 대화한다. 답답하고 숨 막히는 날. 숨 쉴 수 없는 바닷속으로 나는 숨을 쉬러 간다.

구원자,
버디

마니토 게임. 제비뽑기로 정해지지만, 이름을 확인하는 순간부터 그는 내게 특별한 대상이 된다. 한 사람의 비밀 수호자가 되어 그를 위한 여러 미션을 수행하는 동안 타인을 도와주며 느끼는 기쁨과 누군가에게 도움받는 감사함을 둘 다 경험한다. 학창 시절 유행했던 마니토 게임은 게임의 마지막 날 자신의 마니토에게 공개적으로 선물을 주면서 끝이 났다. 게임 기간 내내 이어졌던 내 추리가 얼마나 적중했는지 이야기하느라 소란스러웠지만 아마 우린 느꼈던 것 같다. 마니토를 추리하는 과정에서 서로에게 더 관심을 가지게 되었고, 타인의 어려움을 대하는 마음의 온도 또한 한결 따뜻해졌다는 것을. 게임 속 규칙에 불과했지만 언제 생길지 모를 어려운 순간에 나를 도와줄 한 사람이 존재한다는 믿음은 그 자체로 큰 위로와 힘이었다.

스페인어 '마니토manito'와 영어 '버디buddy'는 둘 다 친한 친구라는 뜻이다. 스쿠버 다이빙의 버디 시스템은 따뜻한 정서를 담은 마니토 게임처럼 이타심과 믿음을 바탕으로 한 특별한 관계 설정이다. 스쿠버 다이빙은 입문 교육 과정부터 장비 세팅, 입수, 다이빙, 출수까지 스스로 할 수 있게 독립심을 키워주는 것을 목표로 하지만 절대 물속에서 혼자 있는 것은 허락하지 않는다. 반드시 입수 전 짝꿍을 지어서 장비에 문제가 없는지 함께 점검하고, 수중에서 문제가 생겨도 바로 도움을 주고받을 수 있는 거리에서 함께 다니다가 같이 출수하도록 교육한다. 이 물속 짝꿍이 바로 버디다.

교육 과정이 아닌 가장 일반적인 관광 목적의 다이빙을 펀 다이빙fun diving이라고 하는데, 펀 다이빙은 프로 자격을 갖춘 인솔자 1명과 여러 명의 다이버가 함께하는 경우가 많다. 다이버의 각기 다른 레벨과 성향, 바다라는 공간이 가진 특수성 때문에 펀 다이빙팀은 육상의 단체관광처럼 떼를 지어 이동하는 것이 어렵다. 때로는 팀 전체를 책임지고 살피는 인솔자의 시야에서 팀원이 사라지는 불상사가 생길 수도 있기에 가장 가까운 곳에서 나와 비슷한 것을 보고 경험하는 버디는 다이버에게 정말 중요하다. 청소년기에 부모님과 선생님의 애정 어린 교육만큼이나 또래 친구의 영향력이 큰 것처럼.

수중에서 신기한 생물을 만났을 때 혼자만 보고 싶어 하는 다이버는 아마 거의 없을 것이다. 내가 이 신기한 생물을 발견

왼쪽 다이버의 기체가 고갈된 상황을 가정,
버디의 예비 호흡기를 물고 같이 상승하는 훈련을 강사(나)가 감독하고 있다.
©jae hyung

했다는 사실이 자랑스럽기도 하지만, 무엇보다도 그 생물을 직접 보고 있는 이 순간의 기쁨을 누군가와 함께 나누고 싶은 마음이 제일 크다. 그렇게 진귀한 경험을 함께한 버디가 보내주는 감동적인 리액션은 그 어떤 즐거움과도 비할 데 없다. 다이빙은 자신의 호흡에 집중하며 나와 대화하는 시간인 동시에 내가 좋아하는 것을 타인과 공유하며 함께 공감하는 세상이다. 혼자만의 시간이 절대적으로 필요하지만, 혼자만의 시간뿐이라면 외로운 인간을 꼭 닮아서 스쿠버 다이빙은 아름답다.

다이버의 기체 탱크에는 2개의 호흡기가 달려 있다. 하나는 나를 위한 것, 다른 하나는 비상시 버디를 위한 것이다. 입문자 교육 과정에서 교육생들은 버디와 함께 이 호흡기를 주고받는 기술을 훈련한다. 한 사람이 기체가 없다는 수신호를 하면 버디가 여분의 호흡기를 내어주고, 그걸 받은 다이버는 버디의 기체를 나눠 마시면서 함께 출수한다. 각 호흡기는 독립된 호스에 달려 있어서 일단 버디가 건넨 호흡기를 잘 물었다면 두 다이버는 불편함 없이 숨 쉬며 위기 상황에서 벗어날 수 있다.

기체가 고갈되거나 호흡기가 고장 나는 상황은 사전 점검과 지속적인 모니터링으로 충분히 예방할 수 있다. 그러나 삶의 모든 순간에는 변수가 있고, 수중에서도 예측하지 못한 사고나 부주의했던 나 자신과 마주할지도 모른다. 가장 위기의 순간에 나를 구해줄 수 있는 한 사람, 버디는 나의 생명줄이다.

그런데 버디는 동전의 양면처럼 나의 구원자일 수도, 혹은 위험 요소일 수도 있다. 위기 상황이 닥치면 서로 최선을 다해 돕겠다는 약속과 믿음이 버디 시스템의 기본 토대이지만, 나보다 훨씬 지식과 실력이 부족한 버디를 만났을 때 왠지 마음이 편치 않은 것도 사실이다. 그것은 좋고 싫음의 감정이라기보단 내 버디를 잘 보살펴야한다는 책임의 무게와 함께 나 자신의 안전을 위해 평소보다 더 철저히 점검해야겠다는 긴장감이 더해지기 때문이다.

물론 비슷한 실력의 다이버, 원래 잘 알던 사람끼리 버디가 되는 것이 이상적이다. 그런데 다이빙숍에는 혼자 온 손님도 있게 마련이다. 혹은 한 배에 여럿이 함께 승선해 떠나는 투어의 특성상 처음 만난 다이버와 버디가 될 상황도 생길 수 있다. 이처럼 늘 만족스러울 수만은 없는 버디 시스템이 유지되고 있는 이유는 뭘까.

그것은 아마도 숙련된 다이버가 경험이 한없이 부족했던 자신의 초보자 시절, 위험과 불편함을 감수하면서도 곁을 지켜주었던 수많은 버디들에 대한 감사한 기억 때문일 거다.

나는 초보자 시절 유독 프로 레벨의 다이버가 많은 팀 투어에 가장 실력이 부족한 팀원으로 합류하는 경우가 많았다. 팀원 중 누가 내 버디가 되더라도 나는 상대에게 구원자가 아닌 위험요소였을 거다. 민폐가 될까 봐 늘 조바심 내던 나를 안심시켜주려고 다들 아낌없는 친절을 베풀었지만 내 맘은 편치 않았다. 수많은 전문가와 1명의 초보자. 나는 초보 시절 내가 만났던 전문가 버디들의 지식과 실력을 비교적 빠르게 흡수하는 한편 아이처럼 다이빙을 즐기는 기쁨은 일찌감치 반납했던 것 같다. 보장된 안전을 누리는 어른의 세계에 빠르게 들어선 만큼 다이빙 후 적절한 반성을 넘어 자책을 하는 날이 늘어갔다. 돌이켜보면 철이 너무 일찍 들어 그 시기에 온전히 누렸어야 할 청춘의 낭만을 놓친 것 같아 아쉽다.

잠재적 위험 요소에서 구원자로, 내 위치가 변화하는 기회가 드디어 생겼다. 만날 때마다 다이빙 찬양에 바쁜 이 언니 덕분에 다이빙에 갓 입문한 친한 동생과 단둘이 다이빙 여행을 떠난 것이다. 그때 필리핀에서 2주 동안의 내 모습을 떠올리면 웃음이 나온다. 동생보다 레벨이 고작 한 단계 높았을 뿐이었음에도 불구하고 대단한 다이빙 전문가라도 된 양 이 아이를 잘 지켜야 한다는 책임감에 불타올랐었다. 보호받던 버디에서 보호하는 버디가 되니 스트레스와 긴장감이 증가한 것은 맞지만, 내 존재가 민폐가 될까 봐 노심초사하던 기분에서는 처음으로 자유로웠다.

연차 높은 직장 상사와 다니다가 동기를 만난 느낌이랄까. 작은 물고기 한 마리도 새로워하는 동생 덕분에 바다가 더 재미있게 느껴졌다. 가끔은 강사님과 다니면 겪지 않았을 억울한 일을 당해 화도 났지만, 그마저도 같이 실컷 욕할 수 있는 버디가 있으니 속이 후련했다. 예전에는 잘한다는 말이 그저 힘내라는 격려로만 들렸는데, 보호자 입장이 된 후엔 실력이 좋다는 칭찬으로 들려 자신감도 생겼다. 어른 없이 동생 손 잡고 다닌 어린이의, 절대 순탄치 않았던 2주간의 여행을 마쳤을 때 나는 실력도 생각도 많이 자라 있었다. 그때 나의 버디는 분명 다이빙 지식도 실력도 나보다 부족했지만 어쩌면 내게 다른 의미의 구원자였는지도 모르겠다.

TV 프로그램에서 승패가 결정되는 게임을 앞두고 팀원이나 파트너를 고르는 장면은 익숙하다. 누구나 강자와 한 팀이 되고 싶어 하지만, 강하게 보이는 팀이 꼭 이기는 건 아니다. 각자의 개성과 능력이 만났을 때 어떤 결과를 낳을지 알 수 없다는 사실이 참으로 재미있고도 어려운 사람의 인연이다.

같은 바다에 들어간다고 해도 실력이 뛰어난 버디와 함께한 사람이 초보 버디와 함께한 사람보다 반드시 더 즐거우라

'니모'로 잘 알려진 흰동가리Clown Anemonefish 커플.
무리 중 크고 강한 개체가 암컷이다.

복어Blue-spotted puffer와 트럼펫피시Trumpetfish.
이 둘이 버디처럼 붙어다니는 모습을 포착했다.

는 법은 없다. 승패가 없는 다이빙이 좋다. 버디가 정해지면 서로의 어려운 순간을 돕겠다는 굳은 약속과 믿음이 시작되는 이 여정이 따뜻하다. 나는 홀로, 또 서로를 살피는 버디와 더불어, 가장 인간적인 모습으로 바다를 만난다.

중력을 거스르는 환희

"물속에 떠 있는 그 기분이 좋아요."

'다이빙 덕후', '여배우 최초의 다이빙 강사' 같은 타이틀을 얻은 후로 다이빙에 관한 인터뷰를 할 기회도 많아졌다. 인터뷰할 때마다 인삿말처럼 빠지지 않는 질문은 '다이빙을 좋아하는 이유'였다. 이런저런 대답을 성실하게 하면서도 스스로 내 마음 과녁의 엑스 텐을 정확히 찌르는 정답을 알아내기까지는 시간이 꽤 걸렸다. 정답을 알아내는 여정에 나도 다이버들에게 같은 질문을 많이 했는데 '그저 물속에 떠 있는 기분이 좋아서'라는 대답을 종종 들었다.

다이버가 물 위가 아닌 물속에 떠 있을 수 있는 것은 '중성부력'의 상태이기 때문이다. 수면으로 뜨지도, 바닥으로 가라앉지도 않고 한 수심에 머물러 있는 상태. 부력buoyancy은 중력과 반대로 물체를 위로 띄우려는 힘인데 양성부력이면 물체가 떠오르고 음성부력이면 물체는 가라앉는다.

부력의 크기는 무게와 부피에 따라 변하는데, 물체의 무게가 일정하다면 압력이 증가할 때 기체의 부피가 줄어들고 부력도 감소한다. 물 위에 떠 있던 통통한 빈 페트병에 힘을 가하면 납작하게 찌그러지면서 가라앉는 원리와 같다. 그런데 물속에서는 수심에 따른 압력의 변화가 공기 중에서보다 훨씬 크다.* 간단히 말하자면, 수심이 변할 때마다 부력도 변하기 때문에 중성부력을 유지하기 위해서 다이버는 계속해서 중력과 밀당해야 한다.

'하늘을 나는 기분'은 아주 행복하고 기쁜 감정을 나타내는 표현인데, 날개가 없는 인간이 경험해본 적 없는 기분을 관용적으로 사용해온 이유는 뭘까. 어쩌면 어린 시절 중력을 거슬렀을 때 각인된 긍정적 기억에 대한 표현은 아닐까. 엄마 아빠가 양쪽에서 손을 잡고 내 몸을 붕 들어 올려주었던 느낌. 시소에 앉아 위로 올라갔을 때 잠깐 엉덩이가 공중에 뜨던 기분. '방방이'라고 불렀던 트램펄린에서 뛰어오르며 내 점프력에 놀랐던 기억. 그건 자연의 법칙 안에서 허용된 짜릿한 일탈이었다. 중력을 거스르는 대표적인 환희의 순간이 또 있다. 팀 스포츠에서 우승했을 때 감독님을 헹가래 치는 행위는 인간의

* 수면이 1기압, 수심 10미터가 2기압, 20미터가 3기압. 이렇게 10미터가 깊어질 때마다 1기압씩 증가하지만 대기 중에서는 상공 30킬로미터까지 기압의 변화가 거의 없다.

힘을 모아 존경의 대상을 중력과 먼 곳으로 보내 감사와 기쁨을 표현하는 시간이다.

그런데 그 찰나의 순간, 중력을 거스르는 경험은 분명 즐겁지만 추락의 공포를 동반한다. 중력과 멀어진 만큼 강한 충격으로 땅에 떨어지지 않을까 두렵다. 그래서 그 유희를 즐기려면 중력을 거스르게 하는 힘의 원천에 대한 절대적인 신뢰가 있어야 한다. 엄마 아빠를, 트램펄린을, 헹가래 치는 동료를 믿어야 한다. 내 몸이 중력과 멀어질 때 느껴지는 묘한 쾌락의 순간은 스쳐 지나가듯 짧아서 믿음과는 별개로 여유롭게 그 쾌감을 누리지 못한다는 아쉬움이 있다.

어쩌면 스쿠버 다이빙의 중성부력은 중력에서 벗어나는 쾌감은 취하면서 추락의 공포는 제거한 상태를 긴 시간 유지하게 해주는, 육지에서는 양립 불가능한 가상 행복을 실현해주는 힘일지도 모르겠다.

위기감에서 촉발되는 전율은 없을지라도 몽환적인 마음의 평화가 느껴지는 공간. 나를 포함한 많은 다이버가 다이빙을 사랑하는 이유로 '중성부력'의 느낌을 떠올렸던 건 그 비현실적인 행복감 때문이 아니었을까.

수중에서 부력을 조절하는 방법은 이론적으로 정말 간단하다. 지금 있는 위치보다 위로 뜨고 싶을 때 기체를 더하고, 아래로 가고 싶을 때 기체를 덜어내면 된다. 더하고 빼는 방법은 장비에 달린 버튼을 손가락으로 누르는 행위뿐이다.* 그렇지만 언제, 얼마만큼인지 그 타이밍과 적정량을 체득하기까지 경험과 훈련이 필요하다. 마치 자동차의 액셀을 밟으면 전진하고 브레이크를 밟으면 멈춘다는 것을 초보 운전자 누구나 알고 있지만, 목표 지점에서 부드럽게 멈추려면 언제부터 어떤 세기로 밟아야 하는지 감을 익힐 때까지 경험이 필요한 것처럼 말이다.

그 미묘한 차이를 알아내지 못하면 뫼비우스의 띠처럼 기체를 넣고 빼고를 끊임없이 반복하게 된다. 그래서 스쿠버 다이빙 숙련자들은 같은 수심에서 수평으로 이동하고 있는데 초보자들은 산의 능선을 넘듯이 올라갔다 내려갔다를 반복하고, 때로는 자신이 원치 않는 이동이 두려워 팔다리를 애절하게 움직이곤 한다. 그러다 보니 물속에서 초보자들보다 격한 움직임이 덜한 강사들은 추위를 많이 느낀다.

달리기라면 결승점에 일찍 도착하는 것, 양궁이나 사격이라면 과녁을 정확히 맞히는 것처럼, '다이빙을 잘한다는 것'을 단순 명료하게 표현한다면 어떤 것일까. 많은 사람이 이를 깊은

* 단, 기체는 위로 올라가는 성질이 있기 때문에 기체를 배출할 때는 배출구를 수면 쪽으로 향하고 버튼을 눌러야 한다.

수심에 가는 것으로 오해한다. 물론 초보자는 일정 수심을 넘어 깊이 내려가서는 안 된다는 규칙이 있고, 레크리에이션의 범주를 넘어 스쿠버 다이빙을 하려면 고도의 훈련과 이론 공부가 필수다.* 그렇지만 스쿠버 다이빙은 기록으로 우위를 정하는 경쟁 스포츠가 아니다. 생명을 존중하는 마음과 다이빙을 하는 그 과정 자체를 중요하게 여긴다. 그래서 단순히 수심 100미터에 다녀온 다이버가 60미터에 다녀온 다이버보다 다이빙을 더 잘했다고 평가하지 않는다.

다이빙을 잘한다는 것은 중성부력을 유지한 채 한 자리에 정지해 있을 수 있다는 의미다. 땅 위에서는 같은 자리에서 움직이지 않고 있는 것이 어렵지 않지만 바닷속은 다르다. 조류의 흐름이 있고, 전후좌우는 물론 상하의 공간까지 생각해야 한다. 팔다리를 휘젓지 않고, 주변의 흔들림에 휘둘리지 않고, 고요하게 자신의 자리를 유지하는 중성부력의 상태. 다이빙 초고수, 바로 부력을 지배하는 자다.

'잘한다'는 말은 곧 그렇게 되기까지 쉽지 않다는 뜻이기도

* 일반적으로 수심 40미터보다 더 깊이 내려가려면 테크니컬 다이빙 교육을 받고, 각기 다른 기체로 구성된 탱크 사용법에 대한 훈련을 해야 한다.

하다. 바다라는 변화무쌍한 존재가 정해지지 않은 방향과 세기로 흔들어대도 자신의 자리를 지켜내기란 정말 어려운 일이다. 거기에 슈트나 사용하는 장비, 탱크의 개수나 재질, 탱크 속 기체량, 내가 카메라를 들고 있는지 여부 등 수많은 요인들이 번번이 내가 중성부력과 균형 잡힌 자세를 잡기 위해 사용해온 기존의 공식들을 깨뜨리곤 한다.

정중동靜中動. 고요함 속에 움직임이 있다는 뜻으로 자주 사용되는 표현이지만 사실 이 말의 기원이 된 《채근담》의 원문은 '고요한 가운데 고요함은 진정한 고요함이 아니다. 움직이는 곳에서도 고요함을 얻을 수 있어야 천성의 참된 경지다'**라고 말한다.

땅에 발붙이고 있지도 무언가를 붙잡고 있지도 않은, 어찌 보면 불안정한 상태. 이리 가라 저리 가라 흔들어대며 아픔과 시련도 가르치는 바다. 탱크 4개와 함께 초 단위로 상승속도를 지키는 훈련에 고통스러워하면서도 왜 그렇게까지 한자리에 머무르는 완벽한 중성부력에 가까워지려고 노력했을까.

그냥 멈추지 않고 흘러갔으면 쉬웠을 텐데 그런 나 자신이 이해가 가지 않는 날도 많았다. 그런데 《채근담》 속 정중동의

** 靜中靜非眞靜, 動處靜得來, 才是性天之眞境(정중정비진정, 동처정득래, 재시성천지진경), 《채근담》, 88장.

이야기가 중성부력과 연결되는 순간, 바다의 마음에 또 한 번 위로를 받는다.

많이 지쳐 있던 시기에 중력을 거스르면서도 여유로울 수 있다는 비현실적인 행복감을 먼저 맛보여주며 상처받은 나를 감싸주던 바다. 날 놓지 않고 내가 극복해낼 수 있는 과제를 조금씩 주며 그 과정을 통해 다시 나 자신을 사랑할 수 있는 마음의 힘을 키워주고 싶었던 것 같다.

언제부턴가 나는 내 안의 소리보다 타인의 시선과 평가에 자신을 재단하며 흔들리고 있었다. 그 고통을 피해 내가 선택한 방법은 내면의 힘을 키우는 것이 아니라 나를 흔드는 사람이 없는 고요함 속으로 점점 숨어버리는 것이었다. 그런 내게 때론 버겁다고 느껴지는 주변의 움직임 속에서도 내 자리를 지키고 고요할 수 있는 것이 진정한 고수라는 것. 그렇게 되기까지는 너무도 어렵고 힘들지만, 훈련을 통해 조금씩 나아질 수 있다는 것을 바다는 알려주고 싶었던 것 같다.

그 수많은 흔들림 속에서 자리를 유지하는 고요함은 아무것도 하지 않는 것이 아니라, 끊임없이 흔들리는 물살에 대응하여 미세하게 움직이며 완성해갈 수 있다는 바다의 이야기가 들리기 시작한 순간, 바닥이라고 생각했던 발 아래 세상에서 떠 있는 진짜 행복이 시작된다.

호흡, 명상
그리고 다이빙

"교수님은 요즘 제게 교주님이십니다."

질문자의 발언에 교수님은 손사래를 치며 '교수'의 'ㅅ' 위에 그 한 획은 절대 긋지 말아 달라고 하셨다. 워크숍에 참가한 객석의 300명이 모두 기분 좋게 웃었다. 교수님의 강연에 담긴 이야기를 통해 삶이 변화하고 있음을 모두가 느끼고 있었기 때문이다. 《회복탄력성》, 《내면 소통》의 저자 김주환 교수님은 마음근력의 중요성을 강조하며 '명상'을 통해 마음근력을 강화할 수 있다고 말씀하신다.

학부를 졸업한 지 10여 년이 훌쩍 지난 작년 어느 날, 우연히 유튜브 알고리즘을 통해 모교 교수님의 영상이 몇백만 조회수인 것을 발견했다. 반갑고도 신기한 마음에 클릭했다가 나도 그만 교수님 이야기에 푹 빠져 교수님의 유튜브 채널을 찾아 구독하기에 이르렀다. 재학 당시의 기억을 떠올려보면 김주환 교수님은 그 이력만으로도 큰 화제였다. 모교 출신 교수님이 대다수였던 학교에 서울대 출신이면서 미국 보스턴대 교수로 종신을 보장받은 자리를 내려놓고 연세대학교에 오신

특이한 이력으로 유명한 분이셨다. 뉴요커가 연상되는 댄디한 패션 스타일도 교수님만의 아이덴티티였다.

'신문방송학과'라는 명칭의 학과는 한국에만 존재한다며 내 전공은 '커뮤니케이션'이라고 말씀하시는 교수님은 뇌과학에 기초해 소통에 관한 연구를 많이 해오셨다. 정신건강의학과 교수님들과 많은 협업을 진행하고 그 연구들을 바탕으로 여태까지 우리가 믿고 있었던 진실과는 다소 다른 이야기들도 많이 들려주셨다.

새로운 이론을 바탕으로 검증된 결과가 의학계에선 널리 공유되고 있더라도 대중이 기존의 인식을 깨고 이를 받아들이기까지는 시간이 필요하다. 어쩌면 사회적 인식의 건강한 변화는 다른 분야에도 깊은 관심을 가진 사회과학자가 오랜 시간 대중과의 소통을 위해 노력한 덕분인지도 모르겠다.

다소 어려울지도 모를 이 주제를 꺼낸 이유는 내가 사랑하는 스쿠버 다이빙이 마음근력을 키우는 명상과 맞닿아 있다는 생각에 행복해지기 때문이다. 선뜻 결제하기 쉽지 않은 수강료였지만, 교수님의 일일 워크숍은 참가 신청 공지 하루 만에 마감되고, 더 넓은 장소로 옮겨 받은 추가 신청 자리도 바로 만석이 됐다. 그만큼 많은 사람이 마음의 평화를 원하고 그 평화를 누릴 방법으로 교수님이 제시한 명상에 호감을 느끼고 있기 때문일 것이다. 교수님은 명상이 꼭 앉아서 눈을 감고 하는 것이 아니라며 쉽게 접근할 수 있는 다양한 명상법을 소개해 주신다. 그러나 아직 명상이 낯선 초보자들은 질문도 많고 다양한 어려움을 호소한다.

만약 명상을 위한 스쿠버 다이빙 클래스를 기획한다면 어떨까? 10년을 넘게 다이빙과 바다를 진지한 마음으로 대해온 다이빙 강사가 바라보기에 다이빙은 마음근력 강화 훈련에 더없이 큰 장점을 많이 갖고 있다. 레저용 다이빙의 가이드라인에 명상을 위한 세부적인 내용이 더해진다면 좋은 수업이 될 것 같다. 그래서 지금까지 자신도 모르게 명상을 수련했던 스쿠버 다이버들에게, 그리고 이런 명상의 방법도 가능할 수 있다는 아이디어를 더 많은 분께 소개해드리기 위해, 절대 종교적이지 않으면서도 과학에 기초한 명상 이야기를 지금부터 나누고 싶다.

700페이지가 훨씬 넘는 백과사전 같은 교수님의 책, 《내면소통》은 정말 귀한 내용으로 꽉 차 있지만, 그중에서도 책 전체를 이해하기 위한 핵심 내용인 우리 뇌의 작동 시스템을 소개하려 한다. 우리 뇌에는 '편도체'라는 부분이 있는데 인간은 위협을 느낄 때 이 편도체가 활성화된다. 편도체가 활성화되면 근육이 수축하고 심장이 빨리 뛰면서 스트레스 호르몬이 분출되고 면역 기능, 소화 기능, 수면 기능이 저하된다. 또한, 두렵고 화가 나며 부정적인 감정이 생긴다. 편도체와 mPFC(내측전전두피질)는 서로 시소 관계라서 편도체가 활성화되면 합리적이고 논리적인 사고 능력을 담당하는 mPFC의 기능은 저하된다. 쉽게 말해 편도체가 활성화된 상태란 이성을 잃고 부정적인 감정에 휩싸인 상태로 소화도 안 되고 병에 걸리기도 쉬우며 잠도 못 자는, 한마디로 몸과 마음이 매우 나빠져 있는 상태다. 반대로 편도체를 안정시키고 mPFC 기능을 활성화하면 합리적이고 논리적인 사고가 가능해지면서 신체 기능도 제자리를 찾고 감정도 안정적인 상태가 된다.

그렇다면 우리는 편도체가 활성화되었을 때 어떻게 해야 할까. 다행히도 수많은 학자들이 연구를 통해 자신의 의지로 신체를 조절해 편도체를 안정시킬 수 있는 효과적인 방법을 찾아냈다. 그것은 바로 명상이다. 명상의 기본은 내가 숨쉬고 있다는 것을 알아차리는 것이다. 그러니까 우리는 결국 나의 호흡을 인지하는 것에서부터 마음의 평화를 찾는 첫걸음을 시작하게 되는 것이다.

호흡. 그것은 스쿠버 다이빙에서 가장 중요한 것이며 시작이자 끝이다.

"물속에 들어가면 물 밖 세상의 스트레스를 다 잊어버리게 돼요."

나를 포함한 수많은 다이버가 이렇게 말했던 이유를 비로소 알 것 같았다. 김주환 교수님의 이야기를 듣기 전 나는 단순히 다이빙하는 순간이 정말 즐거워서 다른 생각을 하지 않는 것이라고 생각했다. 그런데 다이버는 물속에서 자신의 들숨과 날숨에 집중한다. 그러는 가운데 편도체가 안정화되고 이러한 몸의 변화에 대한 반응으로 분노와 두려움, 스트레스에서 벗어나고 있었던 것이다. 다이버는 입문할 때부터 '절대 숨을 참지 않는다'를 제1규칙으로 배운다. 압력의 변화가 큰 수중에서 숨을 참고 수심 이동을 하면 폐를 다칠 위험이 있기 때문이다. 초보 다이버들은 그동안 살면서 크게 신경 쓰지 않았던 자신의 호흡이 안정적으로 계속되고 있는지 관찰하게 된다.

자율신경계의 지배를 받는 심장박동, 내장운동은 내가 원한다고 그 움직임을 조절할 수 없다. 그러나 호흡은 자율신경계의 지배 안에 있으면서도 유일하게 내 의지로 조절이 허락된 부분이다. 가슴과 배 사이의 횡격막은 숨을 들이쉴 때는 아래로 내려가고 내쉴 때는 위로 올라가면서 흉곽의 공간과 압력을 조절해 공기의 흐름을 만들어내는데 이 횡격막은 심장을 감싸고 있는 심막과 인대로 연결되어 있다. 횡격막의 움직임을 심장이 바로 느끼고 호흡의 속도와 깊이를 심장이 직접 받아들인다는 뜻이다.

횡격막이 아래로 내려가는 들숨 때는 심박수가 약간 빨라지고 반대로 날숨 때는 심박수가 약간 느려지기를 반복하는 데 이것을 심박변이도라고 한다. 이 심박변이도가 높으면 정서적으로 건강하며 스트레스도 적은 상태다. 들숨과 날숨의 길이 비율을 약 1:2로 하면 심박변이도가 높아지고 심리상태에도 긍정적인 효과가 있어서 《내면소통》 책에서는 긴장 완화가 필요한 수험생이나 시합을 앞둔 선수들에게 들숨 4초, 날숨 8초로 10회가량 숨쉬기를 권장한다.

이 사실을 알고 많이 놀랐다. 다이빙할 때마다 촬영한 수중 영상을 매번 편집하면서 영상에 선명하게 기록된 내 호흡 소리를 들어왔기 때문에 내 들숨과 날숨의 리듬을 기억하고 있다.

지금 글을 쓰며 내 호흡을 다시 인지해본다. 평소 내 호흡의 들숨과 날숨의 길이 비율은 그렇지 않다. 하지만 수중에서는 그 누구도 시키지 않았는데 들숨 4초, 날숨 8초를 유지하며 안정된 상태로 내면의 평화를 만나고 있었던 것이었다.

심장은 경추 4번부터 흉추 4번, 가슴뼈에 심막 인대로 매달려 있다. 그래서 척추와 경추를 곧게 펴는 자세일 때 심막 인대가 이완되면서 움직임도 편안해진다고 한다. 그런데 다이빙의 기본자세는 BCDBuoyancy Control Device*와 탱크 때문에 경추부터 척추가 곧게 펴진 자세일 수밖에 없다. 심장의 움직임이 편안한 상태가 다이빙의 기본자세인 것이다. BCD는 상체를 감싸는 부력조절 기구인데 여기에 탱크를 장착한다. BCD와 결합된 일직선의 긴 금속 탱크는 다이버의 머리 중앙부터 허리 아래까지 이어지며 몸의 중심축을 일직선으로 지지한다. 다이빙의 기본 장비 착용으로 척추가 곧게 펴진 자세가 바로 심장이 편안한 상태였다니. 그동안 우리는 다이빙 호흡 리듬과 기본 자세로부터 만들어진 신체적 평안함으로 물속에서 정서적 안정감을 누렸던 건 아닐까.

2,500년 전 고타마 싯다르타가 보리수 밑에서 깨달았다는 호흡 명상법, '아나빠나사띠'는 의도를 갖고 호흡의 길이나 깊이를 조절하는 것이 아니라 그저 내가 호흡하고 있다는 것을 알아차리고 바라보는 것이다. 이 명상은 종교적 의미를 넘어 현대의 뇌과학이 밝혀낸, 편도체 안정에 아주 효과적인 방법이다. 들이마시고 내쉬는 들숨과 날숨을 별개로 나누어 호흡을 하나의 사건으로 보며 그 자체를 인식하는 것이다.

* 탱크와 연결해 기체를 주입하고 배출해서 수중에서 몸이 뜨고 가라앉게 만드는 부력 조절 기구.

나는 불교에 대해 잘 모르고, 2,500년이라는 시간이 얼마나 오래전일지는 상상하기도 어렵다. 그런데 부처님께서 깨달음을 얻었다는 아나빠나사띠의 의미는 어쩐지 조금 알 것도 같다. 다이버에게 들숨과 날숨을 인식하며 바라보는 것, 그것을 알아차리는 것은 지극히 당연하고 기본적인 일이다. 숨을 들이마시면 슈욱 하고 공기가 내 몸에 빨려 들어오는 소리가 난다. 폐가 팽창하면서 몸이 떠오르려는 느낌이 들 때 보글보글 소리와 함께 눈앞에 버블이 날아오르면 '아, 숨이 내쉬어지는구나!' 하고 알 수 있다. 들이마실 때보다 조금 더 긴 내쉼이다. 팽창했던 폐는 다시 원래 크기로 돌아간다. 몸도 뜨지 않는다. 귓가에는 공기 방울 소리가 들리고 뿜어져 나온 기체 방울들은 수면으로 줄지어 올라간다. 명상 초보자들에게 호흡은 알아차리기 어려운 대상일지 모르지만 다이버에게 호흡은 보고 듣고 몸으로 느끼는 감각 그 자체다. 쉽고 어려운 난이도 차원의 문제가 아니다.

다이버는 단순히 호흡을 알아채는 데 그치지 않고 집중력을 발휘해 다른 행동을 한다. 명상의 상태에서 다른 생명을 만난다. 각기 다른 생명을 보고, 관찰하고, 무엇인지 알아채고, 촬영하기도 한다. 좋아하는 생물을 만나면 급하게 다가가기도 하는데 그러면서 빨라지는 호흡을 인지한다. 다시 호흡을 가

다듬으려고 애쓰고 남은 기체량을 확인한다. 가장 매력적인 부분은 다이버가 타인의 호흡도 알아챌 수 있다는 점이다. 공기 방울이 너무 자주, 혹은 너무 굵게 터져 나오지는 않는지 그의 호흡을 보며 상대의 평화를 읽어낸다.

매 호흡을 알아차리기 위해 고도의 집중력이 필요하지 않은 바닷속. 편안한 심장과 호흡으로 온전히 내 몸과 마음이 함께 존재하는 시간. 평소에 불면증에 시달리고 식욕도 없던 교육생들이 다이빙 투어에서는 왜 그렇게 잘 먹고 푹 잤는지. 보고 싶던 생물을 못 만나고 시야가 나빠 별로 만족스럽지 못했던 다이빙을 마친 후에도 왜 웃음이 났는지. 누구도 명쾌하게 설명하지 못했던 우리가 다이빙을 사랑하는 이유를 조금 더 알아가는 것 같다.

Live

필리핀 보홀 발리카삭.

60

61

모든 강사는
오픈 워터 다이버였다

"아직 초보잖아요. 서툰 게 당연하지."

당연한 일이 때로는 당연하지 않다. 세상엔 능숙한 초보자도 많기 때문이다. 훈련을 많이 거친 후 실전에 나선 이도 있고, 어떤 분야에 능력이 특출나게 타고난 사람도 있다. 끊임없이 곁에 있는 사람들과 비교되는 사회에서 서툴러 보이는 것은 약점이고, 서툰 약자에게 손 내밀어주는 숙련된 강자들이 세상엔 충분치 않아서, 서툰 초보자는 고개를 숙여야 할 때가 많다.

내 첫 연기 데뷔작은 영화 〈인사동 스캔들〉이었다. 카메라 렌즈를 정면으로 바라보며 방송을 했던 아나운서와 달리 연기자는 특별한 연출 상황이 아니면 카메라를 직접 봐선 안 된다. 그래서 나는 카메라 앵글도 제대로 파악하지 못해 종종 화면에서 잘릴 만큼 서툰 초보 연기자였다. 천운으로 그 시절 내 곁엔 정말 따뜻하고도 숙련된 강자들이 있었다. 대배우 마동석, 오정세 선배님이 작품 속에서는 나와 어린 시절부터 함께 자란, 친남매 같은 역할이었는데 한 컷 촬영 후 모니터해보면 나는 수시로 화면에서 사라진 상태였다. 오케이를 외치고 다음 컷을 준비하려는 감독님에게 오빠들은 본인의 연기가 불만족스럽다며 재촬영을 요청하곤 했다. 그러고는 남들이 못 보는 곳에서 몰래 내게 어떻게 연기해야 하는지 조언해주었다. 정말이지 두 오빠는 정말 눈물 나게 멋진 선배였고, 나중에 나도 꼭 따뜻한 선배가 되고 싶다는 꿈을 갖게 해주었다.

그렇지만 작은 역할로 현장에 온 서툰 신인에게 잔인할 만큼 날선 반응을 하는 권력자들도 있다. 누가 봐도 태도의 문제가 아니라 초보자가 긴장해서 생긴 문제임이 확실한데 차분하게 안정을 시켜주진 못할망정 험악한 분위기로 몰아붙여 연기자의 멘탈을 무너뜨리고 아예 연기가 불가능한, 최악의 상황을 만든다. '모든 연기자가 단역을 경험하진 않으니까.' '모든 감독님이 고마운 선배로부터 도움받은 기억이 있지는 않겠지.' 겪어보지 못한 공감을 기대하는 건 무리일지도 모른다고 생각하면서도 서툰 약자에게 행해지는 폭력이 불편할수록 내가 경험한 고마운 사람들에 대한 기억도 선명하게 되살아났다.

'모든 다이빙 강사는 한때 오픈 워터 다이버였다'라고 말할 수 있어서 참 좋다. '모든 어른은 한때 아기였다'는 말처럼 반드시 성립하는 명제이기 때문이다.* 모든 다이빙 강사, 혹은 스스로 다이빙 실력이 괜찮다고 생각하는 어떤 다이버라도 다이빙을 시작한 첫 순간이 있다. '난 처음부터 잘했어'라고 자부하는 다이버라도 지금보다 실력이 부족하고 물이 낯설었던 시절, 실력자에게 배려와 도움을 받았던 순간을 분명히 기억할 것이다. 그래서 어른이 어려움에 처한 아이를 도와야 하는 것처럼, 모든 다이버에게는 자신이 조건 없이 받았던 선의를 서툰 초보자에게 돌려주어야 할 책임이 있다.

그렇지만 나 역시 성인군자가 아닌 한없이 부족한 인간이라서 가끔 이기적인 마음이 솟아날 때가 있다. 서툰 초보자를 배려하는 마음이 보드랍게 펼쳐지지 않아 불친절한 뭉툭함으로 드러난 내 모습을 몇 년 전, 필리핀 팔라완에서 보게 되었다. 팔라완은 2차 세계대전 당시 침몰한 일본의 군함이나 수송선들이 많이 있는 지역인데, 배가 침몰해 있는 곳의 수심이 일반적인 편 다이빙 지역에 비해 꽤 깊다. 그 투어에서 만난 팀원 중 초보자인 외국인 여성 다이버가 있었는데, 감기에 걸려 이

* 스쿠버 다이빙에 입문하는 가장 기초 교육 과정이 '오픈 워터 다이버 코스'다. 이 과정을 배우는 중이거나, 마친 후 다음 레벨의 교육을 수료하기 전인 다이버를 '오픈 워터 다이버'라고 부른다.

틀 휴식 후 다시 팀에 합류한 첫날이었다.

난파선은 빛이 차단되고 미로처럼 길이 어려워 현지 가이드 없이는 내부 진입이 불가능한 난도가 높은 코스다. 그날 우리가 가려는 배는 수심 40미터 부근에 엔진룸이 있어서 아주 빠르게 하강한 후** 선체 내부로 진입해 10분 내로 엔진룸을 둘러보고 상승하는 계획이었다. 그런데 감기에서 완전히 회복하지 못한 그녀는 모두가 총알처럼 내려와 엔진룸 입구에서 대기하던 그때 수면 근처에서 압력 평형***을 해결하지 못해 결국 하강에 실패했다. 가이드가 그녀와 함께 있어서 우리는 결국 난파선 내부에 진입하지 못했고 선체 밖에서 쓱 둘러본 채 상승을 시작해야 했다.

팔라완에는 많은 난파선이 있지만, 그 배는 내가 제일 기대했던 곳이어서 정말 속상했다. 수면에 올라와 사과 한마디 없

** 수심이 깊어질수록 기체가 빨리 소모되기 때문에 바닥 수심에서 머물 수 있는 시간을 최대한 확보하려면 하강 시간을 단축해야 한다.

*** 수심이 깊어질 때 수압이 상승하면 중이의 공기가 압력을 받아 압축되면서 고막을 잡아당겨 통증을 느끼게 되는데 이때 압축된 공간에 공기를 불어 넣어서 통증을 해소한다. 스쿠버 다이빙에서 사용하는 가장 흔한 압력 평형 방식은 발살바Balsalva 방식으로, 엄지와 검지로 콧구멍을 잡아 막고 코를 풀듯이 숨을 불어내어 귀 쪽으로 공기를 보내는 방법이다.

동해 난파선 스텔라 내부.
ⓒ이재한

이 뾰로통한 그녀를 보며 가이드까지 원망스러웠다. 그녀는 다른 사람들이 본인 때문에 배 안에 진입조차 못 했다는 사실도 인지하지 못할 만큼 초보자인 것 같았다. 가이드는 배에 탑승한 다른 팀원들의 기분이 좋지 않은 상황을 살핀 후 그녀에게 오늘은 다이빙을 그만하라고 권했고, 그녀는 더욱 기분이 상한 것처럼 보였다.

'누가 저렇게 가르쳤을까. 다들 참고 있는데 왜 저렇게 기분 나쁜 티를 내는 걸까. 난파선은 어려운 코스인데 저 실력으로 왜 팔라완에 왔을까.'

마음속에서 순간적으로 수많은 의문과 짜증이 서로 튀어나가겠다고 일어섰지만, 꾹 참고 숙소로 돌아왔다. 따뜻한 물로 샤워하는 동안 삐쭉삐쭉한 감정들이 천천히 사그라들었고 잊고 있었던 나의 초보자 시절의 기억도 떠올랐다.

나 역시 초보자 시절 압력 평형이 잘 안 되어 스트레스를 많이 받는 다이버였다. 특히나 잠이 부족한 다음 날은 더 어려움을 겪었는데, 주책맞게도 다이빙 전날은 설레고 긴장되어서 잠이 더 안 왔다. 그래도 민폐 다이버가 되면 안 된다는 생각에 최선을 다해 압력 평형을 시도했고, 잘되지 않아 귀에 통증이 올 때면 혼자 꼬물꼬물 조금 상승했다가 온 힘을 다해 기체를 불어내며 조급한 마음으로 귀가 뚫리길 소망했다.

로그 50회를 갓 넘기던 어느 날, 예쁜 물고기들을 구경하다 보니 어느 새 수심 15미터에 있다는 것을 알고 깜짝 놀랐었다. 귀의 통증이 전혀 없어서 수심 2~3미터의 아주 얕은 곳에 있을 거라 생각했던 나는 마치 꿈을 꾸고 있는 것 같았다. 그날이 내가 코를 잡지 않고 본능적으로 압력 평형을 실행한 첫날이었다. 내가 그날 사용한 것은 연구개와 구개범장근을 사용해 이관을 열어주는 BTV라는 방법이었다. 무의식 중에 터득한 BTV의 정확한 실행 방법을 설명하긴 어려운데, 지금은 '압력 평형을 해야지' 마음 먹으면 알아서 귀 안쪽 근육이 움직이면서 귀의 먹먹함이 뻥 뚫리는 마법이다.* 이비인후과 전문의 말로는 인구의 약 10퍼센트만이 이 기술을 선천적인 능력으로 실행한다고 하는데, 사실 이건 다이빙 실력이나 노력과는 무관한 것이므로 그저 신의 감사한 선물로 여길 따름이다. BTV 실행 능력 보유자가 된 나는 압력 평형을 할 때 코를 손으로 잡을 필요가 없어서 수중 촬영을 하기에도 최적의 조건을 갖게 되었

* 거울을 보며 BTV를 해보니 귀와 가까운 목 부분의 근육이 살짝 움직이는 것 외엔 겉으로 보이는 변화가 없다. 귀 안에서는 ASMR 영상에서처럼 마이크를 붓으로 쓸어내리는 듯한 소리가 짧게 들린다.

고,** 이제는 압력 평형의 스트레스에서 완전히 해방되었다.

인간은 망각의 동물이라고 했던가. 나는 마치 압력 평형 기술을 처음부터 능숙하게 사용했던 것처럼 힘들었던 지난 시간은 잊고 눈앞의 초보자만 원망하고 있었던 거다. 심지어 그 기술은 내가 노력해서 얻은 것도 아니었는데. 내 기억 속엔 없지만 아마 나도 한때는 압력 평형 문제로 다른 다이버의 속을 타들어가게 했던, 서툰 다이버였으리라는 생각이 들자 뾰족하던 마음이 살포시 가라앉았다. 그날 저녁 식사 시간, 그녀에게 다가가 말을 걸었다.

"몸은 좀 어때? 여행 왔는데 감기 걸려서 속상하고 힘들겠네."

그녀도 우리에게 내심 미안했던 것 같은데, 아까 배에서 뾰로통해 보였던 건 내 기분 탓이었을지도 모른다. 다이빙 초보지만 바다를 사랑하고 여행을 자주 다니는 그녀와 어렵지 않게 대화를 이어갈 수 있었다. 마티니 한 잔을 마시며 이야기를 나누고 나니 오늘 제대로 하지 못한 다이빙에 대한 아쉬움도 웃음과 함께 허공으로 흩어졌다. 그녀는 내가 강사라는 것을 알고 이런저런 질문을 해왔고 나는 최대한 따뜻한 표현으로 컨디션이 안 좋

** 압력 평형은 거의 수심 매 1미터마다 해야 해서 손을 사용하지 않아도 된다는 건 엄청난 행운이다.

을 때 이런 깊은 수심 다이빙은 시도하지 않는 게 좋다는 조언도 건넬 수 있었다. 대화 후 표정이 밝아진 그녀를 보면서 진작 배에서 먼저 안부를 묻지 못한 내가 참 못나게 느껴졌다.

때로 서툰 사람은 약자이며 의도하지 않은 죄인이 되기도 한다. 태도가 잘못된 것이 아닌 단지 경험이 부족할 뿐인데 이런 약자를 비난해 궁지로 모는 것은 어린아이를 '훈육'이라는 이름으로 학대하는 것과 크게 다르지 않다. 물론 미운 마음이 들 수도, 짜증이 나고 화가 날 수도 있다. 겉으로 드러내지만 않는다면 이러한 부정적인 감정 자체를 잘못되었다고 비난할 수는 없다. 마음은 통제의 대상이 아니니까.

그렇지만 서툰 이에게는 시간이 필요하다. 혼내고 다그친다고 빨리 숙련되지 않는다. 어차피 시간이 필요한 일이라면 나는 그 시간이 서로에게 따뜻한 것이면 좋겠다. 서툰 이에게 전해진 온기는 시간이 지나 또 다른 서툰 이에게 용기와 희망으로 이어질 테니까.

차가운 바람의 강한 힘으로 외투를 벗기는 것보다 따뜻한 햇볕의 부드러움으로 스스로 겉옷을 내려놓을 수 있게 만드는 세상. 서툰 이에게 좀 더 너그러운, 모든 강사는 한때 오픈 워터 다이버였음을 기억하는 세상이면 좋겠다.

바다에도 단계가 있다

하늘과 바다가 맞닿아 생긴 수평선. 그 위로 솟아오르고 또 아래로 사라지는 태양. 바다 앞의 숙소에 머물면서 일몰과 일출의 아름다움에 취하고, 그 찬란한 에너지를 담아오는 경험은 다이빙 투어의 보너스 같은 행복이다. 일몰이 감성적이고 로맨틱한 느낌이라면, 일출은 하루의 시작을 응원하는 희망과 용기의 메시지 같다. 꼭꼭 숨어 있던 태양이 이마부터 조금씩 솟아올라 하늘 높은 곳에 자리 잡는 상승 에너지를 두 눈으로 직접 보는 것은 많은 사람의 버킷리스트 중 하나다. 여행을 마치고 돌아와 더 이상 하늘과 태양을 보지 않고 시작하게 된 새로운 아침이면 '아, 여행이 끝났구나'를 실감하며 집에 무사히 돌아왔다는 안도와 안락함은 아쉬움으로 바뀌곤 했다.

그런데 일출 명소라고 소문난 곳에 아무리 일찍 도착해도 반드시 일출을 볼 수 있는 건 아니다. 한 줄기 빛이 점점 면적을 키워가며 완벽한 동그라미가 되는 과정을 기대했던 사람들은 구름이 드리워진 하늘 아래에서 태양 찾기에 열중하다가 온 세상이 환해져버리면 곧 허탈함에 빠진다. 그들은 아마도 수평선에서, 산등성이에서 처음으로 빼꼼 내민 태양의 머리를 보고 싶었고, 어딘가에 반쯤 걸려 있는 태양을 사진으로 담고 싶었을 것이다.

내 눈높이보다 더 낮은 곳에서 떠오르기 시작한 태양이 조금씩 위로 올라가는 바로 그 과정에 우리가 일출을 사랑하는 이유가 있지 않을까. 구름이 일출 과정을 가려버린다면 태양은 저 낮은 곳에서부터 올라온 것이 아닌 늘 높이 떠 있는 대상, 나와는 다른 먼 존재일 뿐이다. 생각해보니 우리는 삶에서도 타인의 일출 과정을 발견했을 때 그에게 내적 친밀감을 느끼는 것 같다. 고난과 역경의 단계를 밟아 올라 마침내 성공에 이른 스토리는 다수가 좋아하지만, 복권에 당첨되거나 부전승으로 덜 다치며 더 높은 곳으로 오른 이에 대한 시선은 곱지 않다. 그럼에도 불구하고 만약 합법적으로 덜 고생하며 더 짧은 시간에 원하는 곳에 도착할 수 있는 패스트 트랙이 주어진다면 이를 마다할 사람이 얼마나 될까.

"바다는 어디가 좋아요?"

자주 받는 질문이지만 간단명료하게 대답하기가 쉽지 않다. 바다에도 단계가 있어서 나에게 좋은 바다가 타인에겐 좋은 바다가 아닐 수도 있기 때문이다. 스키장 슬로프에 초급, 중급, 상

팔라우 '블루코너'라는 다이빙포인트에 살고 있는 나폴레옹피시Humphead Wrasse.

Live

블루스트라이프 스내퍼 Bluestripe Snapper.

급, 최상급으로 코스 난이도가 있는 것처럼 바다도 포인트마다 난이도가 다 다르다. 상대적으로 편하고 쉬운 바다도 있고, 초보자에겐 어렵고 많은 다이빙 경험이 필요한 바다도 있다.

신혼부부나 가족 단위 관광객이 많아 체험 다이빙을 주로 진행하는 열대 바다는 초급자용 쉬운 바다다. 수심이 얕고 맑아서 태양빛이 닿아 밝고 내 시력만큼 멀리까지 볼 수 있다. 수온도 28~30도 정도로 따뜻하다. 조류의 흐름이 거의 없어 잔잔하고 알록달록 작고 예쁜 물고기와 아름다운 산호를 배경으로 수중 사진을 남기기에도 좋다. 필리핀의 세부, 보홀은 초급자부터 상급자까지 포인트별로 두루 즐길 수 있는 바다다.*

그런데 바다와 막 사랑에 빠진 다이버 중에는 자신의 현재 실력에는 버거운 지역으로 투어를 가는 경우가 많다. 커다란 해양생물을 보고 싶은 마음 때문인데, 안타깝게도 그런 생물들은 대부분 조류의 흐름이 강한 곳에서 나타나기 때문이다. 한국 직장인에게 긴 휴가는 1년에 한두 번뿐이니 소중한 휴가

* 필리핀 세부라는 한 지역 내에서도 다이빙 포인트마다 난이도가 각각 다르다. 하나의 섬에도 수많은 다이빙 포인트가 있고 포인트마다 지형과 수심, 조류의 세기와 흐름이 다르다. 따라서 특정 지역의 이름을 들었을 때 머리에 떠오르는 평균적인 난도는 있지만, 포인트별 난도는 천차만별일 수 있다.

를 더 멋지게 보내고 싶은 마음도 이해한다. 그렇지만 내 몸이 아직 스쿠버 다이빙 장비와 물속 움직임에 익숙해지지 않았다면 아무리 볼 것이 많은 바다도 그저 힘겨운 바다일 뿐이다. 만약 수영장에서 기술 훈련을 많이 해서 비교적 안정적인 다이빙 스킬을 가진 초보자라면 어떨까. 그래도 나는 바다를 단계별로 경험하라고 추천하고 싶다. 안정적인 다이빙 기술은 바다를 만나기 위해 갖출 기본 옷차림과 같은데, 드레스코드를 기준에 맞춘 것만으로 참여하는 모임의 문화를 온전히 공유하고 즐길 수 있는 것은 아니기 때문이다. 같은 바다에서도 무엇을 보고 어떤 감정을 느끼는지는 기존 경험에 따라 달라진다. 자신의 실력과 경험의 수준을 넘어서는 바다에서 초급자가 다이빙을 한다면 마치 일출 명소에서 떠오르는 태양의 머리를 보지 못한 채 이미 주변이 환해져버린 기분일 것 같다.

'신들의 바다정원'이라 불리는 남태평양의 팔라우는 내가 참 좋아하는 아름다운 바다다. 많이 봤던 해양생물 종이라도 훨씬 크기가 크고 여러 종의 상어와 만타를 볼 수 있는 맑고 푸른 바다. 필리핀 바다가 수만 송이 꽃축제를 즐기는 느낌이었다면 팔라우는 월드컵 경기장에 들어서서 열렬히 응원하는 기분이랄까. 축구 경기를 제대로 즐기려면 열띤 응원에 필요

(위) 만타가오리Manta Ray, 팔라우 바다.
(아래) 푸른바다거북Green Sea Turtle.

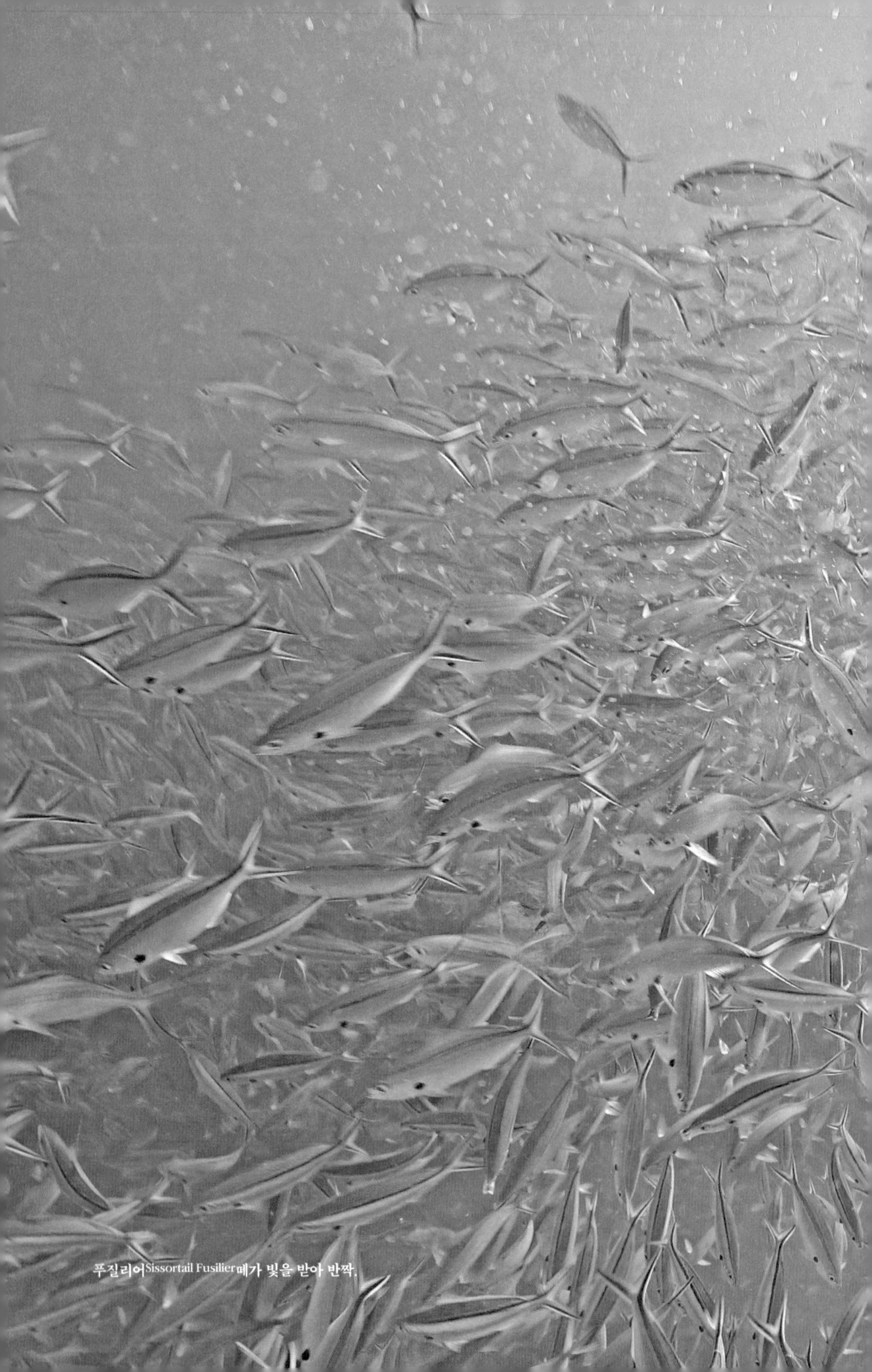

푸질리어Sissortail Fusilier떼가 빛을 받아 반짝.

한 체력과 축구 관련 지식, 직접 관람에 희열을 느끼는 취향과 감성을 두루 갖춰야 하는 것처럼 팔라우 바다의 역동적이고 생생한 느낌을 제대로 즐기려면 센 조류에 맞설 체력과 안정적인 다이빙 스킬, 바다 경험이 필요하다. 다이빙 포인트까지는 육지에서 스피드보트로 한 시간이 걸리는데 배의 속력 탓에 바람이 무척 세서 두꺼운 방풍 재킷을 입지 않으면 춥다. 물밖 상황의 작은 변화에도 심리적 영향을 받는 초보자에게 소음이 큰 스피드보트를 매일 왕복 두 시간씩 타는 일은 부담스러울 수 있다.

오픈 워터 다이버였던 시절, 나는 오로지 다이빙 스킬 훈련을 위해 일주일에 한두 번 수영장을 찾을 정도로 열혈 다이버였지만, 바다와 교감하는 데 필요한 경험을 수영장에서 채울 수는 없었다. 그 시절 보고 느꼈던 것에 강사가 된 후 초보 다이버와 함께한 시간을 더하니 알게 되었다. 같은 바다에 가더라도 숙련자는 100에 가깝게 느꼈을 바다의 아름다움을 초보자는 30~40도 느끼지 못할 가능성이 크다는 것을. 그런데 내가 얻은 경험이 100에 한참 못 미치는 30~40에 머물렀다는 것을 모르는 초보자는 아쉽게도 한 번 가본 곳이란 이유로 그 바다를 다시 찾지 않을 수도 있다. 책이나 드라마, 영화도 보는 사람의 경험과 상황에 따라 다르게 느끼는 것처럼, 수많은 다이빙으로 차근차근 쌓아온 감성이 폭발했을 때 최고의 환희를 안겨주는 바다를 초보 다이버가 흘려 보내는 것이 안타깝다.

과거의 다이빙 경험은 미래의 다이빙에 영향을 미치기 때문에 안타까움은 이어진다. 비록 30~40밖에 못 담아왔다 하더라도 팔라우에서의 다이빙 기억이 쉬운 바다에서의 경험보다 훨씬 강렬하고 좋은 자극이었을 수 있다. 이렇게 기준점이 팔라우가 되어버린 다이버에게는 잔잔하고 아기자기한 바다가 시시하고 허전하게 보인다. 대물도 없는 평안한 바다에서 흔한 생물만 봐도 즐거울 수 있는 마인드는 더 오랜 시간을 바다에서 보낸 사람에게 찾아오는 선물이기에 이런 초보 다이버는 다음 바다를 '팔라우보다 못한 바다'로 느낄 가능성이 작지 않다.

몇천 번 다이빙하면서도 꿈처럼 기다리는 고래상어와 아직도 만나지 못한 강사님을 안다. 그런데 어떤 다이버는 고래상어가 자주 나타나는 곳이 아닌데도 생에 첫 다이빙에서 고래상어를 봤단다. 첫 다이빙에 고래상어를 본 것은 축하할 일이지만 과연 그 다이버가 몇천 번의 기다림 후 고래상어를 본 강사의 마음속 기쁨과 행복의 크기를 짐작할 수 있을까.

단계를 밟아 차근차근 올라간 경험을 갖고 있는 사람에게는 잠시 한두 계단 내려오더라도 다시 올라갈 수 있는 저력이 있다. 하지만 처음부터 높은 곳에서 시작한 사람은 한두 계단 내려와 여전히 높은 곳인데도 마치 지하로 떨어진 것처럼 느낄 수 있다. 단계를 건너뛰어 높이 오른 사람이 한 단계씩 올라가고 있는 자의 행복한 성취감을 온전히 공감할 수 있을까. 그러니 단계를 뛰어넘은 사람을 부러워할 필요는 없다. 단계를 뛰어넘기 위해 비도덕적 방법을 사용한 게 아니라면 곱지 않게 볼 이유도 없을 것 같다.

내 삶에서 가장 소중하고 중요한 존재인 나를 태양이라고 생각해보면 어떨까. 천천히 단계를 밟아가는 나를 누군가는 일출의 아름다운 과정으로 바라보고 있다고. 만약 내가 내려오는 중이라 해도 그 모습이 누군가에게는 낭만 가득한 일몰일지도 모른다고. 밤의 시간을 지나 다시 떠오를 태양임을 스스로 굳게 믿으면서 구름에 가려지지 않을 빛나는 궤적을 그려나갈 수 있기를.

최선을 다하는 것이 최선일까

"아까워서 다 먹었어요."

기체를 전부 다 사용하고 바로 출수한 그 다이버의 말을 처음 들었을 땐 민망한 마음에 건넨 농담일 거라 생각했다. 바다에 들어갈 때에는 보통 200바bar 정도로 기체 탱크를 충전하고 다이빙을 시작한다. 다이버 각자의 탱크에는 남은 기체량을 알려주는 잔압계guage가 달려 있고, 다이버는 수중에서 수시로 이 잔압계를 확인한다. 펀 다이빙을 할 때는 보통 기체량이 70바 정도 남았을 때 리더에게 알리기로 입수 전 약속한다. 다이빙 중 남은 기체량이 70바가 된 팀원이 생기면 팀 전체가 상승 준비를 시작한다. 상승할 때는 수면까지 바로 올라가는 것이 아니라 수심 3~6미터 구간에서 약 3분간 머물면서 체내에 남은 질소를 다 배출한 뒤 출수 준비를 하는 '안전정지'를 한다. 안전정지를 마치고 천천히 수면으로 상승해서 배에 오르면 탱크에는 기체가 30~50바 정도 남아 있다.

그런데 어느 날 '빵빠(0bar)' 출수에 매번 진심인 다이버를 만나고 너무 놀랐다. 돈 내고 하는 다이빙에 다른 사람들은 기체를 남기지만, 본인은 아낌없이 다 마시고 나와 참 뿌듯하다는 것이다. 아, 왜 이분께 아무도 기체 관리의 의미를 알려주지 않았을까. 무미무취無味無臭의 탱크 속 기체도 뷔페 레스토랑의 음식처럼 같은 돈 내고 많이 먹는 사람이 이익이라고 생각할 줄은 차마 상상하지 못했다. 이건 안전과 직결되는 문제이며 본인과 팀원 전체에게 영향을 줄 수 있는 행동이라서 나는 해맑고 순수한 표정의 그분을 붙잡고 강사 모드로 진지하게 이야기를 시작했다.

다이빙은 변수가 많은 활동이다. 우리가 머무는 공간이 단순한 구조물이 아닌 살아 있는 생명의 바다이기 때문이다. 입수 전에 세운 계획대로 되지 않아서 다소 아쉬울 때도 있지만, 바로 그 점 때문에 기대하지 않았던 큰 감동을 얻기도 하고, 철저한 준비와 훈련이 가져다주는 성취의 보람을 느끼기도 한다. 방심하고 나태한 태도를 주변 사람에게 지적받기도 하면서 곁에 있는 사람의 소중함과 진면목을 보고 느낄 기회도 얻는다. 그래서 나는 다이빙에 인간의 삶과 철학이 담겨 있다고 생각한다. 그중에서도 다이빙이 우리 인생과 닮아 있다고 느끼는 결정적인 이유는 버디 시스템과 한정된 기체를 관리한다는 점이다. 각본 없는 드라마라고 불리는 스포츠 종목들이 인생에 종종 비유되지만, 다이빙만큼 내 짝을 목숨 걸고 지키는 시스템이 기본인 종목이 과연 몇이나 될까.

한 사람의 탱크에 호흡기가 2개 달려 있고, 문제가 생기면 버디의 호흡기를 물고 출수하는 법을 다이빙 입문 때부터 배우는 이유는 버디와 나, 둘 중 한 사람의 호흡에 문제가 생겼을 때 나머지 한 사람의 장비로 무사히 출수하도록 하기 위함이다. 이처럼 생명과 안전을 위해 서로를 신뢰하고 협동해야 하는 것이 버디 시스템의 기본이다. 다이빙이 다 끝난 후 자신의 탱크에 남아 있는 기체 50바는 나 자신과 내 버디가 함께 호흡하며 안전정지를 무사히 마치고 물 밖으로 나올 수 있는 최소한의 기체량이다. 몸속 질소를 다 내보내고 안전정지를 하지 못한 채 급하게 출수하면 상해를 입을 수도 있어서 두 사람 모두 안전정지 수심에 머무르며 같이 호흡할 충분한 양의 기체가 필요하다. 내게는 버디를 안전하게 물 밖으로 데리고 나갈 책임이 있고, 버디 또한 내가 자신을 안전하게 살려줄 거라고 믿는다. 반대로 내가 기체가 없는 상태가 되면 버디가 나를 구해줄 것이다. 상황은 언제든지 뒤바뀔 수 있다.

그래서 의도적인 0바 출수는 결코 뿌듯해하면 안 되는 일이다. 0바 출수는 '나는 상대방의 위험에는 관심 없어요' 같은 냉정하고 이기적인 선언이기도 하다. 그와 짝을 이루는 사람은 외롭고 두려운 상태로 혼자 무거운 짐을 지게 되겠지. 규칙을 어겨도 상관없다고 생각하는 사회구성원은 좋은 사람이 아니다. 수중에서 70바가 되면 리더에게 말하기로 한 약속을 그는 매번 '뭐 이것쯤이야'라고 가볍게 생각했을 거다. 그렇지만 이미 합의된 사회적 약속의 가치를 맘대로 판단하고 무시할 자격은 누구에게도 없다.

비현실적인 자신만의 행복 회로에 따라 다이빙하는 사람, 정확히 0바를 채워 출수하는 버릇을 들인 사람에게 어느 날 바다는 거세게 심술을 부릴지도 모른다. 다른 때보다 조류가 심하고 수온이 낮아지면 호흡량은 달라지고 갑작스럽게 기체를 다 마셔 숨 쉴 수 없는 상태에 이를 수도 있다. 버디에게 줄 기체는 한 번도 남겨둔 적 없었으면서 자신이 숨 쉴 기체가 필요한 상황에서 그는 비로소 버디를 찾게 될 거다. 다이빙은 수면에 고개를 내민 후에도 배에 탈 때까지는 늘 긴장 상태를 유지해야 한다. 파도가 너무 높은 날에는 수면에서 물을 먹고 패닉에 빠질 수도 있어서 배에 오를 때까지 호흡기를 입에서 빼지 않고 탱크의 기체로 숨을 쉬어야할 수도 있다. 그러니 이번 다이빙에서도 기체를 다 마시고 빵빠로 출수했다며 자랑스럽게 수면 위로 솟아오르는 일은 오늘로 끝이어야 한다.

내 말을 듣고 놀란 토끼 눈이 된 빵빠 다이버는 정말 몰랐다며, 앞으로는 반드시 기체를 남겨오겠다고 약속했다. 그는 다이빙이 너무 좋아서 기체를 마지막 한 모금 마실 때까지 물속에 있으면 뭔가 더 열심히 하는 기분이었다며 본인 생각이 너무 짧았다고 했다. 사실 매번 한 탱크를 다 마셔야 하는 것도 은근한 스트레스였기에 이제 기체를 덜 먹는 만큼 살 빠지지 않겠다는 그의 농담에 다 같이 웃었다. 자신의 잘못을 받아들이고 웃음으로 대화할 수 있는 그는 좋은 어른 다이버가 될 건강한 자아를 가진 사람이었다. 아직 경험이 많지 않은 아마추어 다이버는 좋은 어른을 만나지 못한 청소년과 같다. 몰라서 제대로 행동하지 못한 아이는 잘 배우고 앞으로의 변화를 약속하면 된다.

생각해보니 그의 말처럼 무언가에 올인하는 것이 최선을 다하는 것이라고 착각하는 경우가 종종 있는 것 같다. 사람마다 성향이 달라서 누군가는 현재의 삶을 즐기는 데 더 비중을 두고 누군가는 현재의 즐거움을 억제하고 미래의 영광에 더 중점을 두는 삶을 살아간다. 나는 전자 쪽이다. 미래에 누릴 영광은 '미래의 나'의 것인데 그 존재는 '지금의 나'와는 신체의 나이도 경험도 생각의 깊이도 전혀 다른 사람일 것이라서 나는 현재의 내게 더 많은 경험의 기회를 주고 싶다. 그래서 무언가를 비축해두기보다는 현실의 삶에 많이 투자하려는 편이다. 그렇지만 현재에 집중하는 것과 지금 원하는 걸 얻기 위해 모든 것을 내던지는 것은 분명히 다르다.

누군가 내게 연기자의 꿈이 절박해 보이지 않는다며 폄하한 적이 있다. 최선을 다하는 모습이란 꼭 주변의 사랑하는 사람을 위해 남겨두어야 할 50바의 기체까지 다 빨아먹으며 위험을 감수하는 모습일까? 주변 사람이 나 때문에 고생하더라도 내가 가고 싶은 길을 고집하는 것이 절박한 내 꿈을 위해 나아가는 멋진 모습일까. 매번 나는 0바까지 '내' 기체를 다 마시고 버디의 기체까지 마시며 상대를 불안하게 만들어야만 정말 열정적으로 꿈을 위해 노력하는 사람으로 보일까.

내가 존경하고 마음으로 의지하는 한 감독님은 나에게 외부의 힘으로 떠나가는 자리를 찾아오기 위해 존엄을 버리지 말라고 가르쳐주셨다. 내가 규칙을 깨지 않는 모습이 좋아 보인다고 말씀하셨다. 절박함과 열정이라는 단어로 포장했지만 무언가를 갖고 싶어서 지켜야 할 것을 놓아버린 사람은 오히려 흔히 볼 수 있어서, 시간이 걸리더라도 정도를 지킨 사람이 나중에는 그 가치를 더 인정받을 거라고.

언제든지 사랑하는 이가 위험에 처하면 나의 50바는 0바가 될 준비가 되어 있다. 그리고 어쩌면 인생을 걸 대단한 배팅의 기회라면 나도 버디에게 한 번쯤은 50바를 나눠달라고 부탁할지도 모르겠다. 그렇지만 수시로 비상금에 손대듯 50바를 마시고 싶진 않다. 다이빙에서도 삶에서도 기본을 지키고 타인을 배려하는 마음은 열정이나 절박함의 크기와는 상관없이 꼭 필요하니까.

기본을 지키며 사는 타인의 모습이 불편한 사람들, 그래서 당연한 것을 열정이나 절박함이 없다고 깎아내려야 맘이 편안해지는 사람들. 그들이 생각하는 당연한 위태로움에 길들여지지 않으며 안전한 삶의 다이빙을 이어가면서 현재의 나에게 최선을 다해주련다.

포기할 수 있는 용기

스물여섯 살. '새로운 도전'이라는 보기 좋은 말로 포장했지만, 그것은 내 인생에 가장 무거운 포기였다. 못 견뎌서 떠난다는 것보단 다른 꿈을 찾아간다고 말하는 것이 너에게 좋다며 마지막 순간까지 기사 내용을 체크하던 선배의 당부는 조언을 가장한 가스라이팅이었단 걸 시간이 오래 지난 후에 알게 됐다. 첫 직장을 포기하기까지 얼마나 큰 용기가 필요했는지 그 사실을 유일하게 아는 나조차도 나 자신을 향한 완벽한 응원이 어색했을 만큼, 하던 일을 그만둔 결정에 대한 사회의 시선은 너무도 차가웠고, 말하지 못한 진실 속에서 나는 오랜 시간 동안 비난에 휩쓸렸다.

세상의 모든 도전이 반드시 숭고하지만은 않은 것처럼, 수많은 포기 중에 어떤 것은 나약하고 비겁한 이의 도망 혹은 배부른 자의 이기적인 편법쯤으로 매도해선 안 되는 진짜 용기가 필요한 결정이었을 지도 모른다. 어떤 포기는 생존을 두고 고뇌한 무거운 선택의 결과이며 당사자가 아닌 사람은 그 포기의 무게를 온전히 느낄 저울이 될 수 없다.

방송 생활을 하면서 내게 포기는 프로의식의 결여나 도덕적 해이의 결과물처럼 점점 더 부정적인 개념으로 굳어졌던 것 같다. '연기자는 카메라만 돌면 다한다'*는 말처럼 위험천만한 상황이 불시에 닥치는 경우에도 수십 명의 스태프가 나 하나를 바라보고 있다는 생각, 저 수많은 사람의 퇴근이 나에게 달려 있다는 책임감 때문에 스스로 자책하는 상황에 익숙해져야 했다. 한밤중 차가 쌩쌩 달리는 고속도로에서 어떤 보호장치도 없이 반대편 차선 끝에서 달려 중앙 가드레일을 맨몸으로 넘고 이쪽 차선 끝까지 오라는 위험천만한 요구에도 못 하겠다고 하면 내가 유별난 사람이 되는 것과 같은 혹독한 상황에 놓여 있었다.

언젠가부터 인간의 한계에 도전하는 서바이벌 리얼리티 프로그램이 많아졌다. 너무 가학적이고 위험하다는 비판에도 한계에 도전하고 이를 극복해가는 성장형 서사는 대중의 관심을 집중시키고 그 안에서 스타가 탄생하기도 한다. 정해진 규칙과 인격을 지키면서도 어려운 도전을 하고 이를 통해 원하는

* 카메라가 녹화 중인 상태를 '돌고 있다'라고 표현한다. 아마 필름을 사용하던 시절 필름 롤이 원형이라 촬영을 시작하면 필름이 원을 그리며 돌아가던 데에서 비롯된 은어가 아닐까 추측한다.

것을 이뤄낸 사람은 분명 아름답다. 그 감동적인 노력의 과정과 성취의 카타르시스에 동참하는 것을 나 역시 참 좋아한다. 그렇지만 세상이 도전과 승리에 대한 열광으로 차오른 만큼 포기는 인생을 덜 열심히 사는 태도라는 부정적인 이미지로 낙인찍혀 버린 것 같다. 그 어떤 프로그램도 포기한 사람들의 진짜 이야기를 승자를 보는 애정 어린 시선으로 승자의 분량만큼 다루지 않기 때문이다.

처음이었다. '포기해도 괜찮아'가 아니라 '포기할 수 있어야 한다'고 배우는 것. 서른이 넘어 다이빙 강사 시험을 준비하면서 포기할 수 있는 용기는 팀을 이끄는 리더가 반드시 갖춰야 할 능력이라는 말을 들었을 때 마음이 저릿했다. 포기는 능력이 부족해서 하는 것이 아니라 필요한 결단이라는 그 말이 참 고마웠다.

강사가 된다는 것은 스쿠버 다이빙 교육과 투어를 통해 영리 행위를 시작할 수 있는 조건을 갖추게 됨과 동시에 나와 타인의 안전이라는 책임의 무게를 감당해야 한다는 뜻이기도 하다. 강사는 아마추어 다이버들과 팀을 이루어 투어를 가면 다이빙과 관련된 활동에 대한 최종 결정의 책임을 진다. 우리는 최대한 보수적인 선택을 해야 하고 그 선택지 중에는 포기도 있다.

가장 보수적인 선택은 '이 정도는 괜찮겠지'라는 불편함이 감지된 순간 '이 정도도 위험이 될 수 있어'라는 관점으로 생각해

보고 내리는 결정이다. 보통 이런 관점은 이윤을 많이 남기려 노력하는 상업적 논리에 어긋난다. 다이빙 강사의 보수적인 선택이란 대체로 다이빙을 하지 않거나, 횟수를 줄이거나, 더 수심이 얕고 안전한 지역으로 장소를 변경하는 등 다이빙 비용을 줄이거나 추가 요금을 받을 기회를 없애는 쪽이기 때문이다.

만약 기상 상황이 안 좋아서 다이빙 리조트에서 오늘은 바다에 못 간다고 선언한다면 강사는 어려운 선택을 할 필요가 없다. 날씨는 강사 탓이 아니니 다이빙을 못 하는 것이 속상하더라도 팀원들의 원망 대상은 강사가 아니다. 문제는 배는 뜰 수 있지만 파도가 거칠어 바닷속에서 여러 어려움이 예상되는, 애매하게 안 좋은 날씨다. 이럴 때에는 팀원들의 다이빙 실력, 개개인의 컨디션, 팀원들의 성격, 다이빙 성향, 전체 투어 일정 등 여러 가지 요소를 종합적으로 고려해서 판단해야 한다. 만약 팀원이 이번 투어에서 자격증 취득에 필요한 다이빙 횟수를 채워야 하고 당분간 휴가를 내기는 어렵다면, 경험이 부족한 초보자를 이끌어야 하는 강사의 마음은 복잡해진다.

업무 강도가 높고 쉬는 날이 많지 않은 한국인에게 휴가는 정말 소중하다. 직장인 다이버는 휴가를 아끼기 위해 잠잘 시간에 이동하고 도착 후 휴식 없이 바다로 향해 알차게 시간을 보낸다. 빡빡한 스케줄의 직장인 다이버 투어에 동행해본 적이 있는데 귀국하자마자 공항에서 회사로 바로 출근하는 그들의 열정과 체력에 정말 놀랐다. 그 고된 일정을 감수하고서라도 다이빙하러 왔는데 날씨가 나빠서 다이빙할 수 없게 된다면 그 실망감이 얼마나 클까. 더구나 배가 뜰 수 있는 상황인데도 단지 리더의 결정 때문에 다이빙을 하지 못한다면 누군가는 크게 불만을 가질 수도 있다. 그렇지만 무조건 해보자는 마음은 용기가 아닌 오기일 수 있다. 만약 이 상황이 충분히 위험하다고 판단했다면, 리더는 비록 원망을 듣더라도 포기를 선언해야 한다. 나는 그것이 포기할 수 있는 진정한 용기라고 생각한다.

리조트에는 우리 팀뿐만 아니라 다양한 인솔자가 각자의 팀과 함께 있다. 어떤 팀은 안전제일을 외치며 오늘은 각자 휴식을 선언한다. 어떤 팀은 이보다 훨씬 더 강한 바다도 많이 겪어봤다며 무조건 다이빙을 간다고 한다. 그 팀원 중 몇 사람은 표정이 어둡지만, 자신의 목소리를 내지 못하는 것 같다. 우리 팀은? 과연 어떤 선택이 옳은 것일까. 정답은 없다.

만약 다이빙 포기를 결정했는데 다이빙을 나갔던 다른 팀이 상상도 못 했던 대물을 만나 정말 최고의 다이빙이었다며 사진과 영상을 자랑한다면? 우리 팀원들은 나를 원망할 수도 있고, 영업적 관점에서는 나쁜 후기를 얻고 고객을 잃을 수도 있다. 그런데 반대로 찜찜한 마음으로 나간 바다에서 누군가가 우려했던 상황을 겪게 된다면 어떻게 될까. 우리는 그 트라우마를, 그 상처와 후회를 어떻게 감당할 수 있을까.

선택은 늘 그렇다. 옳은 선택이란 것이 존재하기는 할까. 결과를 보고 나서 그것이 옳은 선택이었는지 아니었는지 평가하는 것은 아무런 의미가 없다. 선택의 순간엔 너무도 명확할 것 같았던 결과가 예상과 달랐던 경험은 누구에게나 있다.

모두를 위험하게 만들었지만 결과가 좋았다고 해서 그 선택이 과연 옳았다고 할 수 있을까? 1명도 희생시키지 않는 멀리 돌아가는 길을 택했다고 해서 그 리더는 무능력하고 용기가 없는 사람인 걸까? 선택권을 가진 사람은 권력을 가진 듯 보이지만 그 선택의 결과에 대한 책임의 무게를 견뎌내야 하는 사람이기도 하다. 그 누구도 대신 살아줄 수 없는 내 삶의 무게를 온전히 감당할 사람은 나 하나인 것처럼.

다이빙하지 않아야 할 상황은 리더가 결정하지만, 팀이 다이빙하기로 했을 때 다이버 개인은 자신의 상황을 고려해서 다이빙 참여 여부를 선택할 수 있다. 다이빙할 수 없을 만큼 아픈 것은 아니지만 불편한 통증이 있거나 컨디션이 저조해서, 혹은 남들이 이해하기 어려운 이유일지라도 자신만의 심리적 요인으로

인해 다이빙하지 않는 게 좋겠다고 느낄 수도 있다. 그럴 때 '저 이번엔 쉬고 싶어요'라고 말하지 못하는 다이버가 적지 않다.

포기를 말하는 것은 절대 나약한 것이 아니다. 모두가 한다고 할 때 하지 않겠다고 말하고 돌아서는 것은 절대 쉬운 일이 아니기 때문이다. 불편함을 감추고 다이빙을 강행하면 나뿐만 아니라 다른 팀원들 모두를 위험에 빠뜨릴 수도 있다. 그 결과로 내 가족과 사랑하는 사람의 마음을 아프게 만들지도 모르는데 멈추지 않는 것만이 멋지고 자랑스러운 모습이라고 누가 단정할 수 있을까. 도전과 성취보다 더 중요한 것은 안전, 그리고 우리 존재의 가치다.

혹시 이 글을 읽고 있는 귀한 당신, 무언가를 끝까지 해내지 못하고 중단했던 자신을 미워하거나 자책하고 있다면, 당신을 잘 알지 못하는 사람들의 가벼운 평가와 불확실한 미래에 대한 두려움에 홀로 오롯이 맞서며 가던 길에서 멈춰 설 수 있었던 그 용기를 이제는 스스로 칭찬해줄 수 있었으면 좋겠다. 그거 절대 쉬운 결정 아니었잖아요.

앞으로도 나는 많이 시작하고 또 많이 멈출 생각이다. 파도가 높은 바다 앞에서 스릴 넘치는 다이빙을 진행하는 것보다 우리의 안전을 지키는 것이 더 중요했다는 내 결정이 옳은 선택이자 용기였음을 믿으면서.

Love

조류에 맡긴
마음

전혀 예상하지 못했던 곳에서 너무 갑자기 만난 강한 조류였다. 거슬러 돌아갈 엄두를 낼 수 없을 만큼 강하게 흘러 순간 겁이 나기도 했다. 잠시 벽을 붙잡고 위치를 유지하려고 애써봤지만 나는 이내 손을 놓고 바다에 몸을 맡긴 채 그저 흐르기로 마음먹는다. 어디서 떠오르더라도 괜찮아. 지난 오랜 시간 동안 내가 그려왔던 꿈의 바다가 지금 여기 흐르고 있다.

2019년 5월. 나는 다이빙을 시작한 지 8년 만에 처음 필리핀 세부에 갔다. 직항 비행기로 네 시간인 근접성, 따뜻한 기후와 수온, 합리적인 물가, 아름다운 자연환경과 훌륭한 시스템을 갖춘 한인 다이빙숍들. 세부는 한국인에게 정말 다이빙하기 좋은 지역이라 초보자부터 실력자까지 두루두루 찾는 곳이다. 그래서 한국인 다이버가 없는 곳을 선호하던 나에게는 늘 선택지에서 제외되는 곳이기도 했다.

2015년, 활발하게 방송 활동을 병행하며 PADIProfessional Association of Divinig Instructors* 강사 시험에 합격한 여자 다이버는 내가 처음이었기 때문에 좁은 다이빙 사회에서 나에 대한 여러 이야기가 만들어지고 또 내 귀에 들려왔다. 편하게 쉬러 간 곳에서까지 타인의 눈치를 보게 되는 것 같아 나는 프로 다이버가 되고 난 후 예전보다 더 한국인이 없는 지역을 찾아다녔던 것 같다. 그러던 중 2019년에 PADI 미국 본사와 홍보대사 계약을 맺게 되었다. 그 당시 일본과 중국에도 각각 나라를 대표하는 PADI 홍보대사가 있었는데 한국엔 1명도 없었던 때라 무척 명예롭고 기쁜 일이었다. 홍보대사의 자격으로 초대받은 첫 행사가 세부에서 열리는 수중 촬영 대회였다. 그렇게 처음 가게 된 세부에서 운명의 버디, 남편을 만났다.

수중 촬영 대회의 공식 행사는 세부 시내의 한 호텔에서 열리는 시상식 중심의 몇 시간이 전부였다. 정해진 출품 시간 전까지 시간을 자유롭게 보낼 수 있었다. 다이빙을 포함한 내 전체 여정은 3박 5일로 길지 않았지만, 참가자들이 많이 머물고 있는 세

* 전 세계에서 가장 많은 다이버 회원을 보유한 단체. 미국 캘리포니아에 본사를 두고 있다.

부 막탄 지역의 리조트는 왠지 부담스러워서 시내에서 배로 한 시간가량 떨어진 날루수안이라는 작은 섬에 숙소를 잡았다.

30대의 나를 가장 잘 아는 십년지기 친한 동생과 함께 도착한 세부 공항에서 리조트 사장님을 만나 픽업 차량에 올랐는데, 다른 손님 두 분을 기다려야 한다고 했다. 그런데 들어보니 기다리는 손님들이 강사인 데다가 레벨이 나보다 훨씬 높은 끝판왕 등급이라는 것이다. 순간 묘한 거부감이 들었다. 프로가 되고 난 후 내 상업성을 대가 없이 이용하려는 몇몇 사례들이 있었고, 이를 거절하며 관계가 끊어졌을 때 만들어진 부정적인 말들에 내 마음이 일그러지고 닫힌 상태였다. 누구인지, 어떤 사람인지도 모르는, 아직 도착하지 않은 그 두 사람이 나를 물속에서 관찰하고 평가할 거란 생각에 불편하고 갑갑해졌다.

한 시간쯤 지났을까. 두 분의 남자 강사님이 차에 올라탔다. 새벽 두 시가 넘어 피곤한 중에도 화면으로 익숙한 내 얼굴과 마주한 것이 의외였는지 놀란 표정이 스쳤다. 남편과의 첫 만남이었다. 우리는 이재한 강사와 최송현 강사로 소개를 받고 처음 고개 숙여 인사를 나눴다.

"바다를 사랑하는 씨러버 여러분 안녕! 송현C입니다."

처음 보는 이 낯선 강사님이 갑자기 손동작까지 따라하며 내 유튜브 채널 영상 오프닝 멘트를 내뱉었다. 그때 나는 국내 최대 수중 전문 채널을 만들겠다는 목표로 유튜브에 많은 애정을 쏟고 있었는데, 내 채널의 구독자라는 것이다. 그때는 채널 구독자 수가 조금씩 늘어가고 있던 시기라서 이렇게 레벨이 높은 강사님이 내 채널을 볼 거라고 생각해본 적이 없었고, 내 마음이 지극히 소심해져 있던 터라 머릿속이 복잡해졌다. 숙소에 도착해서 동생에게 조심스레 물었다.

"이재한 강사님이 아까 오프닝 멘트한 거, 나 놀리는 거 같았어? 아니면 구독자라서 정말 반가워서 그런 것 같았어?"

내가 왜 이런 소심한 질문을 하는지 내 성격과 지난 시간을 너무도 잘 아는 동생은 전혀 놀리는 것 같지 않았고 정말 반가워하는 것 같았다고 말해줬다. 그때부터 나는 이 낯선 구독자가 조금 다른 방식으로 신경 쓰이기 시작했다. 나를 관찰하고 평가할 사람에서 내가 궁금해하는 사람으로.

날루수안은 섬 한 바퀴를 다 돌아보는 데 걸어서 20분이면 충분한 작은 섬이라 숙박을 하는 경우는 드물다. 그렇지만 그림처럼 아름다워서 보통 막탄에 머물면서 낮에 다이빙이나 호핑투어로 잠시 들렀다 가는 곳이다. 그래서 우리가 지내는 동안 이 섬에 숙박하는 한국인은 리조트 관계자들을 합해도 10명 미만이었다. 숙소에 머물던 손님은 모두 수중 촬영 대회 참가

자였는데 거대한 크기에 수중 라이트를 장착한 DSLR 카메라를 든 사람은 그와 나뿐이었다. 나는 사실 카메라 기종을 업그레이드한 후 처음 온 해외 투어여서 살짝 긴장한 상태였는데 그가 능숙하게 카메라를 다루는 것을 보고 호감도가 높아졌고, 얘기할 공통의 주제도 많았다. 그래서였을까. 첫 다이빙이 끝나고 우리의 호칭은 이미 '강사님'에서 '재한쌤'과 '송현쌤'으로 바뀌어 있었다.

바닷속에서, 배 위에서, 그리고 같이 있던 모든 시간 동안 겪어본 재한쌤은 나를 관찰하고 평가하는 사람이 아니었다. 그 시간을 함께 채우는 사람이었다. 자꾸 물어보고 싶고 자꾸 듣고 싶었다. 연결고리가 될 지인 1명 없는 낯선 사람인데도 그 곁을 떠나기 싫다는 생각이 처음으로 들었다.

다이빙을 같이한다는 건 상대방의 정말 많은 것을 알 수 있는 기회다. 일단 한두 시간 카페에서 이야기를 나누는 것과는 비교할 수 없이 오랜 시간을 함께 보내야 하고 그 시간 동안 겪는 다양한 일에서 습득할 수 있는 정보의 양이 절대적으로 많다. 다이빙 중에는 외적으로 꾸밀 수가 없으니 있는 그대로의 모습을 보게 되고, 쉬는 시간에는 식사를 같이할 확률도 높다. 장비를 만지거나 스태프를 대하는 태도, 바닷속에서 생물과 바다를 대하는 모습, 팀 안에서 행동하는 스타일도 보게 된다. 레벨의 높낮이와 관계없이 다이빙 철학과 스타일이 맞지 않으면 다이빙은 같이하기 힘들다.

"언제 또 투어 가요? 나, 이 팀 재밌는데."

재한쌤은 '이 팀'이라고 나와 동생을 에둘러 지칭했지만, 내게는 아직 초보 다이버인 동생이 아닌 나와 다이빙을 또 가고 싶다는 말로 들려 심쿵했다. '언제 밥 한번 먹어요'를 빈말로 못하는 내 유별난 성격이 잘못 켠 그린라이트가 아닐까 고민도 했지만, 꼭 이성이 아닌 다이빙 프로에게 한 말이라고 하더라도 기분 좋은 말인 건 분명했다.

통성명한 지 60시간쯤 지났을 때 우리는 각자의 일정으로 헤어졌다. 나를 너무도 잘 아는 동생은 그때 언니의 눈빛부터 행동 하나하나까지 사랑에 빠진 티가 심하게 많이 나서 다른 사람들도 눈치챌까 봐 안절부절못했단다. 한국에 돌아와 아직 필리핀에 있는 재한쌤을 기다리며 내 머릿속에서는 수많은 생각이 서로 자기주장을 펼쳐댔다.

30대 후반에 갑자기 찾아온 사랑의 감정. 전혀 예상하지 못했던 곳에서 만난 강한 조류 같았다. 그 사람을 알기 전의 나로 거슬러 돌아갈 엄두를 낼 수 없을 만큼 강하게 흘러 겁이 나기도 했다. 짝사랑하는 10대 소녀처럼 일주일 동안 밥도 제대로 먹지 못하고 불면의 밤을 보냈다. 나는 마흔이 넘은 그의 지나온 세월을 알지 못했고, 무엇보다 나에 대한 그의 마음을 알 수 없었다. 그가 나에게 보여준 따뜻한 모습은 원래 그 사람의 매력 넘치는 성격과 구독자로서 내게 가진 호감, 여행 기간 내내 여기저기 불려 다니던 셀럽에 대한 안쓰러움과 배려가 복합적으로 섞인 그저 한 인간에 대한 조금 특별한 존중이었을지도 모르는데.

내 이런 마음이 어쩌면 그에겐 너무 당황스러울지도 모른다는 생각에 내 마음을 다독일 방법을 찾아야 할 것 같았다. 꾹 참아 내려다가도 좋은 마음을 감추는 법을 잘 몰라서 연락이 오면 한 발짝씩 더 나가는 것 같았다. 강한 조류는 사람의 힘으로 버텨낼 수 없다. 벽을 붙잡고 조류가 잦아들기를 기다리며 돌아갈 수는 없더라도 지금의 위치를 유지하려고 애써봤다. 그런데 나는 이내 손을 놓고 바다에 몸을 맡긴 채 그저 흐르기로 마음먹었다. 거절당하면 어때. 안 좋은 끝이면 또 어때. 어디서 떠오르더라도 괜찮아. 지난 오랜 시간 동안 내가 그려왔던 꿈의 바다가 비로소 내 앞에 흐르고 있었다.

송현과 재한의 첫 만남, 날루수안

Love

세상에서 제일
로맨틱한 쓰레기

바다는 흔적을 남긴다. 다이빙을 다녀온 후 바닷물에 닿았던 모든 것은 민물로 잘 헹궈내지 않으면 염분이 남아 제품의 수명을 단축시킨다. 장비 세척은 설거지나 청소처럼 누군가에게는 귀찮은 일이지만, 남아 있는 바다의 흔적을 씻어내며 지난 여정을 떠올리는 추억 여행의 시간이기도 하다.

수중 촬영 대회와 개인 일정까지 다 마치고 한국에 돌아온 재한쌤은 다이빙 슈트를 다시 한번 손빨래했다. 보통 장비 세척은 다이빙 후 현지 리조트에서 하지만, 여러 손님의 장비를 민물이 담긴 큰 수조에 몇 번 헹구는 정도라서, 집에 돌아와 다시 꼼꼼하게 잘 씻어주는 게 좋다. 슈트의 물기를 제거하고 건조하려고 뒤집었을 때 주머니에서 툭 하고 무언가 떨어졌다.

'아, 송현쌤이 나한테 처음 준 거.'

그는 바닥에서 주운 그것을 싱크대 위에 올려두고 한참 바라보았다.

남편은 나를 처음 만났던 당시 필리핀 생활을 마치고 한국에서 다이빙 교육을 한 지 3년째였다. 필리핀에서는 7년 동안

1,000명이 넘는 교육생을 가르쳤는데, 그중 절반의 시간을 세부에서 보냈다. 그에게 익숙하고 자신 있는 곳인 세부에서 나는 보통의 40대 한국 직장인에게서는 기대하기 힘든 '여유'로 무장한 그가 가진 신선하고도 편한 느낌에 급속도로 깊게 스며들었던 것 같다.

새벽 2시에 처음 만나 통성명한 지 15~16시간쯤 지났을까. 우리는 나이트 다이빙을 준비했다. 세부에 오래 살았고 지금도 종종 세부를 찾는 그도 낮에만 왔다 가던 날루수안에서의 나이트 다이빙night diving은 처음이었다고 한다. 새벽 3시가 넘어 도착한 숙소에서 몇 시간 못 자고 일어나 다이빙을 시작했고 이번이 벌써 오늘의 네 번째 다이빙인데 참 신기하게도 피곤하지 않았다. 열대 바다에서 아기자기한 해양생물들을 보고 촬영하는 나이트 다이빙은 내게도 오랜만의 설렘이었다. 출품할 만한 좋은 사진을 찍을 수 있으면 좋겠다는 마음으로 입수했다.

세 번의 다이빙을 하는 동안 새 카메라를 다루는 데 적응한 덕분에 나는 고요하고 아름다운 바다를 촬영하며 평화롭게 그 시간을 즐기고 있었다. 그러던 중 내 눈에 부자연스러운 파란색 물체가 들어왔고 손이 자석처럼 뻗어나가 그걸 주웠다. 플라스틱 병뚜껑을 감싸고 있던 비닐 포장지였다. 평소라면 쓰레기 수거용 주머니를 챙겼을 텐데, 출품 사진을 신경 쓰느라 미처 준비하지 못했고 내 슈트에는 주머니가 없다 보니 한 손에 쓰레기와 카메라를 같이 잡고 바다를 유영하고 있었다.

그때 누군가 내 어깨를 톡톡 쳤다. 재한쌤이었다. 그는 쓰레기를 쥔 내 손을 가리키며 자기에게 달라고 손짓했다. 그의 슈트 바지 주머니를 가리키면서. 나는 고개를 숙여 감사를 표시하며 그의 손에 파란 비닐을 넘겼다. 그는 내게 받은 쓰레기를 슈트 주머니에 넣었다. 대단한 해양생물을 카메라에 담아냈을 때보다 더 설레는 순간이었다. 모두가 사진을 찍느라 바쁜 시간에 그가 나를 보고 있었다는 것. 나의 불편함을 인지하고 도와주고 싶어 했다는 것. 그가 나처럼 해양 쓰레기에 반응한다는 것. 그 짧은 순간 이루어진 그의 작은 행동 안에 많은 의미가 담겨 있었다.

다이빙을 시작할 때는 배를 타지 않고 바다에 걸어 들어갔는데, 다이빙이 끝날 때는 수위가 더 낮아져 일어서니 무릎 정도 높이에서 물이 찰랑거렸다. 얼굴이 물 밖으로 나오는 순간 재한쌤이 마스크를 벗고 정말 신이 난 어린아이처럼 말했다.

"송현쌤, 진짜 물속에서 쓰레기 줍는 사람이었네요! 나 송현쌤이 쓰레기 줍는데 심쿵했어요."

다이버로 지낸 시간 동안 내게는 바다 환경과 관련된 주제로 미디어에 등장할 기회가 종종 있었다. 그런 기사와 영상을 접했던 그는 카메라 앞에서의 연예인 최송현이 아닌 다이버 최송현의 진짜 모습은 어떨까 가끔 궁금했다고 한다. 찍어주는 카메라도 없고 각자 자기 수중 라이트가 비추는 곳만 보는 나이트 다이빙에서 작은 쓰레기를 주워 손에 들고 다니는 나를 발견했을 때 그는 내가 가짜가 아니란 걸 확인하고 기뻤다고 했다. 다른 사람도 볼 수 있게 자기가 꼭 영상으로 찍어주고 싶었는데 배터리가 다 되어 못 찍은 게 아쉽다며 그는 한참을 더 말을 이었다.

어둠이 뒤덮인 바다 위에서 종아리로 물살을 가르며 천천히 한 발짝씩 내딛는 걸음마다 나와 그의 웃음소리가 더해졌다. 그저 바다에게 미안한 마음에 몸이 반응하던 습관적 행동이었을 뿐 바닷속에서 쓰레기 줍는 내가 한 번도 자랑스러웠던 적이 없었는데, 그날 그의 칭찬에 왠지 내가 좋은 일을 한 사람이 된 것 같아서 뿌듯했다.

우리가 잊고 있었던 그 쓰레기는 연인이 되고 난 후 몇 개월이 지난 어느 날, 첫 만남에 대해 이야기를 하던 중 소환되었다. 나에 대한 그의 마음을 알 수 없어 고민했던 그때, 그는 세척한 슈트 주머니에서 툭 떨어진 꼬깃꼬깃한 파란 비닐 쓰레기를 발견하고 버리지 못했다는 후일담이 더해지면서 이 에피소드는 우리에게 소중한 추억이 되었다.

'송현쌤이 나에게 처음 준 쓰레기.'

내가 남편 손에 제일 처음 준 것은 쓰레기였지만, 그 안에는 그를 만나기 전 8년 동안 내가 바다에서 보고 느끼고 경험하며 만들어진 내 모습이 있었다. '봐주세요' 하고 간청하지 않았는데도 주의를 기울여 어둠 속에서도 진짜 나를 알아봐주고 손을 내민 사람이 그 마음을 받아갔다. 그래서 우리는 그 녀석에게 이름을 붙여주었다. 세젤로쓰. 세상에서 제일 로맨틱한 쓰레기.

정확히 이 시점이다 하고 특정할 순 없지만, 내가 그를 사랑하게 된 건 만난 지 48시간이 채 안 되었을 때다. 연인이 되기로 한 첫날 결혼을 결심했고, 통성명한 지 29일째 되던 날 프러포즈를 받았다. 통상적이지 않았다. 걱정하는 사람들의 마음도 이해할 수 있었다. 그러나 사람들은 우리가 바다에서 함께 나눈 교감, 시간을 초월한 공감의 크기를 알지 못했다.

만약 내가 다이빙을 하지 않았다면, 우리가 바다를 사랑하는 방식이 달랐다면, 내가 바다에서 쓰레기를 수거할 만큼의 실력과 여유가 없었다면, 그가 쓰레기를 줍는 날 보고 마음의 움직임이 없었다면, 그가 내 손에 든 쓰레기를 받아준 행동을

©이재한

내가 설렘으로 받아들이지 못했다면. 그랬다면 우리의 기억 속에 따뜻하게 남아 지금의 이름을 얻은 세젤로쓰는 존재할 수 없었을 거다.

우리가 사랑에 빠지기까지는 짧은 시간이었지만, 우리가 사랑할 수 있었던 것은 여러 해에 걸쳐 변화하고 성장하고 다듬어진 그와 나의 오랜 시간 덕분이었다.

'세젤로쓰'가 탄생한 나이트 다이빙

로그북에 담긴 프러포즈

나이트 다이빙이 끝난 후 올라온 배 위에서 밤하늘의 별을 같이 보며 프러포즈하는 사람과 결혼하고 싶다.

2014년. 필리핀 말라파스쿠아 섬에서 나이트 다이빙 후에 적은 로그북에 처음으로 낭만이 담겼다. 결혼은 내 인생에 중요한 목표나 꿈이 아니었다. 단지 나는 그날부터 혹시 내가 결혼을 하게 된다면 그 상대가 그런 낭만을 가진 다이버였으면 좋겠다고 막연히 생각했던 것 같다.

다이버는 선박의 항해 일지처럼 다이빙을 마친 후 날짜와 장소, 날씨, 상황, 장비 등에 대한 기록인 로그북을 작성한다. 항해 일지가 선원법으로 규정된 것과 달리 다이버의 로그북은 강제력이 있는 것은 아니지만 몇 번의 다이빙을 했는지 증명이 필요할 때 사용할 수 있고, 다음 다이빙을 계획할 때 유용한 참고자료가 된다. 숫자로 기록하는 데이터를 제외하면 일기처럼 자유롭게 그 다이빙에서 있었던 일을 기록하는데, 때론 내가 본 해양생물이 그림으로 더해진 그림일기가 된다. 초보 다이버에게 로그북은 버디와 함께 강사님에게 생물의 이름과 그날의 기억을 되물으며 완성해가는 낭만 그림일기다. 로그북을 다 적은 후 리조트 도장을 꾹 찍고 강사님의 사인까지 받고 나면 초등학생 시절 '참 잘했어요' 도장을 받은 것처럼 뿌듯하곤 했다.

로그북에는 다이버의 성격이 드러난다. 초보 다이버 시절 내 로그북은 늘 반성문에 가까웠다. 오픈 워터 다이버일 때부터 나는 강사가 될 거라고 철없이 공언한 데다가, 비슷한 실력의 또래 버디 없이 프로들과 많이 다녔던 분위기 속에서 내 로그북에는 자아비판과 채찍질이 많았다. 무엇을 잘못했고 무엇을 더 훈련해야 할지에 대한 내용으로 가득했던 내 로그북에 로맨스를 담아준 말라파스쿠아의 나이트 다이빙과 그날의 밤하늘을 잊을 수 없다.

말라파스쿠아의 나이트 다이빙은 정확히는 선셋 다이빙이다. 해가 완벽히 지기 전에 입수하면 그 지역의 명물인 만다린피시mandarinfish를 만날 수 있다. 만다린피시는 새끼손가락 길이 정도의 작은 크기지만, 중국 황실의 예복처럼 화려하고 선명한 색상과 무늬 때문에 만다린이라는 이름이 붙여졌다.*

* 만다린mandarin이라는 단어에는 과거 중국의 고관이라는 뜻이 있다.

만다린피시. 화려한 색과 무늬, 작은 입이 정말 귀엽다.

만다린피시는 예민한 아이라서 이미 어스름해진 바다에서도 수중라이트 사용은 금지다. 조용히 바닥 쪽으로 몸을 낮추고 산호 사이사이를 관찰하면 작고 사랑스러운 만다린피시가 나타난다. 운이 좋으면 두 마리의 아름다운 짝짓기를 볼 수도 있다. 관찰자는 넷플릭스 시리즈 〈오징어게임〉에 나오는 놀이 '무궁화꽃이피었습니다'를 할 때처럼 절대 움직여선 안 된다. 데면데면하게 만나 겨우 짝짓기를 시작하려는 이 물고기는 주변에서 조금의 움직임이라도 느껴지면 언제 그랬냐는 듯 서로 쌩하니 헤어져버리기 때문이다. 작은 생명체가 만들어내는 사랑의 떨림을 보고 난 후 숭고해진 마음을 간직한 채 캄캄한 바다를 수중 라이트와 함께 유영했다.

기분 좋은 다이빙을 끝내고 출수한 후 배 위에서 더 큰 감동이 시작되었다. 그동안은 주로 육지와 가까운 곳에서 나이트 다이빙을 했지만, 만다린피시가 있는 곳에 가려면 배를 타고 15분 정도 이동해야 했다. 덕분에 나이트 다이빙을 끝내고 돌아오는 길에 그동안 몰랐던 밤하늘의 진짜 얼굴을 볼 수 있었다. 완벽한 어둠만이 모든 별을 선명한 반짝임으로 만든다. 시야를 가리는 높은 건물도, 전기로 밝힌 인공의 빛도 없는 온전한 자연의 하늘. 가장 깨끗한 블랙의 하늘에 순수의 별들이 반짝이고 있었다.

'사랑, 프러포즈, 결혼.'

하늘은 고개를 들면 늘 볼 수 있어 익숙한 존재지만, 이토록 아름다운 얼굴은 처음이었다. 낯선 설렘을 안겨준 하늘이 눈에 들어왔던 그때, 왜 내 삶에 욕심내지 않기로 했던 이 단어들이 떠올랐을까. 치이고 깎이며 닫힌 마음으로 내가 그리는 '사랑'은 존재하지 않는 이상향일 뿐이라고 포기해가면서도, 예고 없이 만난 처음 본 밤하늘의 얼굴처럼 나의 마음을 선명하게 반짝이게 해줄 온전한 사랑이 나타나길 바라는 소망을 여전히 놓지 않았었던 것 같다.

그로부터 5년 뒤, 세부에서 우연히 만나 재한쌤과 송현쌤이라고 서로를 부르던 우리는 존대의 어미를 덜어내고 연인이 되었다. 참 신기하게도 내 초보시절 로그북에 적힌 로맨스에 대해 전혀 알지 못하는 그의 제안으로 원래 다른 곳으로 가려던 우리의 첫 여행지는 말라파스쿠아로 바뀌었다. 사랑으로 하루하루가 소중하고 행복에 겨웠던 나는 5년 만에 낭만의 밤하늘을 그와 함께 볼 수 있다는 사실만으로도 참 좋았다.

남편은 처음 내 사람이 되었을 때부터 양립하기 어려운 극도의 설렘과 온전한 편안함이 공존하게 만드는 신비한 사람이었다. 필리핀을 잘 아는 그와 함께하는 다이빙 투어는 모든 것이 순조롭고 편안했고 매 순간이 설렜다. 도착한 첫날, 오랜만에 만다린피시를 만났고, 나이트 다이빙을 즐겼다. 그리고 5년 전, 감격하며 바라봤던 밤하늘을 사랑하는 사람과 함께 만날 시간이 왔다.

우리가 말라파스쿠아에 도착한 날은 비수기 평일이어서 선셋 다이빙 손님이 우리 둘뿐이었다. 선장님과 현지 가이드 1명 그리고 우리 둘만 타기엔 꽤 큰 배였는데 고요함과 넉넉한 공간 덕분에 상황에 더욱 깊이 몰입할 수 있었다. 반짝이는 별이 폭발한 가루처럼 흩뿌려진 밤하늘은 처음 마주했을 때와 다름없는 아름다움으로 다가왔고, 내 인생에 결코 없을 것 같던 사랑이 지금 곁에 있다는 현실이 참 좋았다. 그때 남편이 누워서 팔베개를 만들어주며 말했다.

"송현아. 여기 누워 봐. 오빠는 예전에 쉬는 날 손님 없이 나이트 다이빙 가면 배에 누워서 별 보는 게 참 좋았어."

30대의 대부분을 바다에서 보낸 남편은 바다와 소통하는 법을 나보다 훨씬 많이 알고 있다. 열렬히 사랑하지만, 왠지 내가 늘 부족한 것 같고 함께 할 시간이 충분치 않아 내겐 항상 그리운 대상인 바다. 남편은 그런 바다와 정말 가까운 '찐친' 같아서 그 사람과 함께 바다를 만나면 나도 바다와 조금 더 친해진 것 같은 안도감이 느껴져서 좋다. 그가 좋아한다는 다이빙 보트에 누워서 별 보기는 얼마나 멋질까. 나는 한 번도 경험해

보지 못한 약 90도의 시선 변화가 줄 감동에 미리 설레며 남편의 팔을 베고 처음으로 누워서 하늘을 바라봤다.

'나 착하게 살았나 보다. 그동안 많이 고생했다고 오늘은 상 받는 날인가 보다. 세상이 이렇게 아름답구나. 오래 살고 싶다. 행복하다.'

남편을 만나고 한동안 우리는 시도 때도 없이 눈물을 흘려댔다. 그 눈물은 서로의 아픈 상처를 보듬어주기도 했지만, 그저 벅차고 좋아서 눈물이 날 때가 더 많았다. 그날 그 순간에도 눈물이 났다. 배가 조금만 더 천천히 움직였으면. 그래서 이 시간이 몇 초라도 더 길어졌으면. 그날 밤, 별빛이 쏟아지는 해변에서 남편은 이번 여행 중에 할 거라고 예상했던 프러포즈를 전혀 예상하지 못한 방식으로, 아주 어설프지만 정말 감동적으로 했다. 동네 멍멍이 두 마리가 증인이 되어주었고, 그렇게 말라파스쿠아는 내게 진정한 프러포즈의 섬이 되었다.

5년 전 적었던 로그북을 펼쳐 성지순례를 했다. 그렇지만 새로운 소원을 적진 않았다. 너무도 간절하게 지키고 싶은 것이 생긴 지금은 그때처럼 마음을 비운 순수한 바람을 담기란 불가능해졌고, 무엇을 바라든 바다가 내 욕심을 모를 리 없다. 포기할 수 없었던 내 낭만에게, 낭만의 실재인 남편에게 그리고 이 모든 것을 계획하고 이루어준 바다에게 그저 감사와 환호를 보낸다.

말라파스쿠아 섬 둘러보기

아름다운 말라파스쿠아 바다

그와 함께 펼쳐진 새로운 바다

"세상에는 두 종류의 다이버가 있다. 만타*를 본 다이버와 못 본 다이버."

스쿠버 다이버에겐 흔한 농담이다. 소위 '대물大物'이라고 불리는 크고 인기 많은 생물을 수중에서 직접 만나는 것은 다이버의 큰 기쁨이며 자랑이다. 대물로 유명한 지역은 특정 시기에 그 생물을 볼 수 있는 확률이 높다는 의미일 뿐, 그곳에서 100퍼센트 약속된 만남을 기대할 순 없다. 누군가는 첫 방문에 보고 싶은 '님'을 만나기도 하고, 누군가는 같은 곳을 세 번을 가도 허탕을 쳐 대물 운이 없는 사람이란 슬픈 불명예를 얻는다.

* 만타가오리Mantaray. 성체의 너비가 7~8미터에 이르는 대형 어종으로 유영하는 모습이 넓적한 모포가 떠다니는 것처럼 보여 만타manta라는 이름이 붙여졌다. 만타는 스페인어로 모포나 넓적한 숄을 의미한다.

내가 다이버에게 큰 의미인 100로그* 기념투어로 팔라우를 선택한 건 다름 아닌 만타를 보고 싶어서였다. 바다는 내게 100로그 선물로 그 아름답고 귀한 생명체를 직접 볼 수 있게 허락해주었고, 우아한 만타의 움직임을 직관한 감동과 더불어 이제 진짜 다이버가 되었다는 자긍심 덕분에 나는 점점 더 대물의 세계에 빠져들었다. 언제부턴가 나는 내가 만난 대물 리스트를 바다에게 받은 훈장처럼 여겼던 것 같다. 만타, 물개, 고래상어, 백상아리, 청상아리, 혹등고래 등 훈장이 늘어날수록 바다에게 인정받고 바다와 더 친밀한 관계가 된 것 같이 좋았다. 포켓몬 띠부띠부씰을 모으듯, 자격증 수 늘리기에 집착하듯, 그 시절 나에겐 아직 못 본 타깃 생물을 만나 훈장을 더하는 것이 다음 투어를 선택하는 기준이었다.

그렇지만 속상하게도 훈장이라고 여길 만한 대물들은 내 일상과 너무도 먼 곳에 있다. 시간과 예산은 정해져 있는데, 직항 비행기로 갈 수 있는 목적지는 거의 없어 전체 일정 중 이동하

* 바다에 한 번 입수해서 다이빙하고 출수하기까지의 과정을 1로그라고 한다. 100로그는 수영장처럼 날씨의 영향이 없는 제한된 공간이 아닌 개방수역에서 한 100번의 스쿠버 다이빙이다. 단체마다 조금씩 차이는 있지만 PADI는 100로그가 강사 시험 응시의 자격 조건이다.

는 데만 왕복으로 며칠이 걸리고 정작 바다에서 보낼 시간은 많지 않은데, 보고 싶었던 생물은 애를 태우며 바로 내 눈앞에 나타나주지 않았다. 이러다가 마지막 날까지 못 보면 어쩌나, 투어에 들인 시간과 돈, 노력에 대한 본전 생각에 조바심이 들면서 바다를 온전히 즐기지 못하는 날이 늘어갔다. 나는 어쩌면 약속도 없이 일방적으로 찾아가 왜 만나주지 않냐고 성질부리는 진상 팬이 되어가고 있었는지도 모르겠다.

너그러운 바다는 그런 내게 끝까지 잔인한 적은 한 번도 없었다. 무난한 스토리를 허락하지는 않지만, 후반부까지 내 애를 바싹 태우다가도 결국 짠! 하고 보고 싶었던 님이 등장하는, 촉촉하고 감동적인 엔딩을 선사하곤 했다. 그렇게 변질돼가고 있던 내 못난 사랑에 바다는 호된 참교육 대신 그의 친한 친구를 소개해주는 따뜻한 지혜를 베풀었다.

남편은 바다와 친했다. 하루 이틀의 짧은 투어는 한 달에 한두 번, 장기 투어라 해도 1년에 열흘 정도 기간으로 두세 번이 최대인 나는 수년간 바다에서 살았던 그에 비하면 바다와 보낸 시간이 많이 부족했다. 나는 늘 새로운 지역을 찾았지만, 그는 한곳에서 몇 년씩 머물렀고, 바다를 단순히 일로만 대하지 않는 여유와 낭만이 더해져 바다의 감정과 변화를 잘 아는 사람이었다. 그는 한 번도 내게 무언가를 가르치려 한 적이 없었지만, 바다를 닮은 그를 사랑하게 되면서 나는 그가 바다를 사랑하는 방식을 자연스럽게 배우게 되었다. 내가 온 마음으로 믿고, 굳이 나를 어떤 모습으로 증명해야 할 필요 없는 사람과 바다를 함께 만나면서 비로소 나와 바다의 관계, 지난 세월 내 행동과 선택이 이해되기 시작했다.

한국을 사랑하는 한 외국인이 일주일간 서울을 여행하면서 롯데월드타워와 경복궁, 한강공원 등 서울의 명소만 둘러본다면 한국을 잘 알게 되었다고 할 수 있을까. 만약 여행 시기가 찌는 듯한 더운 여름, 혹은 살을 에는 한파가 몰아닥친 겨울이었다면 그는 서울을 어떻게 기억할까. 냉난방 시설이 잘 되어 있는 첨단의 도시라고 생각할지 모르지만, 도시 구석구석을 걷는 추억은 남기지 못했을 수도 있다. 관광지가 아닌 일상적인 공간에서 한국 사람과 긴 대화를 나눌 기회도 많지 않았겠지. 그가 여행을 통해 한국을 직접 만난 건 사실이지만, 한국에서 오랜 시간 살고 있는 외국인보다 한국을 잘 알긴 어렵다. 여행의 고수들이 현지 고유의 의미를 담은 단어 '로컬local'을 좋아하는 이유는 여행자로서가 아니라 잠시나마 그 지역에 속한 사람의 시선으로 그곳을 느끼고 싶은 마음 때문일 거다.

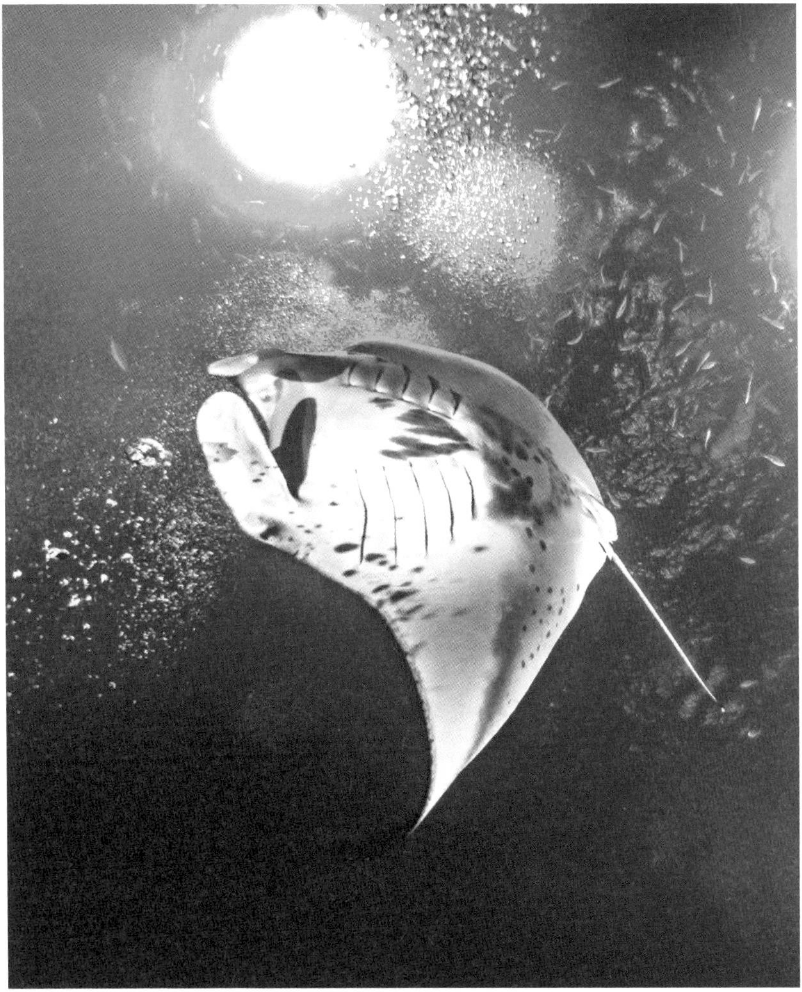

하와이 빅아일랜드에서 만난 만타가오리.

그동안 내가 대물을 찾아다닌 바다 여행이 결코 의미 없는 시간이었던 것은 아니었다. 한국에 방문한 외국인에 비유하자면, 나는 K컬처를 사랑하는 다른 친구들에게 서울도, 부산도, 제주도, 대구도 다녀왔다고 자랑할 수 있었고, 그 시간 동안 많은 것을 배웠고 또 행복했다. 내 경험은 누구나 볼 수 있는 영상이 아닌 진짜 현실이었다. 그런데 언제부턴가 제주 날씨가 안 좋으면 기분이 상하고, 부산에서 꼭 가려고 했던 음식점이 닫혀 있으면 화가 났다. 한국을 사랑하고 한국에 간다는 사실만으로도 행복했는데, 어느 순간 한국에 다녀왔다는 인증이 더 중요해진 나를 발견했다. 내 맘대로 한국의 이상적인 모습을 미리 설정하고 들인 돈과 시간만큼 커진 기대를 채우려는 보상심리가 작동하기 시작한 것이다.

바다는 같은 곳이라도 입수할 때마다 다른 모습이다. 시간과 날씨에 따라 햇빛과 조류, 수온과 바람, 강수량 등 수많은 요소가 변화한다. 지상에서도 날씨에 따라 차의 이동량이나 유동 인구수가 달라지는 것처럼 바닷속 생물들도 시시각각 변화하는 환경에 맞춰 생활하고 있다. 큰 생물을 화면에 담기 위해 넓은 화각을 포착할 수 있는 광각렌즈만 사용하던 나는 남편이 우리 동네 골목길처럼 구석구석 잘 아는 세부 바다에 입수하면서 처음으로 매크로 렌즈 촬영에 도전했다. 대상 2.5센

(위) 쥐치Filefish의 눈.
(아래) 스콜피온피시Scorpionfish.

새끼손톱보다도 작은 피그미해마Pigmy Seahorse.
©이재한

티미터까지 가까이 가서 초점을 잡을 수 있는 매크로 렌즈* 촬영은 새끼손톱만 한 생물을 화면 가득 크게 담아주기도 하지만, 내가 평소 별 관심을 주지 않았던 물고기들의 눈동자가 얼마나 보석처럼 아름다운지 깨닫는 기쁨도 안겨주었다.

팀과 함께 이동하며 속도를 맞춰야 하는 펀 다이빙의 특성상 한곳에서 무언가를 오래 관찰하는 것은 쉽지 않다. 유명 미술관에서 주어진 시간이 단 두 시간이라면 작품들을 빠르게 스캔하며 지나칠 수밖에 없지만, 내일도 모레도 일주일 뒤에도 또 올 수 있는 상황이라면 마음을 사로잡는 작품 앞에서 시간에 쫓기지 않고 작품의 디테일을 감상하며 새로운 영감을 얻을 수 있을 거다. 남편과 단둘이 입수한 바다는 시간과 사람의 제약을 받지 않고 원하는 곳에 오래 머무르며 감상할 수 있는, 여유로운 바다였다.

짧게 만났을 때는 못 느꼈는데, 다시 만나 긴 시간 대화를 나눠보면 매력이 넘치는 사람이 있다. 바다도 그랬다. 마치 인물

* 매크로 촬영에는 카메라 SONY A7 M3, 렌즈 FE 90mm F2.8, Macro G를 사용한다.

Love

가시돔 과의 호크피시Hawkfish. 꽃술 같은 등지느러미도,
초록빛이 도는 눈동자와 그 원을 둘러싼 노란 원도 정말 아름답다.

나이트 다이빙에서 만난 문어. 새초롬한 일자 눈이 정말 귀엽다.

퀴즈*의 정답을 맞히는 것처럼 그동안 나는 생물을 보면 이름이 무엇인지는 잘 알았지만, 정작 그 아이의 행동과 생활을 오래 지켜본 적이 없었다. 그런데 남편과 함께 한곳에 오래 머무르며 생물을 관찰하다 보니 그들이 먹고 싸우고 배설하고 방어하는 모습, 가족과 친구 같은 생물들 사이의 관계도 보이기 시작했다. 속도가 빠르고 이동 반경이 큰 대물들을 만나러 갔을 때는 볼 수 없었던 모습이 이 작은 생물들의 좁은 세상에서는 정말 촘촘하게 펼쳐지고 있었다.

볼수록 매력 있다는 '볼매'라는 표현이 좋다. 크고 화려한 것의 매력은 누구나 알아볼 수 있지만, 여러 번 보며 매력을 찾아내는 안목은 누구에게나 있는 것이 아니다. 그동안 작은 생물들의 오로라 빛 눈과 비단실 같은 지느러미를 보지 못했던 건 내 하찮은 인간의 시력과 무관심 때문이지 절대 그 생물들이 하찮아서가 아니었다.

남편을 만난 후 그와 함께 하는 바다는 어떤 바다라도 좋다. 생물이 없다면 이곳은 왜 생물이 없을까 이유를 생각하며 혼

* TVN 예능 프로그램 〈신서유기〉에 등장한 게임으로, 출제자가 유명 인물의 사진을 보여주면 5초 내에 인물의 이름을 말해야 통과하는 퀴즈다.

적을 살피는 것도 우리의 바다 사랑법이다. 그렇다고 대물에 대한 꿈이 사라지진 않았다. 시간적, 경제적 여유가 생기면 대물을 만나러 가고 싶은 꿈은 전보다 더 커졌지만, 그 꿈의 이유는 더 이상 훈장을 얻기 위해서가 아니다. 만나고 싶은 님의 얼굴을 볼 수 있다면 분명 더욱 기쁘겠지만 님을 만나러 가는 여정과 그 일에 종사하는 사람들, 그 지역의 바다를 포함한 투어의 모든 순간과 만남이 소중하다는 것을 이제는 안다. 바다가 내게 보내준 남편 덕분에 나는 바다에게 덜 예민하고, 스스로를 덜 괴롭히며 다른 시선으로 행복해지는 바다 사랑법을 배웠고, 이제 '나'는 '우리'가 되어 함께 더 많은 것을 담을 수 있게 되었다.

매크로 렌즈로 담은 말라파스쿠아 생물

매크로 천국, 두마게티

상상을 자극하는 해양생물 사운드, 세부 막탄

매크로부터 대물까지 다 만날 수 있는 말라파스쿠아

이별 후에
시작된 만남

"아빠 잘 있었어? 난 잘 지내요. 보고 싶어요."
3년 만에 남편이 아버님께 이야기하는 모습을 처음 보았다. 예상치 못한 순간 이어폰으로 흘러들어온 그의 목소리에 깜짝 놀라 노트북 화면을 응시했다. 왜 몰랐을까. 그의 이야기를 듣고 계신 아버님을 바라보며 눈물이 뚝뚝 흘렀다.

하늘길조차 순탄치 않았던 코로나19 팬데믹. 해외 투어가 그리웠던 나는 이 시간이 끝나지 않을 것만 같아서 한때는 정말 두려웠다. 그런데 막상 20개월 만에 해외로 편 다이빙 투어를 가게 되었던 2022년 10월, 내게 엄청난 설렘은 없었다. 너무 오랜만의 여행이 실감 나지 않기도 했고, 코로나 블루에 무기력해진 내 맘은 오랜만에 만날 바다와 조금 서먹해진 것 같았다. 그런데 막상 현지에 도착하자 내 마음의 온도는 금세 달라졌다.

보홀은 다이빙 투어로 몇 번 와봤지만, 남편과 함께는 처음이었다. 남편은 필리핀에서 한국에 돌아오기 전 3년을 보홀에서 살았고 그곳을 떠난 지 이미 5년이 넘었는데도 그를 알아보고 인사를 건네는 현지인들이 있었다. 단골 식당 주인이 남편을 친구라고 불렀고, 그에게 나를 와이프라고 소개하는 남편을 보면서 '아, 코로나만 아니었다면 진작 나와 같이 오고 싶은 곳이었겠구나' 생각했다. 남편이 눈물이 그렁그렁한 눈으로 바라보며 나와 함께 보홀에 오니 참 좋다고 했다. 왠지 이곳이 남편의 또 다른 고향 같은 느낌이 들었다.

오랜만에 만난 열대 바다는 맑고 따뜻하고 아름다웠다. 아직 모든 국가가 자유롭게 여행을 재개한 때가 아니라서 그런지 붐비지 않는 여유로움도 좋았다. 수중 영상을 촬영하며 행복한 하루하루가 너무도 빠르게 흘렀다. 다이빙이 끝난 저녁, 각종 충전기에 배터리를 물려 빨간 충전 등이 켜지고 침대에 편하게 누워 백업한 영상을 보면서 오늘 하루도 잘 마무리했다는 안도와 만족감이 마음을 채우는 이 행복도 얼마 만인지.

유튜브 채널의 편집을 100퍼센트 담당하는 나는 내가 촬영한 영상뿐만 아니라 남편이 촬영한 모든 영상까지 모니터한 후 영상 리스트를 작성한다. 그날은 발리카삭Balicasag Island에 다녀온 날이었다. 발리카삭 섬은 보홀 본섬에서 배로 40분 정도 떨어져 있는 해양보호구역인데, 전 세계 다이빙 포인트 추천 리스트에 필리핀을 대표하는 아름다운 곳으로 이름을 올리고 있다.

'마린 생츄어리Marine Sanctuary'라는 포인트에 입수했을 때 나는 제법 강한 조류에 몸을 맡긴 채 무빙워크에 탄 것처럼 흘러가며 여유롭게 바다를 즐기고 있었다. 그러다가 내 키 두 배는 훌쩍 넘는 큰 부채산호가 눈앞에 나타났고 이어서 그 산호를 촬영 중인 남편이 시야에 들어왔다. 나보다 먼저 그곳에 도착한 남편은 조류에 흘러가지 않으려 주변 바위를 붙잡고 있었다.

평소에 우리는 얼굴 전체를 가리는 풀 페이스 마스크에 송수신기를 달아 수중에서 음성 대화를 하곤 했는데, 이번 투어에선 송수신기가 없어서 제대로 소통할 수 없었다. 그가 너무 긴 시간 조류에 맞서며 산호 곁에 머무르는 모습이 낯설어서 단순히 그 산호를 촬영하려는 목적 외에 특별한 다른 이유가 있을 거라 직감했지만, '나중에 물어봐야지' 생각하며 그곳을 지나왔다. 내 카메라 영상에는 내가 잠시 조류를 거슬러 산호를 촬영하는 그에게 가까워지려다가 곧 핀 킥fin kick을 멈추고 자연히 조류를 타고 멀어지면서 산호와 함께 작아지는 그의 모습이 담겼다.

그가 촬영한 영상을 보았다. 수중에서 풀 페이스 마스크를 착용하고 말을 하면 옆 사람에게 의미 전달은 잘 안 되더라도 본인 카메라엔 꽤 선명하게 녹음이 된다. 남편은 이번 투어에서 360도 카메라를 사용했는데, 이 장비는 한 번의 촬영으로 촬영자의 얼굴은 물론 촬영자가 바라보는 방향과 상하 시점도 다 담아낼 수 있는 것이 장점이다. 그래서 그가 촬영한 영상은 말하고 있는 그의 얼굴, 내가 다가오는 모습, 산호, 바다 전체의 모습까지 모든 장면이 다 담겨 있었다.

"송현아, 아빠산호다, 아빠산호. 이게 아빠산호다."

조류를 따라 그저 흘러가고 있는 나를 남편이 탱크 밸브를 잡고 돌려세우며 말한다. 수중에선 몰랐는데 영상 속 그의 손짓이 꽤 다급하고 애절해 보였다. 그렇지만 내가 조류를 따라가버리자 그는 나를 잡지 못한다. 날 잡아 그 자리로 다시 돌아오기엔 조류가 꽤 셌고, 그에게는 너무 오랜만에 찾아와 놓치고 싶지 않은 소중한 순간이었다.

아버님은 나의 눈물 버튼이다. 세상의 어떤 만남은 이별 후에 시작되기도 한다. 내가 세상에서 가장 사랑하는 사람의 아버님은 내가 그와 인연을 맺었을 때 이미 가족들과 이별한 후였다. 남편은 이곳 보홀에서 일하던 시절, 열이 펄펄 끓어 잠에서 깬 새벽 아버님의 부고를 접했다. 너무 갑작스러운 사고였다. 임종을 곁에서 지키지 못한 것도 가혹했지만, 당시 보홀에서 한국으로 오는 직항 비행기도 없어 세부까지 배로 세 시간,

다시 세부에서 한국행 비행기를 타기 위해 꼬박 하루를 기다려야 했다. 한국까지 가는 길이 얼마나 길고 외로웠을까.

남편은 장례를 마치고 이런저런 일들을 정리하기 위해 다시 보홀을 찾았다. 다이빙을 해야했지만 남편은 바닷속에서 그 큰 산호를 못보고 정면으로 부딪칠 만큼 제정신이 아니었다고 했다. 다행히도 산호는 다치지 않았고 오히려 온몸으로 남편을 끌어 안아주는 것처럼 포근한 느낌을 받았는데, 마치 아버님이 보호해주는 것 같았다고 한다. 그래서 그때부터 남편은 그 산호를 '아빠산호'라고 부르며 만날 때마다 안부를 물었단다.

"아빠, 잘 있었어? 난 잘 지내요. 보고 싶어요."

아버님을 모신 곳을 찾을 때마다 내가 아빠랑 얘기 잘 했냐고 물으면 뭘 상그럽게* 땅에 대고 말을 하냐며 자상한 남편에서 무뚝뚝한 아들로 변신하던 남편이었는데 다정하게 '아빠'를 부르는 남편의 목소리가 이어폰을 타고 들려오는 순간 미안함과 속상함이 뒤섞인 여러 감정이 솟구쳐 올라 눈물이 펑펑 쏟아졌다. 바닷속에서 남편의 모습이 평소와 다르다고 느꼈을 때 내가 곁에 더 머물렀어야 했는데, 같이 인사 드리고 오

* 상그럽다. 불편하다는 뜻의 경상도 사투리.

지 못한 게 너무 미안했다. 아버님을 그렇게 그리워하면서도 왜 찾아뵐 때면 오래 머물려 하지 않는지 가끔 궁금했는데, 남편은 그가 사랑한 아빠를 작은 비석 위 이름으로 남은 아버님보다는 이렇게 생명으로 살아 계신 커다란 아버님으로 추억하고 싶었던 것 같다. 눈물을 뚝뚝 흘리면서 왜 입수하기 전에 얘기하지 않았냐고 했더니, 너무 오랜만이라 혹시나 산호가 다쳤거나 없어졌으면 내가 너무 속상해할까 봐 말하지 못했다고 한다. 남편의 말에 눈물뚝뚝은 폭풍오열로 바뀌고 말았다.

투어에서 돌아와 영상을 만들다가 2014년, 내가 갓 50로그를 했던 초보 다이버 시절 처음 수중 카메라를 들고 간 보홀 투어 사진이 궁금해졌다. 혹시나 하는 기대를 안고 사진이 담긴 폴더를 열었는데 큰 부채산호가 바로 눈에 들어왔다. 마린 생츄어리에서 찍은 몇 장 안 되는 사진 중 하나였다. '아빠 산호일까?' 두근거리는 마음으로 2022년의 아빠산호와 디테일을 꼼꼼하게 비교하기 시작했다. 몇 번을 확인했지만 둘은 같은 산호가 분명했다. 남편을 만나기 5년 전, 나는 다이빙 실력도 부족하면서 무리하게 거금을 들여 산 중고 카메라를 들고 보홀에 갔었다. 촬영 연습도 제대로 못 해보고 바다에 들어간 내게 카메라는 때론 버거운 존재이기도 했지만, 덕분에 그때부터 나는 더 오래 바다를 간직할 수 있게 되었다. 그렇게 내 인생 처음 찍은 부채산호가 아빠산호였다니! 아버님 생전이셨던 그때 어쩌면 남편과 내가 같은 보홀 바닷속에 있었을지도 모르겠다는 생각이 들어 너무 늦어진 인연을 억울해하면서도 역시 우리는 운명이라며 뭉클한 마음을 나누었다.

남편이 나를 만나기 전 혼자 겪어낸 힘든 시간, 위로가 되어준 바다와 그의 이야기를 들어준 아빠산호에게 참 고맙다. 똑같은 산호를 8년의 시간 차이를 두고 촬영해 비교해본 경험도 처음이라서 건강한 바다에서 시간의 흐름에 따라 산호가 성장한다는 것을 눈으로 확인할 기회를 주신 것도 정말 감사했다. 8년 뒤, 2030년의 아빠산호는 어떤 모습일까. 부디 그때도 이렇게 건강하고 큰 모습으로 안녕하시기를.

늘 그리운 아버님, 바다, 보고 싶어요.

보홀 발리카삭의 아빠산호 이야기

Love

내 인생
마지막 다이빙

여느 일상의 아침, 우연히 알고리즘이 이끈 박세리 감독님의 프로 골퍼 은퇴 경기를 보고 있을 때였다. 감정 스펀지인 나는 마지막 샷을 마친 선수의 눈물을 이미 다 빨아들여 내 눈에 그렁그렁 담고 있었는데, 그때 남편이 나지막이 던진 질문이 마음에 훅 날아들었다.

"나도 인생 마지막 다이빙, 할 수 있을까?"

마지막…다이…빙…? 아, 그런 기분이었을까? 한 분야에서 위대한 업적을 남긴 세계적 영웅에게 은퇴 경기란 그 자리에 있기까지 포기했던 많은 것, 또 그 곁을 지켜주었던 사람들과 함께한 추억이 복합적으로 떠오르는 시간일 거라 막연히 짐작했다. 그런데 '마지막 다이빙'이라는 말을 되뇌는 순간 뭔가 뜨거운 것이 심장에서 목구멍으로 울컥 솟구쳐 올라오는 걸 느꼈고, 내 눈은 물기를 머금은 스펀지에서 다 열린 수도꼭지가 되고 말았다. 다이빙과의 안녕은 정말 사랑하는 사람과의 이별처럼 감당하기 어려운 슬픔일 것 같다.

스쿠버 다이빙은 기록이나 점수를 겨루는 종목의 스포츠가 아니다. 아마추어와 구분되는 프로 레벨은 있지만, 승패나 순위를 정하는 대회가 없어서 소속 기업이나 연봉 계약 형태의 선수가 없다. 그래서 사실 대외적인 은퇴식도 없다. 물론 다이빙의 역사 속에서 새로운 시스템을 만들고 발전시킨 유명 다이버는 계속 탄생해왔고, 그들의 은퇴는 다이버 사회에서 이슈가 된다. 실제로 내가 사용하는 사이드마운트 시스템Side-mount System*의 창시자인 스티브 보가츠Steve Bogaerts가 몇 년 전 건강상의 이유로 앞으론 다이빙을 못한다는 글을 SNS에 올렸을 때 나도 큰 충격을 받았다. 이미 지나버린 과거의 다이빙이 자신의 인생 마지막 다이빙이었다는 것을 알았을 때 보가츠의 마음은 얼마나 아팠을까. 감히 상상할 수 없다. 아쉽게도 다이버의 은퇴 선언은 대부분 마지막 다이빙 후에 이루어진다.

삶을 뒤바꾸는 사건은 늘 예고 없이 발생한다. 미래를 알지 못하는 스쿠버 다이버가 오늘을 마지막으로 사랑하는 바다를 떠나겠다고 선언할 필요를 느끼지 못하는 것은 어쩌면 당연한

* 동굴 다이빙을 위해 고안된 방식으로 기체 탱크를 등이 아닌 양쪽 겨드랑이에서 골반으로 이어지는 몸의 옆면에 거치하는 방식의 다이빙 시스템.

지도 모르겠다. 그래서 나는 여태까지 누군가가 미리 정해놓고 마지막 다이빙을 했다는 이야기를 들어보지 못했다. 바다를 지극히 사랑해서 '마지막 다이빙'이라는 말을 떠올리는 것만으로도 눈물이 터져 나오는 나 같은 수많은 다이버들이 여러 이유로 그것이 자신의 마지막 다이빙이었다는 것을 모르고 인생과 안녕하게 될 것이다.

굳이 마지막을 정할 필요가 있을까, 누군가는 물을 수도 있다. 그림, 조각, 소설, 영화 등 예술 분야에서 그저 삶의 마지막 순간까지 자신이 사랑했던 일을 했던 예술가들이 그것이 자신의 마지막 작품이 될 줄 알지 못한 채 유작을 남긴 것처럼.

남편은 평소 살아 있을 때 장례식을 하고 싶다는 말을 종종 한다. 건강하고 의사소통이 가능할 때 고마웠던 사람들을 초대해 밥 한 끼 대접하며 인사하고 싶다고. 2세 계획이 없는 우리는 서로에게 먼저 떠나지 말라는 말을 자주 하는데, 같이 떠나면 장례를 치러줄 사람도 없으니 죽은 후에 영정 사진으로 만나는 것 말고, 살아서 멋지고 아름다운 모습으로 고마웠던 인연들과 웃으며 같이 인사하면 참 좋겠다고.

그가 인생 마지막 다이빙을 이야기한 이유를 알 것 같았다. 그에게는 다이빙이 단순한 행위가 아니라 살아 있는 생명인 바다와의 만남이기 때문이다. 그래서 떠나기 전 바다와도 웃

트레발리Trevally. 짝짓기 철이 되면 수컷이 검은색으로
변해 암수가 쌍을 이룬다. 태국 로신Losin.

Love

보랏빛 안티아스Anthias 무리들.

146

147

으면서 마지막 인사를 멋지게 나누고 싶은 게 아닐까. 외롭고 위로가 필요했던 시간, 나를 품어주었던 바다. 남편과 내가 만나 서로를 알아보게 해준 사랑과 생명의 공간. 만약 이번 생을 정리할 수 있는 귀한 시간이 주어진다면 바다는 내게도 꼭 감사 인사를 드리고 싶은 귀한 친구다.

'오늘 다이빙이 내 인생 마지막 다이빙입니다'라고 선언하려면 어떤 모습이어야 할까.

충분히 오래 살았고, 아직도 다이빙할 수 있을 만큼 건강하고, 그럼에도 불구하고 이제 더 이상 다이빙하지 않아도 될 만큼 인생에 다른 즐거움이 있어야 한다. 그리고 무엇보다 그렇게 사랑했던 바다에게 마지막 인사를 할 수 있는 대단한 용기가 필요하다.

'마지막 다이빙'이라고 선언하고 들어간 바다에서의 시간을 상상해봤다. 그때도 나는 울보겠지. 마스크 안에 눈물이 가득해서 앞이 안 보일 것 같기도 하다. 여전히 내 옆을 지키는 버디는 남편이었으면 좋겠어. 숨을 내쉴 때마다 뿜어져 나오는 버블 한 알 한 알이 얼마나 예쁘고 소중할까. 마음의 깊은 안정을 주던 그 소리와 아름다운 생물들이 만들어내는 하모니를 더 정성껏 귀담아들어야지. 만나는 해양생물마다 참 고마웠다고 인사할 거다. 혹시 모르지, 마지막이니까 영혼 없어 보이던 물고기의 눈이 반짝 내 눈을 똑바로 바라봐주며 다음 세상이 있다면 또 만나고 싶다고 대답해주는 기적이 일어날지도.

남편과 나는 물속에서 송수신기로 음성 대화를 하는데, 긴 대화를 자유롭게 할 정도로 음질이 깨끗하진 않아서 짧은 단어나 한 문장 정도로 의사 표현을 간결히 한다. 우리가 인생 마지막 다이빙을 할 때 즈음이면 기술의 혁신을 기대해봐도 될까. 다이버는 출수 전 수심 3~6미터 구간에서 몸속의 잔여 기체를 배출하기 위해 약 3분간 머무는 안전정지를 하는데, 한평생 내 곁을 지켜준 남편에 대한 내 깨알 같은 사랑과 고마움을 웨트노트wet note*에 미리 적어와 그 안전정지 시간에 읽어주고 싶다.

출수해서 올라온 배 위에서 장비를 풀고 나면 목놓아 울 것 같다. 눈물과 바닷물이 얼굴에 뒤범벅되어 온통 짭짤하겠지만, 그것이 꼭 슬픈 감정만은 아닐 것 같아. 내 삶의 큰 부분을 함께해준 바다가 이런 귀한 마지막 순간까지 허락해줘서 정말 고마운 마음, 그동안 바다와 해양생물 그리고 함께했던 사람

* 수중에서 글씨를 적을 수 있는 노트. 물에 젖어도 찢어지지 않는 재질의 노트와 연필이 세트로 구성되어 있다.

들과 나눈 추억, 만약에 정말 만약에 다음 생이 있다면 또 만나고 싶다는 간절한 소망이 더해진, 진한 감동의 눈물일 거다.

나에게 인생 마지막 다이빙이라는 귀하고 멋진 소망이 생겼다. 언젠가, 어디엔가, '오늘 남편과 함께 제 인생 마지막 다이빙을 했습니다'라는 기록을 남길 수 있기를.

Dive

신생아를 돌보는 엄마 마음

"우리는 딩크족DINK이에요."

자발적으로 자녀를 갖지 않을 선택을 한 맞벌이 부부를 뜻하는 '딩크DINK, Double Income No Kids'라는 말이 생겨서 참 다행이다. 결혼 후 우리의 자녀 계획을 궁금해하는 사람들이 많아졌지만, 이 한마디로 대부분 가볍게 화제를 전환할 수 있다. 막상 낳아보면 얼마나 큰 행복이 있는지 모른다며 설득하거나, 사회에 기여해야 한다고 설교하는 사람들도 간혹 있지만, 적어도 우리가 비정상으로 여겨지는 분위기의 세상이 아님에 감사한다.

엄마 아빠는 정말 위대하다. 그 위대한 희생을 나는 평생 간접 체험으로 짐작만 할 뿐이다. 지금 친하게 지내는 부부들은 대부분 자녀가 있는데, 아이들은 작고 사랑스럽지만, 생각보다 종종 아프고, 엄마 아빠는 아이들이 겪는 크고 작은 사건 사고를 해결하며 하루하루를 보낸다. 조카들이 커가는 모습, 친구들이 아이를 키우는 모습을 보며 깨달았다. 부모님은 나를 정서적, 경제적으로 참 오랫동안 돌봐주셨지만 정작 육체적으로 가장 고생하며 보살펴주셨을 시기의 기억은 내게 전혀 남아 있지 않다는 것을. 내가 얌전하고 착한 아기였다지만, 도와주는 사람 하나 없이 아이 셋 키우기는 엄마에게 정말 고된 일이었을 것 같다.

몸도 못 가누고 말도 안 통하는 신생아. 아무리 순하다고 해도 눈을 떼면 무슨 일이 벌어질지 몰라 아기를 계속 지켜봐야 한다는 사실만으로도 신생아 돌보기는 고단할 거다. 내가 아닌 존재의 움직임에 온종일 집중해본 경험이 없던 나는 강사 시험에 합격하고 처음으로 오픈 워터 다이버 코스 교육생을 가르치던 날, 이런 생각이 들었다.

'신생아에게 눈을 뗄 수 없는 엄마의 심정이 이런 기분일까?'

인간의 첫 기억은 대부분 3세 전후라고 한다. 그러니 말도 못 하고 기어다니지도 못하던 자신의 모습을 기억하는 사람은 아마 없을 거다. 그래서 다이빙 입문자들은 처음 입수하면 낯선 자신의 모습에 당황한다. 모든 것이 초기화된 경험을 하기 때문이다. 지상에서 작동하던 신체 기능이 다 고장 난 느낌. 평소엔 신경도 안 쓰던 숨 쉬는 방법부터 배워야 하고, 걷지도 서지도 못한다. 답답한 게 있어도 말을 할 수 없으니 수중에서는 손으로 의사소통해야 한다. 손으로 표현하는 단어를 수신호라고 부르는데 물 밖에서는 곧잘 따라 하던 간단한 수신호도 입수

만하면 기억이 안 난다.

첫째를 키워낸 경험이 있는 엄마는 동생 육아에 그 노하우를 발휘할 수 있다. 마찬가지로 강사도 경험이 쌓이면서 교육생의 불안한 눈빛을 읽어낼 줄 알게 된다. 배가 고픈지, 기저귀를 갈아달라는 건지, 잠투정인지 아기가 우는 원인을 알아내는 엄마처럼 강사는 말 못 하는 교육생의 불안감을 덜어내어 간다. 눈앞에서 사라진 엄마를 서럽게 찾는 아기처럼 교육생들은 강사가 조금만 멀어져도 동공이 확장되거나 애달프게 매달리기도 한다. 그런데 수중 아기들은 여러 명일 때도 있고, 엄마보다 훨씬 몸집이 큰 아기도 있어서 엄마에게는 강한 체력과 노하우가 필요하다. 다행히도 수중엄마에겐 이 모든 것을 끝낼 치트키가 있다. 출수다.

기체 탱크 1개로 호흡하는 신생아 체험 시간이 끝나면 수중 아기들은 다시 지상의 어른으로 돌아온다. 차근차근 수중에서 있었던 일을 디브리핑debriefing* 하고 나면 강사에게 매달렸던 걸 미안해하고 교육생 친구들끼리 서로 놀리기도 하며 웃는 시간이다.

* 교육 세션이 끝난 후 교육 기간에 배우고 수행한 내용을 강사가 교육생들에게 정리하는 과정.

나의 첫 수중 아기들.

© SwiTchiS

괜찮아요. 수중 세상에서는 신생아였으니까. 다음에는 조금 더 성장할 거예요.

유치원에 처음 가던 날이 기억난다. 나의 사회생활이 시작되던 그 날, 이름이 뭐냐고 묻는 선생님의 질문에 나는 엄마 등 뒤에 숨어서 대답도 못 하는 소심한 겁쟁이였다. 그전에도 엄마 아빠랑 언니들 손 잡고 바깥세상을 자주 경험했는데, 그날은 이유를 설명하기 어려운 두려운 감정이 가득했던 것 같다. 더 큰 세상, 실전으로 나아가는 첫날이 아이에겐 떨리는 시간이다.

수영장 교육을 마치고 바다에 처음 나가는 초보 다이버도 그렇다. 예쁜 바닷속으로 들어가 그간 배운 것을 시도해보고 싶은 설렘도 있지만, 막상 바다에 들어간다고 생각하니 두렵고, 높아진 긴장감은 신체의 수행능력을 떨어뜨린다. 그럴 때 필요한 건, 몸도 못 가누던 나를 이만큼 성장시켜주고 눈빛만 봐도 내 마음을 알아주는 수중엄마, 강사의 따뜻한 지지와 그에 대한 믿음이다. 여태까지 해온 것처럼 잘 해낼 수 있을 거라는 격려, 내가 곁에서 안전하게 지켜주겠다는 강사의 다짐은 한 다이버가 바다와 첫 만남을 하는 데 큰 힘이 된다.

역사적 흐름에 따라 '소중한 것'에 대한 사회적 개념도 변한다. 예를 들어 나 같은 딩크족은 자녀를 낳아 기르는 삶보다 부부의 삶에 집중하는 것이 더 소중하다. 딩크족의 선택을 존중하고, 자녀를 키우는 부모의 헌신과 사랑도 존경받으며 서로 다른 생각이 공존할 수 있는 이 사회의 분위기도 소중하다.

그런데 세월과 무관하게 선택의 문제일 수 없는 가치도 있다. '사람을 해치거나 남의 물건을 훔치면 안 된다'와 같은 도덕의 개념이다. 맞고 틀림을 OX 퀴즈로 묻는다면 정답률이 100퍼센트에 수렴할 쉽고도 명확한 사회적 규범이지만, 의외로 이것을 실생활에서 지키지 않는 사람이 적지 않다. '길거리에 쓰레기를 버리면 안 된다'의 정답이 'O'라는 것을 우리 모두 알지만, 큰 규모의 행사 후 쓰레기로 더럽혀진 공연장을 뉴스에서 마주하는 것처럼 말이다. 답이 뚜렷한 규범을 어기는 경우 '가정 교육'이 종종 화두로 등장한다. 아마도 사람의 가치관 형성에 유년 시절의 교육이 중요한 영향을 미친다는 사회적 공감이 이루어졌기 때문인 것 같다. 세상을 대하는 어린아이의 작은 행동 하나하나에는 부모의 교육이 담겨 있고, 사람의 품격은 이 작은 차이들이 더해져 만들어진다.

가정에서 배운 도덕의 개념과 소중함의 가치가 한 사람이 따뜻하고 바른 사회 구성원으로 자라는 데 밑거름이 되는 것처럼, 다이버도 수중 세상을 존중하는 마음과 올바른 예의를 배워야만 바다에서 바르게 성장할 수 있다. 인간의 세상이 아닌 바다에 간 우리는 그곳의 주인이 아닌 방문자이며, 당연히 그 세상의 생물을 만지거나 다치게 해서는 안 된다. 다이빙을 시작하는 사람들에게 이 기본적인 개념을 심어주는 것은 강사의 의무다.

아이는 '신호등에 녹색불이 켜지면 좌우를 살핀 후에 길을 건너야 한다' 같은 주의 사항뿐만 아니라, 맛있는 과자를 친구와 나누어 먹을 수 있는 마음, 내게는 재밌는 장난이지만 친구가 싫어한다면 사과하고 그만할 수 있는 태도도 엄마에게 배운다. 안전을 위한 필수 규칙은 교재에도 적혀 있지만, 다이버 사이에 지켜야 할 매너와 배려, 좋은 문화는 올바른 가치관을 가진 강사에게서 배울 수 있다. 그 매너와 배려는 바다라는 특수 환경에서 단순한 사교의 문제를 넘어서 안전과 직결될 수 있고, 현재 다이빙의 질, 나아가 앞으로의 다이빙 인생에도 많은 영향을 준다.

좋은 엄마에 대한 정의를 내리기란 너무도 어렵겠지만, 아이에게 사랑과 올바른 가치관을 전하지 않는 엄마가 좋지 않은 엄마라는 건 누구나 공감할 것 같다. 바다라는 새로운 세상에 태어나는 다이버에게 내가 과연 어떤 역할을 하고 있는지, 얼마나 멋진 일을 하고 있는지 나의 스쿠버 다이빙 강사 동료들이 잊지 않았으면 좋겠다. 해외에 나가면 개인 1명의 행동이 한국인의 모습을 대표하는 것처럼 다이버의 품격은 바다 생물들에게 곧 인간의 품격이기 때문이다.

"우리는 딩크족DINK이에요. Diving Instructors are Nature's Keepers."

어두운 밤바다는
낮보다 화려하다

1. 해가 져서 어두워진 때부터 다음 날 해가 떠서 밝아지기 전까지의 동안.
2. 대부분의 사람과 동물들이 잠을 자는 하루의 부분.

모르는 단어가 아닌데도 정말 자주 사용하는 일상 단어를 사전에서 검색할 때가 있다. 같은 그림을 보고도 성격 유형에 따라 떠올리는 생각이 다르다는 글을 본 후로 나는 새로운 아이디어를 얻고 싶을 때 사전에게 묻는 버릇이 생겼다. 때로는 같은 단어를 영영사전에 검색해서 국어사전과에 나온 설명과 어떤 차이가 있는지 살펴보는 것도 멈춰버린 생각을 다시 뻗어가는 데 도움이 된다.

'사과'는 국어사전에 '사과나무의 열매'라고 짤막하게 정의되어 있다. 틀린 말이 아닌데도 다소 섭섭한 마음이 드는 내가 대체 사전에게 뭘 기대하는 건지 웃음이 난다. 그런데 영영사전에 'apple'을 검색하면 '껍질이 빨강, 노랑, 초록인 과육이 단단하고 하얀 둥근 과일'이란 설명을 보여준다. 국어사전보다는 사과의 생김새를 상상할 수 있게 그려낸 설명이다. 그런데 사과의 과육이 하얗다고 생각해본 적이 없던 나는 살짝 당황스럽다.

'서양 사과는 과육이 하얀색인가? 미색에 가까운 연한 노란색을 하얗다고 표현하는 것이 서양 문화일까?'

이런 망상에 빠지는 것까지도 내 사전 검색 놀이의 일부다.

이 글의 시작인 1번은 국어사전에서 '밤'을 검색한 결과다. 2번은 영영사전에서 'night'를 검색한 것으로 국어사전에는 없는 내용이다. 드라마 촬영을 하며 밤을 새우고 암막 커튼에 의지해 아침에 잠을 청하던 일이 잦았던 지난날의 내가 떠올랐다.

'현대 사회에서는 밤에도 깨어 있는 사람이 많은데'라는 생각이 잠시 스쳤지만, 그건 일하는 환경 때문이지 생존 본능에 의한 것이 아님을 곧 깨닫는다. 대기 시간 중 쏟아지는 졸음과 사투를 벌였고, 촬영장소가 바뀔 때면 차 안에선 바로 잠이 들어 이동의 기억이 없었다. 해가 뜬 후 집에 돌아오면 암막 커튼으로 모든 빛을 차단해도 세 시간 이상 숙면하기가 어려웠다. 그래. 나는 영영사전에 기술된, 밤에 잠을 자는 '대부분의 사람'이야.

그런데 '밤'이란 단어가 바다를 만난다면 또 다른 사전적 정의가 필요할 것 같다. 하나의 연극에서도 장면에 따라 무대 세팅과 등장인물이 바뀌는 것처럼, 바다의 밤은 같은 공간이지만 낮과는 완전히 달라진 무대 위에 전혀 다른 생물들이 주인공으로 서는 시간이다. 그들에게 깨어 있는 밤은 선택적인 것이 아닌 선천적인 것이다.

도시의 삶은 직선이 딱딱하고 날카로운 것이라는 고정관념을 만든다. 촘촘한 건물, 단단한 금속의 전자기기, 네모반듯한 서류…. 그렇지만 하늘과 바다가 맞닿아 만들어낸, 끝이 보이지 않게 가로로 늘어진 직선은 한없이 부드럽고 평화롭다. 그곳에 붉은 태양이 내려앉아 직선과 곡선이 만날 때쯤 나이트 다이빙 입수 준비가 시작된다. 대부분의 나이트 다이빙은 육지에서 가까운 곳에서 입수하고 그리 깊지 않은 산호초 지형을 둘러보는 여정이다. 바닥에 도착하면 어느새 태양빛은 사라지고 하늘과 바다를 가르던 직선의 경계도 사라진다. 바닷속은 수중 라이트가 없으면 완벽한 암흑의 상태다.

물에 대한 공포를 가진 사람도 적지 않을 텐데 어둠의 공포까지 더해진다니, 나이트 다이빙을 흉가 체험에 준하는, 이해하기 어려운 취미로 여길 수도 있겠다. 그렇지만 나이트 다이빙을 좋아하는 사람은 그런 공포와 오싹함을 즐기는 것이 아니다. 오히려 남산 전망대에서 바라보는 서울의 야경, 까만 밤하늘 위로 찬란하게 그려지는 불꽃, '빛의 예술'이라 불리는 조명 건축물들의 루미나리에, 물 위에 떠 있는 유등을 좋아하는 마음과 더 비슷하다.

스쿠버 다이빙 입문 과정 교육을 받았던 필리핀 모알보알Moalboal 투어에서 나는 내 인생 첫 나이트 다이빙을 하게 되었다. '오픈 워터 다이버 코스Open Water Diver Course'라는 입문 과정의 교육생은 그야말로 완전 초보자라서 물속에서 가장 많이 본 것이 강사님 오리발이라고 할 만큼 긴장도 많이 하고 모든 것이 새로운 상태다. 나는 그때도 비교적 씩씩하게 강사님을 힘들게 하지 않는 교육생이었다고 자부하지만 그렇다고 두려움이 전혀 없는 것은 절대 아니었다.

나이트 다이빙에서 낮에는 볼 수 없는 다양한 생물을 볼 수 있다는 설렘보다는 성게의 활동이 활발해지는 밤이니까 찔리지 않게 조심하라는 주의 사항이 좀 더 무겁게 느껴졌다. 그런데도 나이트 다이빙이 기대됐던 것은 하나의 미션 때문이었다. 바로 팀 전원이 동시에 수중 라이트를 꺼서 완벽한 암흑을 만드는 일이었다.

강사님 뒤를 졸졸 쫓아다니던 나는 평평한 모래 바닥 지형에 둥글게 모여 앉으라는 수신호를 보고 드디어 시작이구나

하는 두근거리는 마음으로 무릎을 꿇었다. 입수 전에 약속했던 대로 강사님이 수중 라이트의 빛을 손바닥으로 가리는 사인을 준 후 본인의 라이트를 끄자 하나둘씩 다이버들이 라이트를 끄기 시작했다. 나도 떨리는 마음으로 라이트를 껐고 곧이어 완전한 어둠이 찾아왔다.

버블이 보글보글 수면 위로 날아가는 호흡 소리가 들리지만 전혀 보이지 않는다. 무언가에 빨려 들어갈 것 같은 공포가 슬쩍 나를 덮치려는 순간 반짝반짝 별들이 잔상을 남기며 눈앞을 지나간다. 다이버들이 움직이기 시작한 것이다. 손과 팔을 휘저을 때마다 그 움직임 곁으로 반짝이는 형광빛들이 반딧불처럼 빠르게 춤추며 퍼져나간다. 타오르는 장작더미 끝에서 날아오르는 불씨 같기도 하다. 그 깨알 같은 반짝임 속으로 완벽한 어둠이 깨지고 동료들의 형상이 스친다. 나도 손을 들어 움직인다. 내 손끝으로 생명의 불빛이 춤을 추며 날아간다. 움직임은 좀 더 커진다. 누군가는 격렬한 댄서가, 누군가는 열정적인 지휘자가 되어 빛나는 플랑크톤*과의 만남을 축하한다.

다이빙은 수영과 달리 물속에서 손과 팔의 움직임이 거의

* 야광충Sea Sparkle은 생체발광 능력을 가진 플랑크톤의 일종으로 물리적인 자극을 받으면 빛을 낸다.

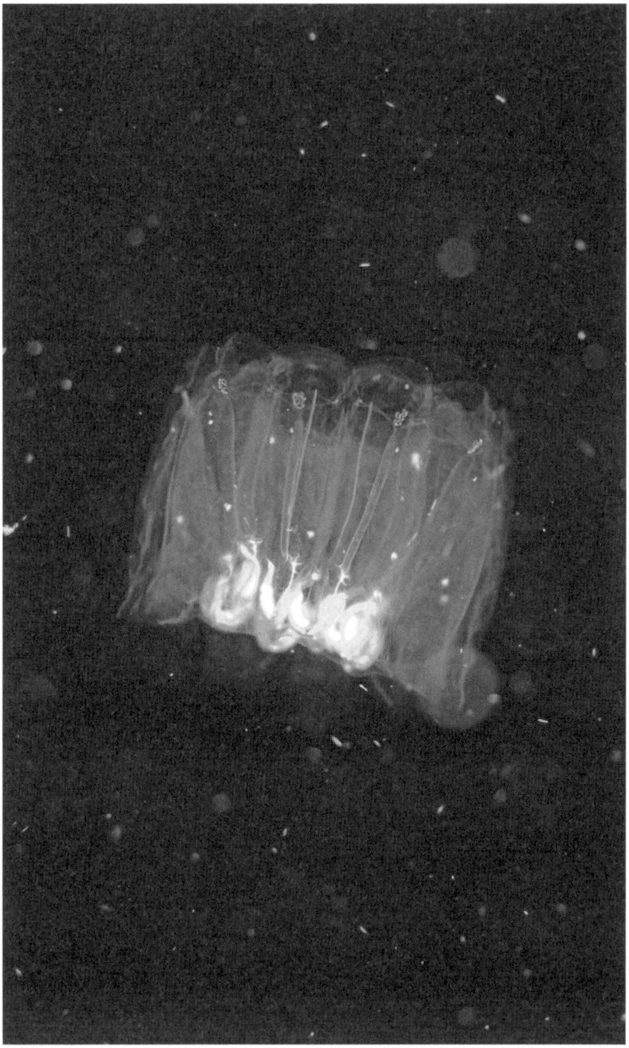

(왼쪽) 살파Salpa.
(오른쪽) 빗해파리Comb Jelly.

없는 스포츠다. 손과 팔은 장비를 만질 때가 아니면 대부분 가만히 두고, 몸은 '핀 킥'이라고 부르는 하체와 오리발의 운동으로 이동한다. 생각해보니 내가 지난 12년간 수중에서 팔을 마음껏 휘저었던 경험은 나이트 다이빙에서 플랑크톤의 빛을 불러낼 때뿐이었던 것 같다.

익숙하지 않은 장면, 규칙을 깨뜨리는 신선함은 카타르시스와 감동을 안겨준다. 완전한 어둠 속에서 평소에는 사용하지 않던 내 손과 팔의 커다란 날갯짓을 따라 만들어지는 생명의 반짝임. 기존의 관습을 깨뜨린 재기발랄한 창작자가 된 것 같은 희열과 눈앞에 보이는 아름다운 자극 그리고 평소와는 다르게 다소 숨이 가빠지는 큰 움직임들이 합쳐지는 순간, 행복지수가 극에 달한다.

암흑 속에서 플랑크톤과 빛나는 춤의 대화를 나누는 것만으로도 정말 좋지만, 수중 라이트를 켜고 낮과 다른 모습을 보여주는 주인공들을 찾아보는 기쁨도 놓칠 수 없다. 플랑크톤 만나기가 참여형 다이빙이었다면 이제는 관람형 모드로 전환이다.

바다를 무대로 낮에 활발한 움직임의 주인공이었던 물고기들은 어두워지면 잘 보이지 않는 안전한 장소에 자리를 잡고

카디날피시Cardinalfish.
눈을 동그랗게 뜨고 있지만 자는 중이다.

하이드로이드 크랩Hydroid Crab이 독성이 있는 하이드로이드 가지로 몸을 장식하고 있다.
위장술을 펼치는 게를 통틀어 데코레이션 크랩이라고 부른다.

휴식을 취한다. 보통 '잠을 잔다'고 하면 눈을 감고 눕거나 엎드린 동물의 모습이 떠오르지만, 물고기는 땡그랗게 눈을 뜨고 둥둥 떠 있어서 처음엔 얘가 뭘 하는 걸까 알아차리기 어려웠다. 혹시 내가 가끔 그러는 것처럼 멍을 때리는 걸까.

후에 물고기의 수면을 연구한 자료를 살펴보니 낮에 활동하던 생물들은 해가 지면 가만히 떠서 일시 정지한 채로 있는데 이것이 인간이 잠을 통해 에너지를 충전하는 것과 같은 기능을 한다는 것을 알게 됐다. 마치 숨바꼭질의 술래가 된 것처럼 산호나 바위틈에 숨어서 쉬는 물고기들을 찾는 것도 나이트 다이빙의 묘미다.

모두가 쉰다면 굳이 숨을 필요도 없을 텐데 이들이 굳이 안전한 곳을 찾는 이유는 바로 밤이 되면 활동을 시작하는 야행성 해양생물들 때문이다. 대표적인 야행성 생물군은 갑각류다. 이 중에는 몸집이 큰 아이도 있지만, 손톱보다 작은 아이도 있다. 다리가 여러 개인 갑각류들이 밤이면 그 여러 다리를 재빠르게 움직이며 어찌나 열심히 다니는지 귀엽기도 하고 대견하기도 하다.

밤에는 특수분장을 한 배우들이 무대에 종종 보인다. 데코레이터 크랩은 주변의 동식물을 몸에 붙여서 자신을 보호하거나 숨는 게들을 부르는 말인데, 여러 종류가 있다. 주변 환경과

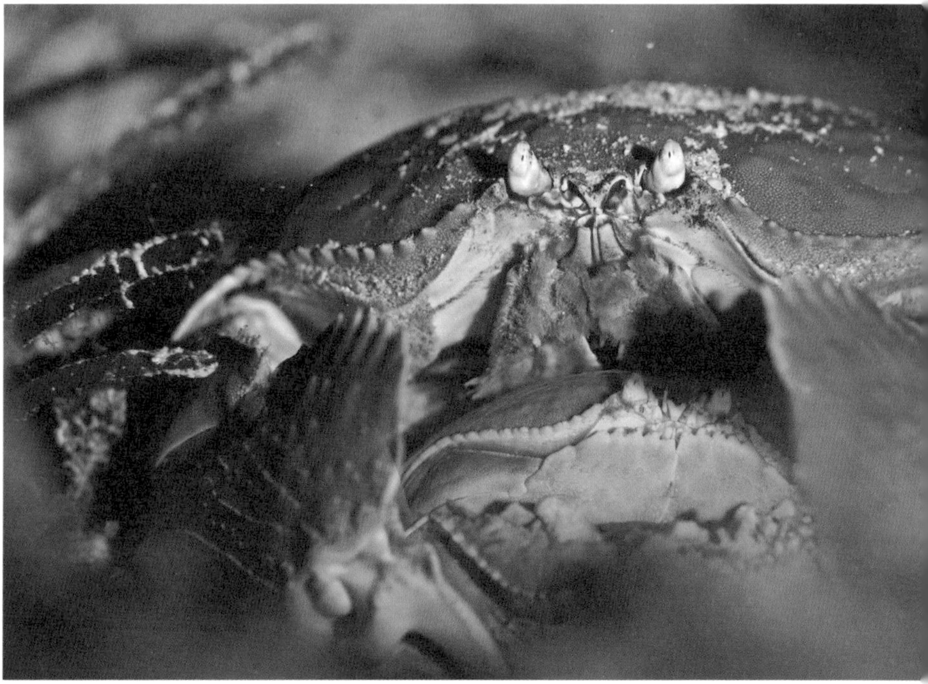

(왼쪽) 자이언트 박스 크랩Giant Box Crab 커플.
(오른쪽) 소라게hermit crab.

비슷한 모습으로 장식해 눈에 띄지 않는 방법을 택하기도 하고, 독성이 있는 생물을 몸에 부착해 포식자의 공격을 막기도 한다. 그런데 어느 날, 나는 데코레이터 크랩이 이미 몸 장식을 마친 상태가 아니라, 주변 생물을 잘라 자신의 몸에 붙이고 있는 그 순간을 목격했다. 어떤 배우의 열렬한 팬이 완성된 작품 속에서만 그 배우를 보다가, 우연히 대기실에서 촬영 준비 중인 모습을 직접 보게 된 느낌이랄까. 귀여운 집게발로 하이드로이드라는 독성을 품은 가지 모양의 생물을 툭 잘라 무언가 점액질을 가미하는 듯한 행동 후 자신의 등 쪽에 쓱 꽂는 일련의 과정을 보면서 말로 표현 못할 감동이 차올랐다.

할리퀸새우는 다 자란 몸길이가 겨우 5센티미터인 작은 생물인데 주로 암수 커플이 함께 다닌다. 내가 만난 커플은 전체적으로 연한 파스텔 옐로 빛 바탕에 진한 보랏빛 테두리의 원형 무늬가 화려한 모습이었다. 머리에 달린 더듬이는 꽃잎처럼 하늘하늘해서 우아한 기품을 드러내는데, 다리 하나가 자기 몸의 열 배는 될 것 같은 가시왕관불가사리를 집게발로 제압하고 있는 모습에 심쿵했다. 인기가 많은 아이인 데다가 가시왕관불가사리를 사냥하는 모습은 직접 관찰하기 쉽지 않은 경험이라 흥분을 가라앉히기가 쉽지 않았다. 작은 생물을 초근접 거리에서 찍는 매크로 촬영은 미세한 움직임에도 초점이 쉽게 흔들리

자신보다 몇 배나 더 큰 불가사리를 옮기고 있는
할리퀸새우Harlequin Shrimp.

할리퀸새우 커플이 가시왕관불가사리를 사냥 중이다.
ⓒ이재한

기 때문에 안정적인 호흡과 부동의 자세를 더 잘 유지해야 한다. 그렇지만 할리퀸새우를 만났던 그 밤바다 속 내 카메라는 두근거리는 내 심장박동처럼 요동치고 말았다.

슬며시 내 마음속 사전에 '밤'의 또 다른 정의를 더해본다.

해가 떠 있는 동안 휴식하던 생물들이 활동하고, 발광생물의 빛을 맨눈으로 관측할 수 있는 시간.

나이트 다이빙의 모든 것

하와이의 명물, 나이트 만타 다이빙

Dive

단짠단짠
유빙 다이빙

영하 2도의 바닷속에서 양팔을 벌려 겨우 잡을 수 있을 정도의 큰 얼음을 받아 안았는데, 신기하게도 열대 바다에서 같은 크기의 바다거북을 만났을 때만큼 벅차올랐다.
살아 있는 생명체만큼이나 심장을 떨리게 하는 유빙.
아, 지금 나를 둘러싼 이 세상은 꿈보다 더 아름다운 현실이구나.

수온 영하 2도라는 극한의 추위, 수면이 얼음으로 뒤덮인 오버헤드 환경overhead circumstance.* 일본 홋카이도 우토로 지역의 오호츠크해는 러시아 국경과 맞닿아 있는 아무르강의 유

* 계획과는 달리 다이버가 출수를 급하게 원할 때 그 지점에서 수직 상승한다 해도 출수할 수 없는 환경. 동굴, 난파선, 아이스 다이빙 등 머리 위에 장애물이 있어서 출수하기 위해서는 입수 지점으로 다시 돌아가거나 출수가 가능한 곳을 미리 정해두고 다이빙을 진행한다.

입과 시베리아 기단의 영향으로 얼어붙은 바다 위로 바람과 해류의 영향을 받아 떠다니는 유빙을 볼 수 있는 최남단의 지역이다. 2013년 2월, 첫 한국인 팀을 환영해준 이루카 호텔에서 유빙 다이빙의 추억이 시작되었다. 그때 나는 주문한 드라이슈트가 도착하기 전이라서 내 몸보다 훨씬 큰 사이즈의 렌털 슈트를 들고 갔던 왕초보 다이버였지만, 두려움보다는 훨씬 큰 설렘과 기대를 품고 있었다.

"오겡끼데스까. 와따시와 겡끼데스お元気ですか。わたしわ元気です."

허공에 외치는 나카야마 미호의 대사로 유명한 이와이 슌지 감독의 영화 〈러브레터〉. 고등학교 시절 이 영화를 처음 봤을 때 감성적인 스토리만큼이나 내 맘을 사로잡았던 것은 온통 하얀색으로 뒤덮인 홋카이도의 설원이었다. 홋카이도는 사계절이 모두 아름다워 일본인도 언제나 꿈꾸는 여행지라지만, 내게는 꼭 눈 덮인 계절에 가고 싶은 곳이었다. 2012년 2월, 유바리 영화제에 초대받아 드디어 가게 된 겨울의 홋카이도. 그곳은 첫인상부터 영화 같았다. 영화제 참가자 전용 기차를 타고 온통 하얀 도시, 유바리에 도착했던 그때, 시민들이 줄을 서서 환영의 깃발을 흔들고 있었다. 정겨운 도시 유바리는 참 따뜻하고 감동적이었다. 영화제 일정 후 며칠 더 삿포로, 오타

Dive

홋카이도 메만베츠 공항으로 가는 비행기. 온세상이 하얗다.

루, 비에이를 여행하며 홋카이도를 마음에 담았다. 내 키보다 높게 쌓인 눈 벽을 유지하던 추위가 매서웠지만, 다른 차원의 세계에 와 있는 듯한 신비함에 푹 빠졌던 나는 홋카이도를 아름다운 낭만으로 추억했다.

그 좋은 기억 덕분에 유빙 다이빙을 하러 홋카이도에 다시 간다는 사실은 내게 모험이나 도전이 아닌 큰 즐거움이었다. 국내에서도 한겨울이면 얼음이 30센티미터 이상 두껍게 어는 강에서 아이스 다이빙을 하지만 유빙 다이빙과 아이스 다이빙은 확연히 다른 차이가 있다. 아이스 다이빙은 내 머리 위에 두꺼운 얼음판이 있지만, 유빙 다이빙은 먼바다에서 떠내려온 유빙들로 마치 머리 위에 구름이 떠 있는 느낌이라 더 몽환적이다. '유빙의 천사'라고 불리는 수중생물 클리오네도 유빙 다이빙에서만 만날 수 있는 귀한 존재다. 크기가 1~3센티미터로 아주 작고 무리를 지어 다니지도 않아서 쉽게 볼 수 있는 건 아니다. 사진으로 미리 만난 클리오네는 투명한 몸체 안에 붉은빛의 내장 주머니가 마치 따뜻한 사랑을 담은 심장 같았고, 머리 윗부분에 2개의 더듬이와 몸 양쪽으로 다리*가 날개처럼 펼쳐진 모습이 '천사'라는 별명과 잘 어울린다. 그 작고 예쁜 생명체와 만나는 것이 유빙 다이빙에서 이루고 싶은 나의 꿈이었다.

김포에서 하네다로, 하네다에서 일본 국내선 비행기로 메만베츠 공항에 도착한 후 차로 한 시간 반쯤 이동해 호텔에 도착했다. 단체 투어가 아니었다면 몇 번이고 멈춰서 사진을 찍고 싶을 만큼 가는 길 내내 창밖에 보이는 새하얀 세상이 정말 아름다웠다. 호텔에서 유빙 다이빙을 하는 곳까지는 걸어서 3분 거리. 숙소 창문에서 유빙과 눈으로 뒤덮인 바다가 한눈에 들어왔다. 오션 뷰인 것도 좋은데 게다가 유빙 전망이라니! 나는 홋카이도의 명물 삿포로 맥주를 사서 냉장고가 아닌 숙소 앞 눈밭에 묻어두었다. 1층인 내 방 창문을 열고 눈에 파묻힌 맥주캔을 꺼내 뚜껑을 따던 그 희열이 10년이 지난 지금도 생생하다. 평소에 마시던 맥주보다 열 배는 맛있다고 느낀 건 홋카이도 현지 감성이 더해졌기 때문일 수도 있지만, 어쩌면 살얼음이 생기는 이 환경이 맥주 시음의 완벽한 조건일지도 모른다고 생각했다.

* 클리오네는 그리스어로 '날개가 있는 발wing-foot'이라는 뜻이다. 클리오네가 속한 익족류翼足類, Pteropoda는 자유롭게 헤엄치는 것이 특징인 해양후새류 복족류이다. 익족류는 이제 과학적으로 사용하지 않는 용어지만 편의를 위해 통용 표기로는 여전히 사용되고 있다.

유빙 다이빙 포인트에는 다이버가 아닌 손님들도 드라이슈트를 입고, 얼어 있는 바다 표면을 걷거나 유빙과 사진을 찍고 있었다. 얼음이 충분히 두껍게 얼어 안전한 구역을 걷고 있기는 했지만, 문득 내가 바다 한가운데에 서 있다고 생각하니 살짝 무섭기도 했다. 그렇지만 두려움은 곧 사라지고 눈부시게 아름다운 이곳을 온몸으로 담아내고 싶다는 열망이 차올랐다. 나는 몸이 젖지 않는 드라이슈트의 강점을 살려 얼음 위를 이리저리 구르면서 이 순간을 사진으로 담았다. 하늘의 구름은 마치 나를 감싸 안은 눈이 거울에 비친 것 같았다. 한 프레임 안에 똑 닮은 하늘과 바다가 담겼다.

입수한 구멍을 다시 찾아 나와야 하는 오버헤드 환경이라서 단단한 밧줄이 입수 지역부터 바닷속 바닥까지 연결되어 있었다. 지금은 내피를 아무리 껴입어도 겨울 동해에서 추위를 느끼지만 10년 전 초보 다이버였던 당시의 나는 극도의 흥분 상태로 춥다는 개념을 잊었던 것 같다. 입수하자마자 유일하게 맨살이 물에 닿는 부위인 얼굴에 차가운 청량함이 느껴졌다. 하강 라인을 잡고 천천히 내려가는 여정이 마치 다른 차원의 세계로 진입하는 것 같았다.

전날 현지 강사님이 설명해주신 염분약층도 실제로 경험해보니 상상 이상의 신비로움이었다. 염분약층은 민물과 바닷물

Dive

이 만나 염분 농도가 급격하게 변화하는 불연속 층인데 이곳에 들어서면 바로 시야가 흐려진다. 눈앞에 진한 아지랑이가 피어올라 비췻빛 바다가 아롱아롱 흩어졌다 만나기를 반복하고 있었다. 그 광경이 흡사 물에 설탕이 녹아내릴 때의 모습과 같아서 염분이 있는 바닷속이지만 달콤한 기분에 사로잡혀 하강을 시작했다. 단짠단짠*의 음식을 맛볼 때만큼이나 단짠단짠한 기분도 참 좋았다. 염분약층은 방향을 분간하기 어려울 정도로 다른 차원의 세계였지만 밧줄을 꼭 붙잡고 조금 더 하강하니 곧 시야가 좋아졌다.

유빙 다이빙은 바닷속에서 수면에 떠다니는 유빙을 보는 것을 목적으로 하기 때문에 깊이 하강하지 않는다. 얕은 수심에서도 빛이 얼음에 가려져 다소 어둡긴 했지만, 주변 경관을 감상하기에는 충분했다. 수심 5미터 지점에서 머리를 들어 수면을 바라보니 마치 우주에 떠다니며 여러 행성과 이름 모를 수

* 음식의 단맛과 짠맛의 궁합을 일컫는 말로 먹방 계열 콘텐츠에서 자주 등장해 유행된 표현이다. 사람들이 보통 가장 좋아하고 중독성 높은 맛이 짠맛과 단맛인데, 간장과 설탕 양념이 베이스인 불고기, 갈비 등 한식에도 많이 쓰이는 조합이다. 한 가지 요리에 단맛과 짠맛이 들어간 예도 있지만 각기 다른 짠 음식과 단 음식을 전후로 먹으면 더 맛있게 느껴지는 상황도 포함된다.

많은 별을 보고 있는 듯한 황홀함에 사로잡혔다.

그때 현지 강사님이 우릴 불렀다. 아, 클리오네! 바다의 천사가 그곳에서 날갯짓하고 있었다. 새끼손가락 한 마디 정도의 작은 생명체가 빠르게 날갯짓하는 모습이 동화《피터팬》에 등장하는 작은 요정 팅커벨 같았다. 못 만나더라도 실망하지 말자고 마음을 가다듬고 있었는데 첫 다이빙에서 이렇게 만나게 되다니! 그 작은 생명에게 내 앞에 나타나줘 정말 고맙다고 인사했다. 꽤 긴 시간 동안 나와 2명의 동료가 함께 클리오네를 지켜봤다. 클리오네는 마치 우리가 보고 있는 것을 아는 것처럼 날개 끝을 위로 향해 팔락이다가 다시 아래로 향하며 상승과 하강을 여러 번 반복하는 친절한 팬 서비스까지 해주었다.

다이빙 중에 현지 강사 한 분이 커다란 유빙을 물속으로 가져다주셨다. 수온이 영하 2도인 바닷속에서 양팔을 벌려 겨우 잡을 수 있을 정도의 커다란 얼음을 안았는데, 신기하게도 살아 있는 해양생물을 만났을 때처럼 심장이 쿵쾅거렸다. 바닷속에서는 해양생물을 만지지 않기 때문에 무언가를 처음 품에 안은 기분이 신선했고 30여 년의 삶 동안 한 번도 상상해보지 못한 상황이라 신기했다. 열대 바다에서 커다란 바다거북을 만났을 때만큼 벅차올라 꿈같다는 생각이 잠시 스쳤지만, 실제로 이렇게 예쁜 꿈을 꾼 적이 있었나 하는 생각도 들었다. 그때 나를 둘러싼 세상은 꿈보다 더 아름다운 현실이었다.

얼마 전 10년 전 그때의 유빙 다이빙이 그리워 검색해보니 아쉽게도 이루카 호텔에서는 더는 유빙 다이빙을 진행하지 않고 숙박시설만 운영하고 있었다. 대신 유빙다이빙을 당일 투어로 진행하는 다른 업체를 발견했다. 후기를 보니 간이 화장실과 휴식할 수 있는 천막 공간이 있고 여전히 바닷속은 아름다워서 꼭 다시 가보고 싶다는 생각이 가득해진다. 첫 다이빙에는 카메라를 안 가져 가는 게 좋겠다던 현지 강사님의 말씀에 나는 출국 사흘 전 투어를 위해 구매한 고프로를 놔두고 입수했는데 클리오네는 그 첫 다이빙에서밖에 볼 수 없었다. 강사님의 권고를 너무 순순히 잘 따랐던 것이 후회가 됐다. 경험과 여유가 생긴 지금, 그곳에 다시 가면 어떤 기분일까. 언젠가 클리오네의 그 귀한 날갯짓을 꼭 영상으로 담아오고 싶다.

Dive

고수의 놀이터,
동해

PADI는 전 세계에서 가장 많은 다이빙 회원을 보유한 국제 단체로, 해외 수많은 국가에서 동일한 시스템과 기준으로 강사 시험 응시가 가능하다. 그런데 강사 시험은 단순히 다이빙 기술만을 평가하는 것이 아니라 타인을 가르칠 수 있는 역량을 확인하는 절차이기 때문에 언어 소통 과정과 표현 방식도 중요한 평가 항목이다. 시험 과목 중에는 강의실에서 제한된 시간 동안 진행되는 주제별 프레젠테이션도 있고, 물에서 진행되는 기술 평가 과목에도 입출수 전후에 응시자가 말로 전달하는 내용과 방식에 대한 채점이 포함된다. 만약 외국에서 강사시험을 보려는데 영어나 현지어가 익숙하지 않다면 통역과 함께 시험에 응시할 수도 있다.

해외 유학파가 훨씬 더 큰 권위를 인정받는 분야도 많지만, 스쿠버 다이빙은 상황에 따라 다른 것 같다. 나는 입문 과정 이후에 강사가 되기까지 모든 교육 과정의 훈련과 시험을 국내 바다에서 마쳤고, 한때 내가 국내파라는 자부심이 대단했다. 우물 안 개구리에서 벗어나 좀 더 성숙한 다이버가 되어가는 과정에서 국내파와 해외파를 나누는 것이 큰 의미가 없다는 것을 알게 되었지만 지난 시절 내가 국내파임을 자랑스러워했던 이유가 있다. 다이버라면 누구나 '대한민국의 바다는 어려운 바다'라는 사실을 인정하기 때문이다.

삼면이 바다인 우리나라에서 '저는 물이 무서워요'라고 말하는 사람이 열에 여덟아홉인 이유 중 하나는 한국의 바다 환경이 다소 거칠기 때문인 것 같다. 우리나라 바다는 열대 바다에 비해 차갑고, 시야도 흐리며, 조류가 센 지역도, 너울이 거센 날도 많다.

추위를 느끼는 정도는 개인에 따라 차이가 있지만, 수중에서는 육상에서보다 스무 배 빠르게 체온손실이 일어나기 때문에 보온이 필수다. 나처럼 추위를 많이 타는 사람은 수온 30도의 열대 바다에서 보온 기능이 있는 슈트를 갖춰 입고도 여러 번 다이빙하면 추위를 느낄 때가 있다. 그런데 동해는 어떨까. 한겨울에는 수심 20~30미터 구간의 수온이 4도까지 낮아진다. 일반 대중목욕탕의 냉탕 온도가 18~20도라고 알려주면 대부분은 4도라는 동해의 겨울 수온에 경악한다. 물론 한여름에는 수면 온도가 26도까지 오르기도 한다. 그렇지만 어디까지나 26도는 단지 태양열의 영향을 받는 수면 온도일 뿐, 수심 15미터의 온도는 20도 전후로 여전히 찬물이다. 한여름의 동

Dive

국내 최대 규모 난파선인 동해 스텔라는
멍게들의 집이 되었다.
ⓒ이재한

190

191

해는 냉탕 온도다. 냉탕에 30분 동안 머리까지 잠겨 있다고 상상하면 그 추위가 어느정도인지 짐작될 텐데 겨울의 동해는 냉장고와 같은 온도인 4도다. 게다가 우리 몸이 육지와는 달리 물속에서 체온손실이 급격하게 빨리 진행된다는 점까지 감안하면 동해는 다이버에게 극악의 수온이다. 이쯤 되면 동해에서 다이빙을 해온 나를 이상하게 바라보는 눈빛이 느껴진다.

추위를 견디면서 하는 다이빙은 당연히 위험하다. 저체온증은 그 자체로도 심각한 위험이고, 추위를 견디는 상황에서는 정상적인 판단이 어려워지기 때문이다. 그래서 체온 보호를 위해 찬물 다이빙을 할 때는 드라이슈트drysuit라는 특수 장비가 필요한데 이름처럼 젖지 않는 슈트다. 슈트를 입은 후 가슴이나 등에 있는 지퍼를 닫아 물을 차단하고, 목과 손목 부분은 피부에 밀착하는 소재로 만들어져 물이 슈트 안으로 들어오지 않는다. 발목은 튼튼한 다이빙 부츠와 이어져 있어서 이 부츠에 발을 넣는 것이 슈트 입기의 첫 시작이다. 드라이슈트 안에는 수온에 맞는 내피를 입는데 한겨울 동해에 입수할 때는 스키장에 가도 안 추울 만큼 두툼한 전용 내피를 입는다.

웨트슈트wetsuit는 피부에 붙는 소재이고, 몸에 딱 맞아야 보온 효과가 있어서 노하우가 없는 초보자는 입기가 쉽지 않다. 하지만 입을 때 크게 신경 쓸 점도, 입은 후 큰 불편함도 없다.

그런데 드라이슈트는 입는 과정이 다소 복잡하다. 두꺼운 내피 위에 입는 슈트라서 내 키보다 훨씬 길고 품도 큰 데다가 내구성이 중요한 옷이니 아무리 가벼운 소재로 만든다고 해도 평상복보다 훨씬 크고 무거워 몸의 움직임도 상대적으로 둔해진다. 부력도 매우 커져서 물속으로 가라앉으려면 납덩이(웨이트)가 더 많이 필요하다. 열대 바다에서 웨트슈트를 입었을 때 2~4킬로그램이 적정 웨이트라면 동해에서 내피를 다 갖춰 입은 드라이슈트에는 10킬로그램 이상이 필요하다.* 둔한 몸에 무거운 웨이트까지 장착하니 배에 탈 때까지의 과정과 입출수가 당연히 힘들다.

무엇보다도 가장 큰 차이는 드라이슈트 내부가 기체로 차 있기 때문에 수심에 따라 부피가 달라진다는 점이다. 수심이 깊어질수록 슈트가 쪼그라들며 몸을 쥐어짤 만큼 조여오기 때문에 아무런 조치 없이 그대로 다이빙하면 온몸에 피멍이 든다.** 수

* 웨트슈트의 두께, 드라이슈트의 소재와 내피의 두께에 따라 적정 웨이트 무게는 달라지지만, 드라이슈트는 웨트슈트보다 웨이트가 많이 필요하다.

** 드라이슈트에 익숙하지 않은 다이버가 긴장 상태에서 수심에 따른 기체 공급을 하지 못했을 때 출수 후 채찍질 자국처럼 몸 곳곳에 줄 피멍이 든 걸 여러 번 목격했다.

납공간 절약을 위해 사용하는 진공 비닐 안에 옷을 넣고 기체를 빼면 옷의 부피가 줄어들며 납작해지는 것과 비슷하다. 그래서 드라이슈트와 기체 탱크를 호스로 연결하고 수심이 깊어질 때마다 버튼을 눌러 기체를 넣어주어야 한다. 반대로 상승할 때는 슈트가 풍선처럼 부풀어 오르기 때문에 급상승하는 걸 방지하려면 수심에 맞게 슈트 속 기체를 적절하게 덜어내야 한다. 드라이슈트는 단순한 옷이 아니라 특수 장비라서 반드시 수중에서 다루는 기술을 배운 후 사용해야 한다. 수중에서 주기적으로 신경 써야 할 장비가 하나 더 늘어난 드라이슈트 다이빙은 웨트슈트 다이빙보다 한 단계 높은 수준의 다이빙이다. 드라이슈트를 입고 안정적으로 다이빙하는 사람이라면 웨트슈트를 입었을 때 큰 어려움이 없지만, 웨트슈트만 입어본 사람이 드라이슈트를 처음 입으면 바로 적응하지 못할 가능성이 크다.

"내가 무슨 부귀영화를 누리자고 이 고생을 하는지 모르겠어."

동해에서 출수한 후 배 위에서 참 많이 듣는 말이다. 그런데 다이버들은 입으로는 투덜거리면서도 얼굴에는 행복을 가득 담고 있다. 왜 우리는 이 고생스러운 동해를 선택하는 걸까. 비행기를 타지 않고 짧은 시간에 다녀올 수 있다는 지리적 이점 때문만은 아니다. 동해는 열대 바다와는 완전히 다른, 그 고유의 매력이 있기 때문이다.

바다민달팽이Sea Slug.
열대 바다에서 자주 봤지만, 동해에도 살고 있다.
ⓒ이재한

동해 다이빙은 열대 바다와는 다른 다이빙의 한 장르다. 로맨틱 코미디, 액션, 누아르, 호러, SF 등 각 장르의 영화가 저마다 다른 특징과 매력이 있는 것처럼. 맑고 투명한 비췻빛 대신 다크 블루한 색감과 어두운 느낌, 떼를 지어 아기자기한 율동을 보이는 작은 물고기들 대신 무채색의 투박한 모습의 생물을 그것도 간간이 보는 게 보통의 동해 다이빙이다. 그래서 운이 좋은 어느 날, 빛처럼 쏟아지는 은빛 물고기 무리를 동해에서 보게 되면 기쁨이 배가 된다.

동해의 다이빙 포인트 중에는 '금강산', '마이산', '낙산대기', '울산바위' 등 산과 관련된 이름이 많다. 열대 바다가 주로 평지나 슬로프, 직벽 등 단순한 지형인 것에 비해 동해의 수중에는 기암괴석으로 이루어진 웅장하고 멋진 지형이 많아 생물이 많지 않더라도 바닷속 풍경을 감상하는 희열이 있다. 또 부착생물이 살 수 있는 환경을 만들기 위해 모랫바닥에 투하한 인공어초 포인트가 많다. 인간이 만든 구조물에 해양생물들이 터전을 잡고 사는 모습을 보는 것도 큰 즐거움이다. 인공어초는 무채색이었던 콘크리트가 알록달록한 부착생물로 뒤덮이는 시간을 지나며 더는 인공적이지 않고 조화로운, 바다의 일부가 된다.

동해에는 내 최애 생물 중 하나인 섬유세닐말미잘(이하 세

동해에서 촬영한 섬유세닐말미잘Metridium Senile.

©이재한

닐)이 자란다. 찬물에서 서식하는 세닐은 수온이 상대적으로 높은 계절에는 진한 베이지색과 갈색을 띠고 마치 호떡같이 둥글납작하게 바위나 인공어초에 붙어있다. 수온이 낮아지면 식물의 줄기가 자라듯 길게 뻗어 올라가서 하얀 꽃을 피운다. 팔뚝만큼 통통한 베이지색 줄기 위에 지름 15센티미터 크기의 뽀얀 얼굴이 퐁실한 솜사탕 같다. 하늘하늘한 하얀 촉수는 눈꽃 결정체 모양과 닮았고 신부의 웨딩드레스 끝자락 같기도 하다. 세닐은 다 자란 키가 30센티미터라고 알려졌지만, 그보다 두 배나 큰 세닐을 수심 50미터에서 만났던 날을 잊지 못한다.* 테크니컬 다이빙 교육 과정의 마지막 바다 세션이었던 다이빙에서 생물이 보이지 않던 고요한 수심 50미터를 유영하며 가다가 우연히 키다리 세닐 군락과 마주쳤다. 심장이 쿵쾅거렸다. 길고 어려운 과정을 잘 마쳤다며 바다가 안겨준 선물 같아서 참 행복했다.

겨울 다이빙은 한적하다. 드라이슈트가 비싼 장비이고 사용 전 교육이 필요한 만큼, 웨트슈트로 견딜 수 있는 초여름부터

* 일반적인 다이빙 탱크의 길이는 26인치(약 66센티미터)인데 그때 내가 보았던 세닐의 키가 탱크 길이와 같았다.

늦가을까지 동해를 찾는 다이버가 훨씬 많다. 겨울철, 여유로운 분위기에서 온몸이 각성할 만큼 찬물에서 다이빙하고 나와 먹는 군고구마와 어묵 국물의 맛은 눈물 나는 감동이다. 화려하고 따뜻한 여행지 감성의 열대 바다와는 다른 장르, 동해 다이빙은 어린 시절 옛 추억처럼 꾸밈 없이 아름다운 매력이다.

코로나 전에 꿈꾸던 국내 바다 포인트 도장 깨기를 더 늦기 전에 시작하고 싶다. 첫 경험을 춥고 험한 바다에서 시작한다면 다이빙에 재미를 붙이기도 전에 공포만 커질 수 있어 초보자에게는 추천하고 싶지 않다. 그렇지만 훈련 시간과 경험이 쌓이며 바라본 동해는 쉽지 않아서 더 멋지고, 고생하고 아쉬운 만큼 꼭 다시 가야 할 것만 같은 마음이 드는 신비한 바다다.

동해 양양의 겨울 다이빙

국내 최대 난파선, 스텔라

동해 고성 다이빙

동굴 다이버의 성지, 세노테

약 6,600만 년 전, 지구는 치명적인 큰 사고로 끔찍한 고통을 겪었다. 지름 10킬로미터가 넘는 소행성과 충돌하며 높이 100미터 이상의 해일과 에너지 분출물로 인한 산성비가 발생했고, 수년간 지속된 먼지 입자는 태양빛을 차단했다. 식물은 광합성을 할 수 없었고 지구의 온도는 급격하게 저하됐다. 이 때문에 공룡을 포함한 수많은 생물이 멸종되었다. 멕시코 유카탄반도의 칙술루브 운석공은 소행성 충돌의 흔적인데, 지름 150킬로미터, 깊이 20킬로미터로 추정된다는 그 크기만으로도 우리를 압도한다. 그런데 지구 생명의 75퍼센트를 앗아가버린 이 충돌이 수천만 년 후 지구에 태어난 내게 꿈을 선물했다.

칙술루브 운석공 분지의 가장자리를 따라 형성된 수천 개의 싱크홀 천연 샘.* 석회암 암반이 함몰되어 생긴 이 싱크홀은

* 싱크홀 천연 샘은 유카탄반도에만 2,400개가 등록되어 있는데, 총 개수는 6,000개 이상으로 추정한다고 한다.

'끝없이 깊은'이라는 뜻의 마야어 '조노트dzonot'를 스페인어로 번역한 말 '세노테cenote'로 불린다.* 세노테는 수천 년 동안 마야인들에게 중요한 수원水源이었고, 종교적으로 신성한 곳이었다. 세노테가 사후 세계로 가는 통로라고 믿었던 마야인들이 종교의식 중 던져 넣은 귀중품을 찾으려고 20세기 많은 탐험가가 이곳을 방문했다. 현재는 무엇을 찾기 위해서가 아니라 그저 세노테 자체를 보고 싶어 하는 동굴 다이버의 성지가 되었다. 세노테 중에는 석회암이 용해되며 지표 아래에 동굴이 형성된 곳이 있는데 비췻빛 맑은 물은 연중 25도로 웨트슈트 다이빙에 적합한 온도다. 수만 년 동안 형성된 신비한 자연의 예술품인 종유석과 석순, 천장 구멍으로 스며드는 햇빛으로 완성되는 마법 같은 장면을 직접 보고 싶은 꿈이 내게도 생겼다.

어쩌면 다이빙을 시작하고 내가 가장 보고 싶었던 것은 상어나 고래보다도 세노테였던 것 같다. 상어나 고래는 볼 수 있는 계절과 지역에 대한 정보는 있어도 100퍼센트 만날 확신이 없는 대신 고도의 다이빙 스킬 훈련 없이도 도전할 수는 있지만, 세노테는 반대다. 늘 그 자리에 있는 신비한 자연이지만 진

* 〈Yukatan Today Magazine〉, https://yucatantoday.com/en/cenotes-underwater-sinkholes/

사이드마운트 시스템.
ⓒ이재한

입하기 위해서 특별한 기술이 필요하다.*

대중에게 익숙한 스쿠버 다이버의 이미지는 기체 탱크를 등에 단 모습이겠지만 옆구리에서 골반 라인으로 몸의 양쪽에 탱크를 고정하는 방식도 있다. 등에 탱크를 메는 방식이 백마운트, 몸 옆에 장착하는 방식이 동굴 다이빙을 위해 고안된 사이드마운트 시스템이다. 백마운트 시스템은 엎드린 자세에서 등 위로 탱크만큼 공간을 더 차지하게 되지만, 사이드마운트는 탱크가 몸 양옆에 있으니 천장이 낮은 동굴 구간에 적합하다. 내 몸만 빠져나갈 수 있을 정도로 폭이 좁은 공간도 탱크를 몸에서 떼어 몸과 일직선이 되게 앞으로 뻗으면 통과할 수 있다. 이외에도 여러 장점이 있어서 지금은 동굴이 아닌 일반 바다에서도 사이드마운트 시스템을 사용한다.

나는 오픈 워터 다이버 자격증을 취득하자마자 사이드마운트 시스템을 배우기 시작했다. 맨몸으로 입수 후 수면에서 탱크를 몸에 장착하는 사이드마운트 시스템을 사용하면 입수할 때 탱크의 무게를 짊어지지 않아도 되지만 대신 물속에서 호흡기 없이 탱크를 몸에 걸고 눈으로 보지 않고 오직 손의 감각만으로 장

* 스노클링이나 초급 다이버가 진입 가능한 세노테도 있지만 그보다 난도가 높은 일반적인 세노테 코스에 관한 설명이다.

비 체결을 빨리 완성할 수 있어야 한다. 10년 전에는 사이드마운트 다이버가 지금보다 훨씬 더 적어서 남들이 많이 안 하는, 멋진 기술을 배우고 싶은 마음에 시작했지만, 훈련을 계속하면서 세노테에 가고 싶다는 소망이 점점 짙어졌다. 양쪽 탱크의 균형, 내 몸과 탱크의 수평이 작은 변화로도 무너질 수 있기 때문에 수많은 반복 훈련을 통해 내게 딱 맞는 장비 세팅 값을 찾기 위해 노력했다. 양쪽에 2개씩 4개의 탱크를 운용하는 방법을 익히느라 너무도 힘들었던 테크니컬 다이빙 과정을 수료한 지 1년 후, 나는 꿈에 그리던 멕시코 세노테에 갈 수 있었다.

유카탄반도의 툴룸 지역에는 멋진 세노테가 많다. 세노테 다이빙으로 명성이 높은 단체의 현지 숍에 가이드 예약을 했고, 여성 독일인 강사님이 닷새간 함께 해주셨다. 첫 만남 장소에 트럭을 운전해서 나타난 크리스틴 강사님은 나처럼 키가 작고 왜소한 체형이었지만 온화하면서도 강인한 인상에서 베테랑의 연륜이 느껴졌다. 세노테 다이빙 지역은 편의시설이 없는 진짜 정글이었고, 충전된 탱크를 시내에서 받아 트럭에 싣고 먹을 것도 직접 사서 이동해야 했다. 엄청난 진동을 느끼며 세노테로 향하던 비포장 흙길에서 느낀 괴로움은 시작에 불과했다. 주차장에서부터 탱크와 장비를 이고 지고 세노테

입구까지 한참을 고생해서 걷고 나자 내 제1 소망은 '세노테의 입구와 주차장이 가까운 것'이 됐다.

모든 다이빙 투어의 첫 번째 다이빙을 체크 다이빙이라고 하는데, 이때 현지 인솔자는 게스트의 다이빙 스타일과 실력을 체크하고, 다이버는 자신의 장비와 컨디션을 점검한다. 체크다이빙은 그래서 주로 시야가 맑고 수심이 깊지 않은 편안한 포인트에서 진행한다. 세노테 체크 다이빙은 '두 눈'이란 뜻의 도스 오호스Dos Ojos에서 진행됐다. 넓고 밝아서 스노클러나 탱크 1개만 짊어진 백마운트 다이버들도 들어갈 수 있는, 툴룸 지역 세노테 중 가장 유명한 동굴이다.

체크 다이빙은 음식으로 비유하자면 코스 요리의 에피타이저인데도 충격적인 감동이었다. 여태까지 '시야 좋다'라고 말했던 그 어떤 바다와도 비교할 수 없을 정도로 투명하고 맑은 세상, 아름다운 에메랄드빛 물 색깔에 반해버렸다. 입안에 한 술 넣고 눈이 휘둥그레지는 음식처럼 감탄의 연속이었다. 에피타이저가 이 정도라면 메인 코스는 어떤 맛일까! 영상으로 봤던 종유석들 사이를 내가 유영하고 있다니! 동굴에는 바다에서만큼 눈에 띄는 생물이 많지는 않았지만, 가끔 지나가는 민물고기마저도 그저 감동이었다. 앞서가던 크리스틴이 수중 라이트를 끄더니 진행 방향의 반대편을 바라보라고 했다. 제자리에서 발목을 움직이며 헬리콥터킥*을 차면 컴퍼스로 원을 그리듯 엎드린 내 몸이 회전한다. 머리가 진행 방향의 반대를 향했을 때 내 눈앞에 펼쳐진 대형 창문에는 신화 속에 등장할 것 같은 신비하고 영롱한 초록빛이 가득했다. 빛이 차단된 공간이 오직 우리가 들어온 동굴 입구 쪽에서 쏟아지는 햇빛을 담아 온통 반짝이는 물결이 되어 있었다. 45분간 진행 예정이었던 우리의 체크 다이빙은 60분 동안 계속되었다. 크리스틴이 마음을 놓고 자신의 다이빙을 즐기고 있는 것 같아서 나도 긴장이 풀리며 편안해졌다. 투어 전 미리 뽑아두었던 세노테 리스트를 크리스틴에게 주었는데 처음에는 체크 다이빙을 먼저 해보고 결정하자고 하더니 아마도 합격이었나 보다. 그 이후로 리스트 속 세노테를 하나씩 만날 수 있었다.

둘째 날 갔던 '드림게이트Dreamgate'는 갑자기 상급자로 훌쩍 레벨업이 된 분위기였다. 첫날 갔던 도스 오호스가 놀이공원의 회전목마였다면 드림게이트는 바이킹이랄까. 입수하기

* 다이빙할 때 신는 오리발을 핀fin, 오리발을 차는 방식을 핀 킥fin kick이라고 하는데 플러터킥, 프로그킥, 백킥, 헬리콥터킥 등 자동차의 기어와 핸들처럼 몸을 움직이는 여러 방식의 킥이 있다.

전부터 난도 최상이었다. 입수 지점이 가파른 사다리로 한참 내려가야 하는 낮은 지대에 있어서 탱크와 장비를 묶어 도르래로 내려야 했다. 다소 험난했던 입수 과정 후 만난 드림게이트는 강렬한 카리스마를 뿜어냈고 나는 그 매력에 압도당했다. 폐소공포를 느껴본 적이 없는데도 어두운 환경과 빽빽하게 형성된 동굴 침전물에 두려움이 스쳤다. 나는 마음의 안정을 찾기 위해 더 집중했다. 정말 가녀린 종유석 초기 단계의 구조물이 많았는데 얼마나 얇은지 이름이 소다 빨대soda straw다. 연평균 0.1밀리미터씩 자란다는 소다 빨대가 한 다발씩 매달려 있는 천장을 보면서 '아, 내가 정말 동굴 다이빙을 하고 있구나' 하는 황홀감에 빠져들었다.

동굴 천장부터 아래로 자라 내려가는 퇴적물이 종유석, 바닥에서부터 올라오는 것을 석순, 이 둘이 만나 기둥이 된 것이 석주인데 드림게이트는 종유석과 석순 사이의 공간이 그리 넓지 않아 섬세한 부력 조절 능력이 필요한 곳이었다. 이 귀한 천연 지형에 행여나 상처를 줄까 긴장하는 한편 좁은 구간을 유연하게 잘 다니고 있는 내가 내심 대견하기도 했다. 아, 오늘을 위해서 그렇게 피눈물을 흘리며 훈련을 해왔구나. 갑자기 오늘의 경험이 지난 힘든 훈련 시간에 대한 보상인 것 같아 울컥했다. 드림게이트에는 꽤 큰 에어 체임버가 있다. 이곳으로 천

세노테 드림게이트Dreamgate 의 장비를
입수 지점으로 내리는 도르래.

Dive

타지마하Taj Ma ha의 빛내림.

210

211

천히 상승해서 호흡기를 빼고 숨을 쉬면서 종유석을 감상했다. 동굴 밖 육지로 나갈 수 있는 사다리까지 설치되어 있는 걸 보며 인생 선배들의 발견에 감탄했다.

드림게이트에는 업스트림upstream, 다운스트림downstream, 크게 두 길이 있다. 두 번째 다이빙을 했던 업스트림에서 크리스틴이 반투명한 석회암을 찾아주었다. 경찰차 루프에 얹는 경광등처럼 끝이 봉긋한 원기둥 모양의 암석에 수중 라이트를 가져다 대니 마치 영화 속 점술사의 수정구슬처럼 속까지 투명하게 빛났다. 멀리서 라이트를 비추며 보았을 때는 전혀 구분되지 않는데, 크리스틴이 얼마나 많이 이곳을 왔고 경험을 쌓았는지 존경심이 차올랐다. 출수 직전에는 크리스틴이 1년에 다섯 번도 못 본다는 민물장어를 만나 반가웠다. 역시 난 어복을 타고난 걸까. 늘 바다의 신에게 감사했는데, 그날은 동굴의 신에게 감사드렸다.

험한 길을 이동해 장비를 나르고 동굴에서 다이빙하는 과정은 체력적으로도 벅차고 시간도 오래 걸려 하루에 두 번밖에 하지 못하는 것이 정말 아쉬웠다. 무대 위의 핀 조명보다 더 강렬하고 레이저 쇼보다 더 아름다운 빛내림으로 행복했던 타지마하Taj Ma Ha, 수심 30미터 구간의 황화수소층이 구름처럼 보여서 마치 하늘을 나는 기분을 느끼게 해주었던 앙헬리타Angelita, 동물의 두개골 뼈가 반쯤 흙에 묻혀 있어 그 이름이 끄덕여지던 펫 세머

펫 세머테리Pet Cemetery 입구.

Dive

카 워시Car Wash의 수련.

테리Pet Cemetery(영어 단어 '세머테리cemetery'는 묘지라는 의미다), 동굴 입구 앞 얕은 물에 자라는 오렌지빛 수련 잎이 로맨틱한 카 워시Car Wash, 킨타나로오 주에서 가장 깊은 동굴이자 입수 과정도 가장 힘들었던 더 피트The Pit, 동굴 다이빙 과정의 훈련을 많이 한다는 안락하고 편안한 분위기의 엘 에덴El Eden까지. 밑그림 선만 인쇄된 컬러링북을 채워나가듯 막연하게 상상했던 세노테 다이빙은 5일 동안 다채로운 색으로 칠해졌다.

마지막 다이빙을 끝내고 크리스틴이 카메라를 들고도 이렇게 안정적인 다이빙을 하는 게스트는 처음이라며 기분 좋은 덕담을 해주었다. 만약 그녀가 가이딩이 힘들었다면 평균 다이빙 타임을 초과하는 긴 다이빙을 5일 내내 하진 않았겠지. 게스트를 인솔한다기보단 함께 동굴을 즐기는 모습이어서 나 역시 기뻤고, 베테랑의 품격을 볼 수 있어서 영광이었다. 내 사이드마운트 장비는 크리스틴 강사님이 속한 단체의 설립자가 개발한 것인데,* 그때까지 나는 그 단체 소속 강사에게 직접 교육을 받은 적이 없었다. 나보다 키도 덩치도 큰 사람을 기준으로 하는 교습법으로 늘 고군분투해온 내게 '우리처럼 작은

* 레이저 사이드마운트 시스템RAZOR sidemount system. 영국 출신의 전문 동굴 탐험가이며 동굴 다이빙 강사인 스티브 보가츠가 직접 고안한 장비.

여성은'이라는 공감의 말과 함께 다양한 해결책을 제시해주며 날 뭉클하게 만들었던 크리스틴. 더 늦기 전에 다시 세노테에 가서 그녀를 만날 수 있을까.

동굴 다이빙은 베이식 케이브 다이버basic cave diver, 풀 케이브 다이버full cave diver로 교육 커리큘럼이 나누어 있는데, 풀 케이브 과정까지 이수한 사람만 진입할 수 있는 구간이 따로 있다. 사고가 발생하면 극도로 위험한 환경이기 때문에 모든 돌발 상황에 대비하기 위해 교육 과정이 극악하다고 알려져있다. 하지만 세노테의 추억을 적어 내려가는 지금, 나는 동굴 다이빙 교육 과정에 마음이 당긴다. 그때 내가 들어갈 수 없었던 구간은 과연 어떤 모습일까. 나의 꿈이었고 여전히 꿈인 세노테. 마야인들이 믿었던 것처럼 그곳이 정말 사후 세계와 연결되는 통로인지는 알 수 없지만, 세노테 그 자체는 정말 아름다운 세상이다.

탁PD의 여행수다-세노테 다이빙

세노테 사이드마운트 다이빙

용왕님의 특별한 취미

"저 폰은 바다에 버려요. 깊은 데 빠뜨려서 아무도 못 찾게 해요."

형사인 해준은 피의자인 서래에게 그녀의 범죄 증거가 담긴 폰을 없애라고 한다. 자부심 있는 경찰이었던 해준은 감정에 휩싸여 수사를 망친 자신이 완전히 붕괴되었다고 표현하면서도 그녀를 지키고 싶어했다.

칸 영화제 감독상 수상작인 박찬욱 감독의 〈헤어질 결심〉은 '언어의 영화'라 불릴 만큼 관객의 마음속에 많은 대사를 남긴다. 그중에서도 이 말은 가장 결정적인 대사였기에 영화 제목을 검색하면 이 대사에 대한 많은 질문과 해석으로 가득하다.

폰을 바다에 빠뜨리라는 건 완벽한 증거인멸로 진실을 은폐하라는 뜻이다. 바닷물에 침수된 전자기기가 어떤 모습인지 너무도 잘 아는 나는 해준의 대사가 더 절박하게 들렸다. '저 폰은 망치로 부숴버려요' 혹은 '저 폰은 불태워 버려요'보다 훨씬 간단하고 과격하지 않은 방법이면서도 파괴력은 최상이기 때문이다. 요즘은 방수되는 폰도 있고 바닷속 수색도 가능한데, 확실한 증거인멸이 될까? 엘리트 형사인 해준은 당연히 알고 있었을 거다. 바닷물에는 염분이 있어서 민물에 폰을 빠뜨린 것과는 완전히 다르다는 것을. 바닷물 염분의 주성분인 염화나트륨은 전기 전도를 일으키기 때문에 전자기기에 치명적이고 민물보다 부식 속도가 엄청나게 더 빠르다.

한때 다이빙 동료들 사이에서 내 별명은 침수녀侵水女*였다. 초보자였던 그때 나는 조작 미숙, 혹은 제품 뽑기의 실패로 침수의 아이콘이라는 불명예를 얻었다. 몸에 물이 닿지 않게 해주는 드라이슈트는 목과 손목 부분이 피부에 밀착되는 소재로 만들어져 있지만 머리카락 몇 가닥만 끼어도 슈트 안으로 물이 들어오기 때문에 입을 때 꼼꼼히 확인해야 한다. 또한 물의 유입을 막는 튼튼한 지퍼는 일상복에 달린 것보다 훨씬 빽빽한데 마지막 한 칸까지 신경 써서 꼭 닫아야 한다. 지퍼가 끝까지 안 닫히면 입수하는 순간 배로 쑤욱 찬물이 들어오기 때문에 바로 후회와 자책, 자신에 대한 분노의 시간으로 빠져든다.

* 이때는 침노할 침, 물 수 자를 써서 물이 새어 들어오다라는 뜻이다. 홍수 등으로 물에 잠긴다는 의미의 침수沈水에서 잠길 침자를 쓰는 말과는 다른 의미가 있다.

왜 알면서 또 실수했을까. 한편, 침수의 아이콘답게 내 잘못이 아닌 사건도 종종 있었다. 지퍼를 잘 닫았는데도 서서히 몸에 물이 스며들었다면 출수 후 대체 어디가 문제인지 연구가 시작된다.** 침수된 드라이슈트는 완전히 뒤집어서 바닷물을 깨끗하게 세척해줘야 한다. 그런데 튼튼한 다이빙 부츠가 슈트에 연결되어 있어서 신발까지 다 뒤집어 말리는 게 보통 일이 아니다. 한숨이 여러 번 나오지만 건조 후 침수 원인을 찾아 해결하면 다행히도 드라이슈트는 원래의 기능 그대로 사용할 수 있다. 문제는 전자기기다.

동료 다이버들에게 카메라 침수 얘기를 꺼내면 여기저기서 공감의 슬픈 사연이 쏟아진다. 오죽하면 용왕님께 카메라 장비 3개는 바쳐야 수중 촬영을 허락해주신다는 말이 있을까. 신기하게도 나 역시 수중 촬영 장비 3개를 바친 후부터 지난 8년 동안 침수 사고가 한 번도 없었다. 어쩌면 이건 용왕님에 대한 무고일지도 모르겠다. 용왕님 의중과는 전혀 상관없이 한 번

** 사용자의 조작 미숙 때문이 아닌 제품 자체 결함으로 물이 들어올 때도 있는데, 드라이슈트에 물이 새는 부분을 찾아 그 부분에 특수 용액으로 천을 덧대면 문제해결이 가능할 수도 있다.

실수로는 잘못을 완벽하게 고치지 못하고 세 번은 혼나봐야 정신을 차리는, 부족함 많은 인간의 문제일 수도 있고, 수중 촬영 경험과 실력이 쌓여 심리적 안정을 얻을 때까지는 절대적인 시간이 필요하다는 교훈일 수도 있다.

수중카메라를 처음 사용했던 2014년, 나는 영상이 아닌 사진을 찍었다. 사진을 찍을 때는 지속광이 넓은 면을 비추는 비디오 라이트와 다른, 찰나의 빛이 번쩍이는 스트로보를 사용한다. 당시 수중 촬영 장비에 무지했던지라 카메라 기종에 비해 너무 높은 성능의 커다란 스트로보를 사용했는데, AA 건전지 4개가 들어가는 배터리 삽입구의 뚜껑을 돌려서 여닫는 방식이었다. 그런데 수중에서 사진을 찍다가 어느 순간부터 한쪽 스트로보만 발광이 되지 않는 걸 발견했다. 분명히 배터리를 완충하고 와서 벌써 방전됐을 리가 없는데, 왜?! 이상했다. 카메라를 돌려 스트로보의 투명한 앞면을 봤는데, 아! 그 안에 있으면 안 될 것이 들어 있었다. 반쯤 차오른 바닷물이 찰랑, 내 심장은 철렁했다. 출수해서 보니 배터리 삽입구의 원형 뚜껑 안쪽에서 물을 막아줘야 할 방수용 고무링이 메롱이라도 하듯 삐죽 나와 있었다. 뭐가 급하다고 뚜껑 하나 제대로 돌려 닫지 못했을까. 기기를 분해하자 바닷물이 주르륵, 내 마음엔 절망의 눈물이 주르륵 흘렀다. 일정 수리비를 내면 고칠 수 있지 않을까 하는 간절한 소망을 담아 일본 본사로 망가진 제품을 보냈지만, 살릴 수 있는 건 플라스틱 외형뿐이었다. 용왕님은 그렇게 내 첫 수중 촬영 장비를 가져가셨다.

용왕님께 지은 내 죄를 알지 못하지만 두 번째는 더 큰 벌이 떨어졌다. 2015년, 승선 기간이 6박 7일이었던 나의 첫 리브어보드Liveaboard* 투어, 인도네시아 코모도에서의 첫날, 첫 다이빙 때였다. 사이드마운트 팀이었던 우리는 차례대로 입수해 수면에서 장비를 장착하는 팀원들을 기다리고 있었는데 강한 조류로 하강 포인트에서 다소 멀리 흘러가게 되었다. 작은 보조선 옆면에 달린 줄을 잡고 하강 포인트로 끌려가는 동안 보트가 아주 천천히 움직였지만, 엔진 동력에 물살을 거슬러 끌려가다 보니 저항이 엄청 세게 느껴졌다.

이게 진짜일 리 없어. 힘들게 도착한 포인트에서 하강했을 때 내가 제발 헛것을 보고 있는 것이길 잠시 소망했다. 하우징

* 스쿠버 다이빙을 목적으로 만들어진 배에서 숙식을 하며 다이빙을 하는 투어. 육지에서 멀리 떨어진 다이빙 포인트에서 여러 날 다이빙하는 투어로 주로 잘 때 이동해서 시간을 아끼고 여행지에 따라서는 새벽, 오전 2회, 오후 2회, 나이트 다이빙까지 하루에 6회 다이빙도 가능하다.

인도네시아 코모도에서 일주일 동안 먹고 자고 다이빙했던 범선.

레버 하나가 뜯겨나간 채 이미 그 안으로 물이 콸콸 들어가 투명한 유리 돔 안에서 죽어가고 있는, 아니 이미 운명을 다한 내 카메라가 보였다. '멘탈붕괴'라는 표현이 정말 딱 맞아떨어지는 순간이었다. 투어 내내 아무것도 촬영하지 못할 거라는 절망감과 분노가 솟구쳤다. 억울하게 생돈을 쓰게 된 상황보다 이 투어를 기록할 기회를 박탈당한 게 너무 아까워서 용왕님께 꼭 이러셔야 했냐고 따져 묻고 싶었다.

다행히 백업용으로 가져갔던 액션캠이 다이빙 중 내 손을 외롭지 않게 해줬다. 따로 비디오 라이트를 준비해오지 않아 수심이 깊어지면 좋은 화질과 색감을 담을 수 없어 아쉬웠지만 액션캠은 결국 내게 존재의 이유를 100퍼센트 이상 증명해냈다. 코모도 투어에서 가장 보고 싶었던 생명체를 우리 팀에서 내가 유일하게 담아낸 것이다! 일반적인 만타가오리는 등이 어두운 회색 톤에 배가 하얗고, 하얀 배에는 사람의 지문처럼 그 개체를 식별할 수 있는 어두운 색의 고유한 무늬가 있다. 그런데 코모도는 온몸이 앞뒤로 새까만 블랙만타를 볼 수 있는 지역이다. 만타는 유영하는 그 모습만으로도 정말 우아하고 감동적인데 시크한 블랙 컬러의 만타는 어떤 모습일까.

역시나 스타는 험난한 무대에서 모습을 드러냈다. 지금껏 내가 겪어본 횡조류 중 가장 심했던 '톱3' 안에 들 만큼 센 조

류 탓에 바닥에 납작 엎드려서도 몸을 가누기 어려웠고, 블랙만타고 뭐고 안전하게 출수하고 싶다는 욕망이 피어오를 즈음이었다. 바둥거리는 우리가 한낱 먼지로 느껴질 만큼 멋진 모습의 블랙만타 한 마리가 그 센 조류를 거스르며 우아하게 나타났다. 어쩌면 이렇게 사람 마음이 갈대 같은지 눈앞에 나타난 블랙만타 덕분에 행복지수가 극도로 높아졌다. 피아노 블랙. 아름다운 선율을 들려주는 그랜드 피아노처럼 내가 본 검은 색 중 가장 품격 있고 세련된 색감이었고, 만약 만져본다면 부드러운 벨벳의 느낌일 것 같았다. 조류에 쓸려 내려가지 않으려고 한 손으로 바위를 부여잡고 다른 한 손에 든 액션캠으로 그 고귀한 생명체의 모습을 담았다. 그 당시 우리 팀은 총 3조로 나뉘어서 입출수를 진행했는데, 블랙만타는 유일하게 우리 조만 보았고 나는 그 기록을 담은 단 한 사람이 되는 영예를 얻었다.

조별로 약간의 시간과 동선의 차이가 있기 마련인데, 그러다 보니 서로 다른 조에게 실제로는 못 봤으면서 대단한 생물을 봤다고 농담을 하는 것이 투어 내내 우리가 한 놀이었다. 그래서 처음에는 블랙만타를 봤다는 말이 농담이겠거니 생각했던 다른 팀원들도 내 영상을 보고 '엄지척'을 보내주었다. 체력 소모가 심해 나이트 다이빙까지 그저 누워 쉬고 싶었지만, 이

상하게도 꼭 그래야만 할 것 같아서 조류보다 더 세게 몰아치던 귀찮음을 이겨내고 액션캠에서 메모리를 꺼내 노트북에 저장했다.

용왕님은 그래도 자애로웠다.

'아직 바치지 않은 나머지 제물 하나에 대한 너의 두려움을 오늘 끝내주겠다. 그 대신 블랙만타 영상은 미리 저장할 수 있게 해주마.'

그날 나이트 다이빙에서 내 액션캠이 나를 떠났다. 액션캠이 걸려 있어야 할 내 손목에 아무것도 없다는 사실을 출수 후에야 발견했다. 아마도 투어 첫날 침수가 아주 센 예방주사였나보다. 나는 블랙만타 영상이 내 노트북에 남아 있다는 것에 그저 감사하며 큰 심리적 타격 없이 마지막 세 번째 제물을 용왕님께 바쳤고, 비로소 수중 촬영 라이선스를 획득했다.

침수 스토리 하나에도 다이버의 희로애락이 담겨 있다. 그 당시에는 분노와 슬픔이 얼룩진 커다란 감정의 소용돌이였던 사건도 시간이 지나면 동료들과 결속을 다져주는 추억의 에피소드가 되어 우리를 웃게 한다. 어쩌면 스쿠버 다이빙은 다른 어떤 활동을 할 때보다도 바보 같은 자신을 많이 마주하게 되고, 그런 에피소드에 공감하며 울고 웃어주는 동료들 덕분에 떠날 수 없는 세계인지도 모르겠다.

그나저나 용왕님, 전 세계 바다에서 수집하신 그 어마어마하고 대단한 컬렉션이 궁금하옵니다.

Dive

나를 선택해준 혹등고래

"이런 말 들어보셨습니까? 우리가 심해에 대해 아는 것보다 달의 뒷면에 대해 아는 것이 더 많다. 대왕고래가 새끼를 낳는 장면을 본 사람이 아직까지 아무도 없다는 사실만 봐도 그렇습니다. 보잉 737 비행기만큼 큰 대왕고래가 하마만큼 무거운 새끼를 낳는 장면을 포착하기가 그렇게 어려울까 싶겠지만, 바다는 너무나 크고 또 깊어서 고래들의 비밀을 굳게 지켜주고 있는 겁니다."

자폐 스펙트럼 장애가 있는 천재 변호사 영우의 머리와 마음을 가득 채운 생명체, 고래. 영우는 자신의 이야기를 들어주는 동료 준호에게 깨알 같은 고래 상식을 쏟아내고, 일과 인생의 문제를 풀어갈 때도 고래에 대입해 생각한다. 고민에 빠져 있던 영우의 머리카락이 바람에 휘날릴 때 혹등고래의 영상이 오버랩되면 '아, 영우가 드디어 해결의 실마리를 얻었구나!' 시청자는 알 수 있었다. 영우는 한 번 본 것은 전부 다 외워버

화산섬 모레아Mo'orea.

리는 비상한 능력뿐만 아니라 사람과 세상을 대하는 맑은 영혼까지 가진 인물이다. 그런 영우의 모습이 투영된 고래는 세상에서 가장 경이롭고 아름다운 존재로 그려진다. 드라마 〈이상한 변호사 우영우〉가 많은 사랑을 받으면서 영우의 꿈이며 사랑인 고래도 대중에게 한 걸음 더 다가왔다.

영우의 대사처럼 '바다가 고래의 비밀을 지켜주고 있다'라고 느낄 만큼 고래에 대한 데이터가 많이 부족한 것은 어쩌면 고래를 수중에서 직접 보는 것이 허락된 지역이 많지 않기 때문일지도 모른다. 혹등고래를 배 위에서 볼 수 있는 지역은 꽤 많지만, 고래와 함께 수영하는 것이 허락된 지역은 전 세계에서 열 손가락 안에 꼽힐 만큼 제한적이다.* 먼발치에서 수면 위로 올라온 고래의 찰나를 보는 것은 내가 기대하는 혹등고래와의 만남이 아니었다. 그래서 '웨일 워칭Whale Watching'이 아닌 '웨일 스위밍Whale Swimming'이 가능한 지역을 찾았고, 2017년, 오랜 꿈이었던 혹등고래와의 만남을 위해 프렌치 폴리네시아 모레아Mo'orea 섬으로 떠났다.

* 프렌치 폴리네시아의 모레아, 통가, 남호주, 도미니카 공화국 등에서 제한적으로 가능하며 몇 년 전부터는 일본의 오키나와에서도 혹등고래와의 수영이 가능해졌다.

남태평양 118개의 섬으로 이루어진 프렌치 폴리네시아는 국내에서는 타히티 제도로 더 잘 알려진 나라다. 타히티는 수도인 파페테가 있는 섬이고, 하트 모양의 섬, 보라보라로 신혼여행을 가는 사람들의 국제선 도착지이다. 내가 다녀온 지 1년쯤 후, 한 공중파 예능팀에서 모레아 혹등고래 투어에 관한 국내 유일의 자료가 내 블로그라며 정보 공유를 요청했던 것만 봐도 당시 모레아는 한국인에게는 낯선 섬이었다.

프렌치 폴리네시아를 찾는 국내 관광객 대부분이 인천에서 나리타, 나리타에서 타히티로 가는 여정을 택하는데 일정이 임박한 상황에서 항공편을 구하려니 요금이 어마어마했다. 언제 어떤 일정이 생길지 알 수 없는 방송 생활을 하며 가장 불만이었던 점 중 하나는 수개월 전에 예약하면 받을 수 있는 수많은 여행 혜택을 누릴 수 없다는 것이었다. 그래서 선택한 타협점은 나리타에서 뉴질랜드의 오클랜드를 거쳐 타히티로 가는 방법이었다. 세 번의 비행 끝에 타히티에 도착했을 때는 집을 나선 후 꼬박 이틀이 지나 있었지만, 아직도 최종 목적지에 다다른 것이 아니었다. 타히티에서 모레아까지는 페리로 30분 정도 가야 하는데, 하루 두 번뿐인 페리 운행 일정 때문에 혹등고래 투어 전후 하루씩 타히티에서 묵어야 했다. 그래서 총 열흘의 휴가 기간 중 이동 시간을 제외하고 바다에 올인할 수 있는 시간은 나흘

뿐이었다. 이 중 사흘은 스노클링으로 혹등고래를 찾고, 나머지 하루는 스쿠버 다이빙으로 레몬상어를 만나기로 결정했다.

'모레아 투어는 정말 경이롭고 아름다운 투어였어요.'

내 블로그에 적힌 혹등고래 투어에 대한 한 줄 요약이며 시작이다. 그동안 바다에서 만난 모든 생물과 경험이 소중하지만, '경이롭고 아름답다'라는 표현은 역시 모레아 투어에 가장 잘 어울린다. 바다와 평지로 이루어진 보통의 다이빙 지역과 달리, 화산폭발로 이루어진 모레아 섬은 웅장하게 치솟은 산마루 덕분에 신비로운 분위기를 담고 있다. 영화 〈러브 어페어〉를 감동적으로 본 관객이라면 잊지 못할 장면이 여기서 촬영됐는데, 사랑에 빠진 워렌 비티와 아네트 베닝이 숙모인 캐서린 헵번을 만나러 간, 그 아름다운 장면의 배경이 바로 이 섬이다. 거침없이 내달리는 산등성이는 마치 하늘과 바다의 메시지를 이어주는 전달자 같아서 웅장하면서도 나를 품어주는 듯 포근한 느낌이었다. 하늘과 땅과 바다의 기운이 모인 모레아에서 혹등고래 투어의 여정이 시작됐다.

극지방에서 생을 보내던 혹등고래는 번식과 육아를 위해 적도 부근을 찾는다. 1년에 이동 거리가 2만 5,000킬로미터나 되는 혹등고래 앞에서 '비행기를 두 번이나 갈아타며 이 멀리까지 널 만나러 왔다'고 징징거리긴 민망하지만, 그래도 고생한 만큼 혹등고래를 만나고 싶다는 보상심리가 커진 것이 사실이었다. 시기를 잘 맞춰 왔다고 해서 혹등고래를 만날 수 있는 것은 아니다. 고래를 가까이서 만나려면 그 사람의 카르마가 좋아야 한다고 했던가. 불교 용어인 '카르마'는 흔히 말하는 '업'과 같은데, 전생을 비롯해 그동안 내가 살아온 모든 행적을 말한다. 예로부터 신성하게 여겨졌던 혹등고래는 좋은 인생을 살아온 영혼이 맑은 사람에게만 곁을 내준다는 이 말 속에 고래와의 만남은 절대적으로 고래의 선택에 달려 있다는 의미도 담겨 있다.

혹등고래 투어를 직접 나서기 전엔 몰랐다. 혹등고래의 흔적을 찾기 위해 넘실대는 파도 위에서 망망대해를 뚫어져라 바라보는 일이 꽤나 체력소모가 큰 일이라는 것을. 나는 6인용 정도 크기의 전용배를 빌려 투어를 진행했는데, 선장과 가이드뿐만 아니라 손님인 나도 눈이 빠져라 빛나는 수평선을 360도로 돌며 관찰했다. 뿜어내는 물줄기나 수면 밖으로 나오는 찰나를 놓치지 않고 고래를 찾아야 했는데, "저기다!" 하고 가리키며 소리를 지르면 그때마다 "응, 아냐" 하는 대답이 돌아오곤 했다. 초점을 어디 두어야 할지 모를 드넓은 바다에서는 작은 파도의 일렁임도 고래의 흔적처럼 보였던 것이다. 그러다가 진짜로 고래를 발견해서 배가 속도를 올려 그쪽으로 다가간다고 해도 혹등고래를 만나는 건 쉽지 않았다. 배가 그곳에 도착하기 전에 떠나버리거나, 사람들이 다가가면 깊은 곳으로 잠수해버리곤 했다. 한 가지 아쉬웠던 점은 어떤 배든 고래를 발견하면 무전을 통해 좌표를 공유하고 혹등고래 투어를 진행 중인 모든 배가 그곳으로 몰려든다는 사실이었다. 지역 상생을 위해 약속된 절차겠지만, 우리 배가 고래를 발견했는데도 그곳으로 다른 배들이 몰려올 때면 내가 굳이 왜 배를 빌렸을까 후회되기도 했다. 어쩌면 어린 아기를 보살피는 엄마 혹등고래에게는 여기저기서 다가오는 인간이 귀찮은 존재일지도 모르겠다.

풍덩 하는 울림에 고래가 떠나버릴까 봐 고래와 조금 떨어진 곳에 배가 멈춰 서고, 미끄러지듯 조용히 바다로 들어간 사람들은 수면 위로 물방울을 튀기지 않으려고 얼굴만 내놓고 전투수영을 하듯이 몸을 옆으로 누인 채 물속에서 핀 킥을 하며 무서운 속도로 고래에게 다가간다. 하지만 15미터나 되는 그 큰 생명체의 움직임을 따라가는 건 불가능해서 고래가 허락해주지 않는다면 절대 고래의 얼굴을 볼 수 없다. 네 시간 동안 이어지는 '고래를 찾아라' 중에 입수해서 전속력으로 수영을 하며 다가간 횟수는 십여 차례였는데, 그것만으로도 어마

레몬상어Lemon Shark. 미소가 매력적이다.

레몬상어와 현지 가이드.

어마한 체력이 필요했다. 스노클을 착용했지만 넘실대는 파도와 급한 마음, 익숙하지 않은 영법 탓에 원치 않는 짠 바닷물 시음이 계속됐지만, 점점 바다와 한몸이 되어갔다.

투어 첫날 꽤 가까운 거리에서 청소년 고래 두 마리가 어울려 노는 모습을 지켜봤다. 날씨가 좋아서인지 관찰자도 많았다. 고래들은 엄마 없이 다닐 만큼 꽤 성장했지만, 아직 엄마 크기에는 훨씬 못 미쳤다. 사흘 투어 중 첫날 바로 고래를 본 것은 게스트와 투어 진행자 모두에게 만족스러운 일이었다. 뿌듯한 선장님은 고래가 아닌 다른 즐길거리가 있는 포인트로 나를 안내했다. 프리다이빙으로 바닥에 닿을 수 있는 수심 10미터 지역에서 사진도 찍고, 블랙팁 상어와 몸이 동그란 접시 모양인 가오리Pink Whip Ray들이 가득한 해변에도 갔다. 그때까지만 해도 만족스러운 일정을 보내고 있던 나는 숙소에서 어마어마한 실수를 저지른 후 마음이 쫓기기 시작했다. 청소년 고래들, 그리고 수면으로 뛰어올라 김연아 선수만큼 제자리 돌기를 멋지게 하던 스피너 돌핀Spinner Dolphin의 모습이 담긴 가장 중요한 영상 2개가 노트북으로 옮기던 중 실수로 지워진 것이다. '나의 첫 혹등고래 투어'라는 이 드라마의 극적인 엔딩을 위해 위기가 필요하다고 느낀 용왕님의 설계였는지 모르겠지만, 결

말을 모른 채 시련을 겪어야 하는 주인공으로서는 너무나 심한 마음고생이었다.

둘째 날은 고래의 흔적을 발견한 뒤 배로 쫓아간 곳에서 번번이 허탕을 쳤다. 부유물이 많아져 첫날보다 시야도 안 좋았다. 셋째 날은 스쿠버 다이빙으로 레몬상어를 만나러 가느라 고래 찾기를 할 수 없었다. 모든 기대를 다 걸었던 마지막 날 비바람에 풍랑까지 심해지자 나는 절망에 빠져들었다. 결국 나는 혹등고래를 만나러 와서 혹등고래와 눈빛 교환은 커녕 고래 실루엣이라도 담긴 영상 하나 못 찍고 돌아가는구나. 일반 투어보다 돈을 많이 내고 배를 빌린 손님이 투어 마지막 날까지 엄마와 새끼 고래를 만나지 못하자 선장과 가이드는 험난한 날씨를 이겨내보려 애쓰고 있었다. 그렇지만 처절하게 애타는 우리 마음을 외면한 바다는 점점 더 거칠어졌고, 우리의 작은 배가 뒤집힐지도 모르겠다는 공포가 차올랐다.

그래, 욕심내지 말자. 포기할 수 있는 용기가 필요한 때였다. 나는 첫날 갔던 상어와 가오리가 많은 해변에서 안전하게 놀다가 항구로 돌아가자고 했다. 아쉽긴 해도 게스트의 결정이 다행이라는 듯 스태프들의 눈에 안도감이 스쳤다. 얕은 물에서 상어와 가오리를 예쁘게 찍어보려 했지만, 비바람 탓에 바닥의 모래가 온통 떠올라 시야가 엉망이었다. 아, 내 촬영 장비

어미 혹등고래의 꼬리. 혹등고래는 개체마다 고유한 꼬리 무늬를 갖고 있어
이 무늬로 사람의 지문처럼 개체 식별이 가능하다.

를 3대나 가져가신 용왕님이 아직도 내게 더 받을 것이 있으시단 말인가. 내가 모든 걸 내려놓고 이제 정말 항구로 복귀하자고 말하던 그때 선장에게 무전이 왔다. 우리처럼 이 풍랑을 견뎌내던 한 척의 배가 조금 먼바다에서 고래에게 접근하고 있다는 연락이었다. 못내 아쉬웠던 선장님은 마지막 기회이니 내게 선택하라고 제안했고, 나는 마치 연장전이 시작된 것처럼 각오를 다잡고 '렛츠 고Let's go!'를 외쳤다.

고래가 우릴 부른 곳은 다른 세상 같았다. 비도 오지 않았고 바다는 '크리스털 클리어 블루crystal clear blue'였다. 부유물 없이 정말 새파란 바다를 뜻하는 크리스털 클리어 블루는 모레아의 바다를 상징하는 표현이었지만, 투어 중에 그 말과 꼭 같은 그대로의 현실을 마주한 건 처음이었다. 우리 배에 무전을 보낸 선장님은 이 날씨에도 나처럼 고래에 홀린 손님 1명을 태우고 있었다. 소규모인 우리는 가이드와 함께 조심스럽게 입수했고 무슨 정신이었는지 기억도 나지 않는 상태로 고래에게 내 남은 마지막 힘을 다해 다가갔다.

아… 심장이 쿵 하는 공포. 왜 고래를 만난 많은 사람이 자신의 감정을 이야기할 때 '두려웠지만'이라는 말을 제일 앞에 붙이는지 알게 됐다. 고층 아파트 한 채가 내 앞에 툭 떨어진 것 같았다. 혹등고래의 그 거대함에 순간 숨이 막혔다.

'너무 무섭다. 그런데 너무 좋다. 행복하다.'

미친 사람 같지만 이것이 그때의 기분이었다. 마치 술 한 병을 원샷으로 들이킨 것처럼 순간적으로 정신이 혼미했다. 그러다가 내 시야에 거대한 엄마 혹등고래 옆에 있는 새끼 고래가 들어왔다. 말이 아기지 내 키의 두 배가 넘는 자이언트 베이비다.* 그리고 엄마와 비슷한 크기의 고래 한 마리가 더 있었는데 말로만 듣던 '에스코트escort'다! 에스코트는 생물학적 아빠는 아니지만, 엄마와 아기를 따라다니며 그들을 지키는 수컷 고래인데, 혹등고래 투어에서 이렇게 세 마리의 가족을 완전체로 보는 건 쉽지 않은 일이라고 했다. 심장이 너무 격하고 빠르게 뛰어서 무언가가 머리를 뚫고 내 안에서 분출해 나갈 것 같은 기분이었다.

고래의 눈을 기억한다. 나를 선택해주었던 혹등고래. 그동안 마주했던 그 어떤 생명체보다 깊고 많은 생각을 담은 것 같은 눈이었다. 고래 가족은 나와 한 시간 가까이 함께했다. 중간중간 수심 아래로 하강하기도 했지만, 그것조차도 내게 다양

* 혹등고래 새끼는 태어났을 때 몸길이가 평균 4미터 이상이라고 알려져 있다.

Dive

흑등고래 가족. (위부터) 새끼와 어미, 그리고 에스코트.

한 모습을 보여주려는 배려라고 생각했다. 바다가 너무도 맑아서 고래의 모든 몸짓이 선명하게 보였고, 고래 가족은 내 시야에서 벗어나지 않는 범위에서 움직이고 있었다. 엄마랑 똑 닮아 미니어처 같은 아기 고래가 엄마랑 똑같은 포즈로 비행하듯 가슴지느러미를 양옆으로 펼치고 수면으로 속도를 맞춰 올라가는 모습은 경이로움 그 자체였다. 숨도, 수영 경력도 짧은 아기를 엄마가 등으로 받쳐 수면 위로 올려주는 감동적인 장면이 내 눈앞에 펼쳐지고 있었다.

감성이 이성을 다 덮어버린 것 같은 극심한 흥분상태로 파도에 밀려가다가 순간 엄마 고래와 너무 가까워졌다. 꼬리지느러미가 움직이는 걸 봤을 때 '저기 맞으면 큰일 나겠구나' 번쩍 정신이 들며 기겁해서 뒤로 물러났다. 그렇지만 이성적인 생각은 잠시뿐이었다. 뒤에서 지켜보던 가이드가 내가 꼬리에 맞은 줄 알고 너무 놀랐다고 했을 때 내가 그만큼 혹등고래와 가까이 있었다는 사실이 그저 좋았던 나는 다시 말할 수 없는 행복감에 빠져들었다.

용왕님은 완벽한 엔딩을 위해 사전 계획을 치밀하게 세우셨다. 첫날 찍은 고래 영상을 꼭 가져가셔야 했냐며 원망하던 것도 잠시, 그 영상이 사라졌기에 이 마지막 만남이 더 절실하고 큰 감동으로 다가왔다는 생각을 하게 된다. 혹등고래를 발견하면 다른 배에게 연락하는 지역의 시스템도 결국 이 행복한 엔딩의 필수 요소였다. 가이드는 1년 중 두세 달 허락된 혹등고래 투어 시즌의 중반을 넘어서고 있던 그날이 올해 '최고의 날Best Day'이었다며 찬사를 보냈다. 그녀와 함께 고래를 본 후 수면에 올라와 감격의 소리를 지르던 순간이 아직 생생하다.

혹등고래를 만나고 온 후에 많은 사람이 물었다. 어땠냐고. 한동안 나는 매우 성의 없게 들릴지 모르지만, 진심을 담아 이렇게 대답했다.

"직접 봐야 알아요. 말로 표현할 수 없어요."

모레아 섬에서 만난 혹등고래

송현의 내레이션이 담긴 모레아 투어 이야기

Save

어떻게 시작할래요?

오프닝 무대, 뉴스의 헤드라인, 드라마 첫 화, 유튜브 썸네일, 당신의 첫인상.

긍정적인 관계를 이어가고 싶은 시작점에서 상대의 시선을 붙잡을 첫 번째 카드에 무엇을 담을지는 늘 고민되는 일이다. 화려하고 자극적인 정보의 생산과 유통이 점점 더 쉬워지는 요즘, 고민은 더욱 깊어진다. 고심해 꺼낸 첫 카드는 시선을 붙잡는 데에서 끝나지 않고 이어질 정보에 대한 호감도에도 영향을 주기 때문이다.

처음 받아들인 정보는 나중에 받아들인 정보보다 더 잘 기억되고, 전반적인 인상을 형성하는 데 더 큰 영향을 준다는 심리학 이론 '초두 효과'는 내 인생에도 큰 영향을 미쳤다. 지방 근무가 의무였던 입사 1년 차를 제외하고, 서울 본사에서 KBS 아나운서로 근무한 기간은 정확히 13개월이었다. 퇴사 후 꾸준히 드라마와 영화 촬영을 하며 연기자로 살아왔지만 십수 년이 지나도 대중은 내게서 아나운서를 떠올렸고 그 연결고리는 예상보다 훨씬 견고했다.

"제가 뭐 하는 사람인지, 저를 뭐라고 불러야 할지 모르겠어요."

2년쯤 연기를 쉬었을 때 한 자선 프로그램 출연을 앞두고 했던 전화 인터뷰에서 작가님에게 진심을 말했다. 두 시간 가까이 마음을 열고 대화가 오갔기 때문이었을까. 내 이름 옆에 어떤 호칭을 자막으로 넣길 원하는지 물어보셨던 배려의 질문에 대한 솔직한 대답이었다.

반전 매력, 역주행 현상*처럼 초두 효과 이론을 벗어나는 사례는 더 폭발적인 호감과 긍정적인 결과로 이어지기도 한다. 그렇지만 반전을 시도한 전략은 실패할 수도 있고 역주행은 예측 불가능의 영역이다. 그래서 누군가에게 처음을 열어주는 일은 조심스럽다. 이 지점에서 내 고민은 깊어진다. 어떻게 하면 지금 내가 가장 아끼고 소중히 여기는 대상을 가장 매력 있게 소개하고 기억하게 할 수 있을까. 바다와 스쿠버 다이빙에 대해 질문받았을 때 내가 진지해지는 이유다.

몇 년 전, 내 유튜브 채널 구독자인 초보 다이버에게 진지한

* 발표한 지 오래된 음악이나 영상 등이 공개된 시점에는 대중에게 큰 반응을 얻지 못하다가 오랜 세월이 흐른 뒤 어떤 계기로 크게 인기를 얻게 되는 현상.

부채산호. 필리핀 세부.
ⓒ이재한

고민이 담긴 SNS 메시지를 받았다. 친구에게 '스쿠버 다이빙은 바다에 백해무익한 활동 아니냐'는 질문을 받고 생각해보니 다이빙을 하러 가는 자신이 못된 인간처럼 느껴졌다는 것이다. '바다를 위한 다이빙'이란 존재하지 않는 것 같아 이 스포츠를 좋아하게 된 것이 속상해졌다며 스쿠버 다이빙을 계속해도 될 명분을 찾고 싶다고 했다. 그분은 인간과 바다에 대한 내 생각을 듣고 싶어 했고, 진심을 담아 긴 답신을 보냈다.

스쿠버 다이버는 바다의 잠재적 가해자가 아닌 아닌 적극적인 수호자의 예비 엔트리다. 해양환경 오염, 해양생물의 죽음과 같은 비극을 막기 위해 탄소와 플라스틱 사용을 줄여야 한다는 메시지는 바다를 직접 겪어보지 않은 사람들에게는 배부른 이들이 부르짖는 위선처럼 들릴 수 있다(마음이 움직일 시간을 주지 않은 채 행동을 강요하는 캠페인을 내가 그다지 좋아하지 않는 이유다).

그렇지만 스쿠버 다이버는 다르다. 다이빙을 좋아하는 이유가 무엇이든 바다를 좋아하고 그 안에서 누리는 시간 자체가 그들에게는 치유다. 다이버들은 다음에 바다를 찾았을 때도 해양생물이 가득하고 산호가 아름답길 원한다. 이를 그저 개인적 유희를 갈망하는 이기적인 마음이라고 폄하할 필요는 없다. 바로 그 관심과 기대에서 바다를 위하는 마음이 시작되기 때문이다. 그래서 해양환경 보호에 대해 다이버에게 말하는 것은 바다를 경험해보지 못한 사람들에게 얘기하는 것보다 덜 부담스럽다.

학부모라면 교육문제에 관심을 가지는 것이 당연하다. 반려동물과 함께 지내본 경험이 있는 사람이라면 동물 보호에 더 열린 마음일 수밖에 없을 것이다. 마찬가지로 스쿠버 다이버는 바다를 직접 접하고, 바다를 아는 사람이기에 해양환경 문제를 '자신의' 문제로 받아들일 수 있다. 메시지는 그 내용과 잘 어울리는 메신저와 만날 때 힘이 증폭된다. 같은 주제에 대해 말하더라도 그 분야에 경험이 풍부한 메신저는 메시지를 뻔하지 않게 만들 수 있다. 스쿠버 다이버 중 단 몇 명이라도 적극적인 바다 수호자로서 사회에 긍정적인 영향을 줄 수 있다면, 그 자체로 의미 있는 일이 아닐까.

내 회신을 읽고 구독자는 다시 메시지를 보내왔다. 그녀는 다이빙이 바다에 백해무익한 거 아니냐고 물었던 사람이 자신보다 다이빙을 먼저 시작한 친구라서 그 질문이 더 가슴 아프게 다가왔다며 그 문제로 친구와 길게 논쟁했던 내용을 메시지에 자세하게 담았다.

둘의 대화 내용을 보니 친구의 계속되는 질문은 질문이라는 형식을 빌린 공격이었다고 느껴졌다. 그 친구는 문제해결의 방법을 찾아보지 않고 회피해버린 자신이 불편해서 여전히 같

Save

튜브해면Tube Sponge. **필리핀 보홀.**

은 자리에 있는 상대를 부정하는 방식으로 마음의 안정을 찾고 싶었던 건 아니었을까.

그 친구의 주장은 '교통사고를 막으려면 거리 위의 차를 다 없애버려야 한다'와 같은 말로 들렸다. 우리가 해야 할 일은 사고를 줄일 방법을 모색하고 시민의식과 안전장치를 발전시켜 가는 것이지 자동차를 없애는 것이 아니다. 다이빙도 마찬가지다. 다이빙을 하지 않는 것이 해양환경 보호의 방안이 될 순 없다. 우리는 바다에 해를 끼치는 행동을 한 다이버가 사회적 분위기 속에서 스스로 부끄러워지는 올바른 다이빙 문화를 점점 더 널리 공유해가야 한다. 이 세상이 주는 존재, 받는 존재로 나눠진 것이 아니라 모든 존재가 공존하며 상호 영향을 준다는 것을 인식한다면, 바다도 다이버도 즐거울 수 있는 현실적인 방법을 찾아갈 수 있지 않을까.

떠오르지도 가라앉지도 않는 상태인 중성부력의 기술을 익히는 것은 다이빙에서 무척 중요하다. 중성부력은 다이빙의 시작이자 완성으로 일컬어지며, 왜 중성부력이 중요한지는 다이빙을 하며 계속 알아간다. 그런데 제대로 된 다이빙 입문 교육을 받은 스쿠버 다이버라면 대부분 중성부력이 중요한 이유로 가장 먼저 '산호 보호'를 말한다. 초두 효과다.

스쿠버 다이빙 강사는 처음 바다를 만나는 입문자에게 산호

Save

코끼리귀해면Elephant ear Sponge. 필리핀 보홀.

Save

(왼쪽) 히드로이드Hydroid.
(오른쪽) 항아리해면Barrel Sponge.

256

257

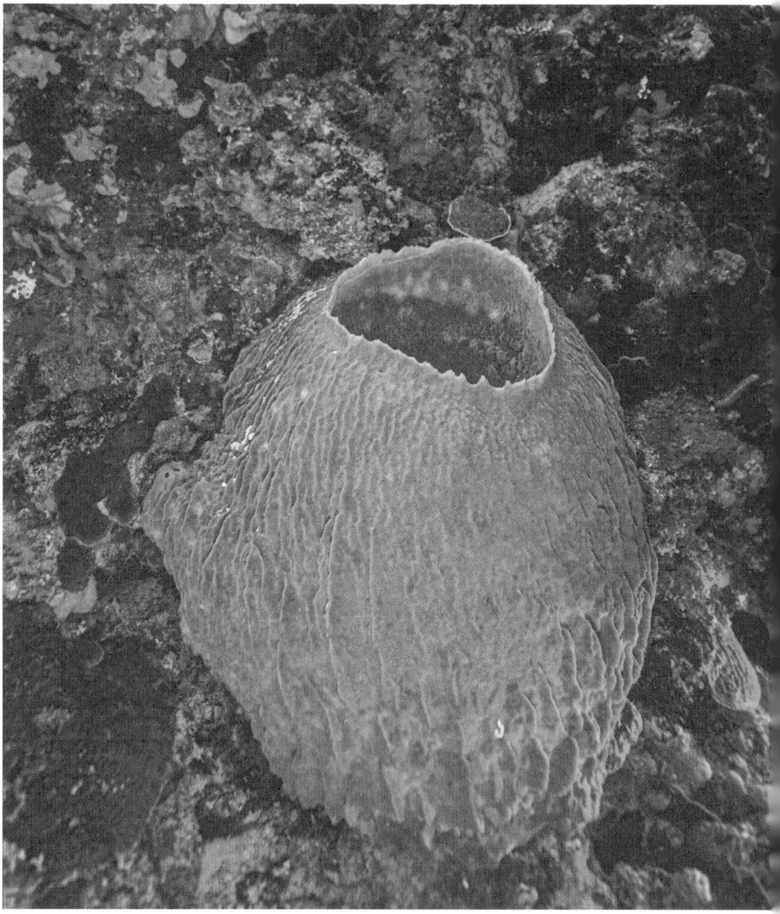

를 다치지 않게 하려면 중성부력을 필수로 익혀야 한다는 인식을 심어준다. 바다에는 산호, 말미잘, 식물군 등 자신의 위치를 이동할 수 없는 생물들이 많은데, 다이버가 부력 조절을 못하면 이들과 충돌이 생기게 되고, 단단한 오리발에 강한 충격을 받아 생물들이 다칠 수 있다. 중성부력은 수영장 교육에서 가장 오랜 시간을 들여 훈련해야 하는 기술인데 그 과정에서 교육생들은 산호를 보호하는 것이 다이버에게 얼마나 중요한 일인지 자연스럽게 인식하게 된다. 불법 해산물 채취나 작살 등을 이용한 사냥은 다이버가 절대 해서는 안 될 일이라고 가르친다. 나와 내 교육생들에게 이는 반려동물 납치나 도살과 같은 수준의 반도덕적 행위다.

안타깝게도 규칙을 지키는 다이버는 뉴스의 소재가 되지 않는다. 일반 대중은 스쿠버 다이빙에 대해 불법 행위, 사고 등 부정적 내용의 기사를 접할 확률이 더 높은 게 현실이다. 그래서 다이빙 입문자 과정은 충분한 시간에 걸쳐 제대로 이루어져야 한다. 물에 적응하고 일정한 능력을 갖추기까지 훈련도 필요하지만, 기술만큼이나 중요한 마인드 세팅과 이론 교육이 반드시 선행되어야 하기 때문이다. 한국인의 짧은 휴가, 시장의 논리와 타협해 다이빙 입문자 과정이 너무 단기간에 값싼 교육비로 책정, 소비되는 것에 반대하는 이유다.

“회사 생활을 했던 아나운서도, 연기하는 배우도, 다이빙을 가르치는 강사도, 수중영상을 만드는 크리에이터도 모두 선배님이에요. 지금 하고 있지 않다고 해서, 사람들이 모른다고 해서 선배님이 했던 일들과 그 능력이 사라진 건 아니잖아요.”

내가 뭐 하는 사람인지 모르겠다는 말에 그녀가 건넨 말이 참 따뜻했다. 어떻게 기억되는가 자체에 함몰되어 버리면 내가 어떤 사람인지 잊어버리게 된다. 내 인생에 강력하게 작용한 초두효과는 지금도 진행중이지만, 내 마음을 안아주었던 사람들과 보낸 십수 년의 시간은 호칭에 대한 예민한 집착을 조금씩 덜어내주었다.

출간 준비를 하며 내게는 ‘작가’라는 새로운 호칭이 생겼다. 나를 표현하는 새로운 이름은 앞으로도 계속 생겨나겠지. 어떤 이름이어도 좋다. 꼭 하나로 정해지지 않아도 좋다. 그것들이 따뜻하고 좋은 하나의 기운으로 모여 시너지 효과를 발휘할 수 있는 이름이라면.

혹시 스쿠버 다이버가 되고 싶어요?

잠재적 가해자로 바다를 만나겠습니까. 바다의 적극적 수호자가 될 기회를 얻고 싶습니까. 어떻게 시작할래요?

캠페인
과속주의!

한때 포켓몬 스티커를 수집하는 기분으로 다이빙 자격증 카드를 모으는 데 집착하던 때가 있었다. 다이빙 자격증 카드 한 장에는 그간의 시간과 노력, 배움과 자부심 등 많은 것이 담겨 있다. 결혼 후 당시 서른 장에 가까웠던 내 자격증과 내 곱절에 가까운 남편의 것까지 합하니 숫자를 세는 것도 힘들어졌다. 배움은 끝이 없어서 자격증은 늘어나고 기억력은 감퇴하는데, 번번이 몇 장이냐는 질문을 받게 되자 남편은 이렇게 대답하곤 했다.

"자격증이 몇 장이냐고요? 저희는 무게로 말합니다."

신용카드와 똑같은 크기의 플라스틱 카드인 자격증의 한 면에는 사진과 이름, 생년월일, 이수한 교육 과정과 날짜, 강사명 등의 정보가 적혀 있고, 반대쪽 면에는 협회 이미지가 인쇄되어 있다. 환경 보호가 중요 이슈로 떠오르면서 10달러(약 1만 3,000원)의 환경 보호 기금을 추가로 내면 몇 개의 멋진 해양생물 중 취향에 맞춰 선택한 이미지로 자격증을 발급받을 수 있는 시스템도 생겼다. 그러다가 최근에는 자격증을 온라인 화

강사 시험에 합격한 날.

면으로 발급받고 이를 이미지 파일로 저장하는 전자카드 E-card 형식으로 전환되었다.*

남들이 몰라주면 섭섭할 만큼 바다를 사랑한다고 외치는 나

* PADI 일부 지역에서는 여전히 교육 과정을 이수 후 플라스틱 카드를 제공하며, 전자카드로 전환된 지역에서도 발급 비용인 55~65호주달러AUD(한화 약 4만 7,000~5만 5,000원)을 납부하면 실물 카드를 받을 수 있다. 그렇지만 카드 한 장을 받기 위한 지출로는 적지 않은 금액이다. PADI한국은 호주 지부에 소속되어 있어 결제 시 호주달러가 기준이다.

는 당연히 이 플라스틱과 탄소 줄이기 정책이 온 마음으로 반가웠을까? 아니었다. 머리로는 이해하지만 마음이 그렇지 않을 때가 있다. 앞으로 우리 부부가 가진 자격증 무게의 총합이 늘어나지 않는다는 것을 알았을 때도 그랬다. '카드 제작과 배송 과정에서 배출되는 탄소를 줄일 수 있으니 잘된 일이잖아.' 머리가 애써 말했지만 이런저런 긴 사고의 흐름을 거치기 전에 그냥 단순하게 느낀 내 마음은 다르게 말했다. '섭섭하네.'

배움과 시간의 결과를 하나의 카드로 간직하고픈 이 마음은 아직 바다를 사랑하는 마음이 부족한 내가 버리지 못한 욕심일까. 자격증은 신용카드가 아니라 기계에 삽입할 일도 없고, 화면에 보이는 전자카드로 얼마든지 그 기능을 대체할 수 있다. 휴대전화에 이미지 파일로 저장해서 어디든 가져갈 수 있으니 과거에 실물 자격증을 깜빡 잊고 안 가져가서 겪었던 문제도 더는 없을 것이다. 이렇게 새로운 대안에 전혀 불편함이 없고, 옛것이 더 이상 만들어지지 않으면 사용자도 결국 적응하고 받아들이게 될 것이다. 그렇지만 나처럼 그 취지를 이해하는 사람인데도 마음의 속도는 더딜 때가 있다.

그런데 기존의 방식이 여전히 존재하면서 대안은 불편하고 그 가치에 대한 공감도 크지 않다면 대안을 제시받은 사람의 마음은 어떨까? 심하게 말하면 폭력으로 느껴질 수도 있지 않을까. 내가 공감을 얻지 못하는 캠페인을 좋아하지 않는 이유다. 해양환경을 보호하기 위해 플라스틱을 줄이자고 하지만 누군가에게 해양환경 보호는 너무도 와닿지 않는 주제다. 텀블러를 쓰라는데 텀블러를 씻는 일조차 힘들다고 느껴질 정도로 삶이 퍽퍽한 사람도 분명히 있다. 혹은 늘 짐이 많아 힘든 사람이라면 텀블러까지 들고 다닐 수 없을 것이다. 그런 사람에게 매장에서 일회용 컵으로 테이크아웃을 한다는 이유만으로 환경 문제 이야기를 꺼낸다면 어떤 반응이 돌아올까? 그 말을 자신에게 한 사람이 싫어지거나 환경 문제가 싫어지거나, 혹은 둘 다 싫어질 수도 있을 것 같다.

그러니 쓰지 말라, 줄여라 하는 것보단 기존의 것만큼의 편리함과 효용성을 가진 대체품을 만들고 알리는 것이 더 먼저였으면 좋겠다. 예를 들어 지퍼백, 위생 장갑, 음식물 쓰레기봉투 등 대표적인 플라스틱 제품을 생각해보자. 당장 쓰지 말라고 했을 때 느낄 불편함과 환경을 생각하는 마음 중 어떤 것이 크고 직접적으로 다가오는 감정일까. 플라스틱 사용 줄이기는 내게도 큰 스트레스였다. 분리수거를 잘하고 줄여보려고 해도 아예 안 쓴다는 건 불가능하다고 생각하니 실천의 동력이 떨어졌다. 바다와 환경의 소중함을 말할 기회가 늘어나면서 혹

제주 성산에서 해양 쓰레기를 수거했다.
ⓒ이재한

시나 누군가 오해한 내 작은 실수가 큰 비난으로 돌아오진 않을까 걱정도 됐다.

그런데 의외로 이런 걱정을 쉽게 덜어줄 방법을 발견했다. 친환경, 생분해, 에코 등의 단어를 넣어 원하는 제품군을 검색하면 플라스틱을 대체할 상품을 대부분 찾을 수 있었다. 사탕수수나 옥수수 전분 등의 원료로 만들어낸 이 대체품들은 자연에서 완전히 분해되거나 혹은 일반 플라스틱 제품에 비해 보다 환경에 미치는 부정적인 영향이 적다. 상대적으로 아직 조금 높게 설정된 제품의 가격을 보완할 수 있는 시설을 확충하고, 정책을 논의하는 문제는 일단 사람들이 이런 제품이 있다는 것을 많이 인지할 때 더 탄력을 받을 수 있으리라 기대한다. 그 시간 동안 나처럼 플라스틱을 쓰는 것보다 조금의 값을 더 내는 것이 마음이 편한 사람들을 중심으로 점점 소비자층이 확대될 거라 믿으면서.

화장지, A4 용지, 물티슈. 이 세 가지 품목은 내가 일상생활에서 유독 많이 쓴다고 느낀 것들인데 삼림의 훼손과 제품을 하얗게 만드는 데 사용하는 표백제, 미세 플라스틱을 발생시키는 것이 문제다. 그런데 내 성향과 삶의 패턴을 생각해볼 때 이것들을 아끼려고 노력한다고 해도 성과는 별로 없고 스트레스만 클 것 같았다. 그래서 찾은 대안이 대나무 화장지, 사탕수수로 만든 A4 용지, 생분해 물티슈다.

한 그루의 나무가 자라려면 수십 년이 걸리지만, 대나무는 90일이면 25미터까지 성장하는 풀이라는 걸 알고 너무 놀랐다. 마치 어린 시절 수박과 토마토가 과일이 아닌 채소라는 걸 알고 충격받았던 것처럼. 표백제는 우리 몸에 좋지 않은데 화장지는 몸에 직접 닿는 제품이라 무표백인 대나무 화장지가 표백 처리된 흰 펄프 화장지보다 안전하다. 꼭 내 눈앞에 보이지 않는 수백만 그루의 나무를 살리기 위해서만이 아니라 소비자의 건강에도 좋다고 말할 수 있어서 이런 제품은 추천하는 마음도 편하다.

대나무 화장지, 사탕수수 A4 용지는 색감이 내 취향이다. 눈이 편안하고 감성적인 크라프트지 색상이라 이 종이에 출력한 글을 읽으면 눈도 마음도 훨씬 편안하다. 사탕수수에서 설탕을 정출하고 버려지는 부산물로 만든 종이라서 나무를 전혀 사용하지 않고 화학물질도 첨가되지 않아 인체에 무해하다. 한지처럼 은은하고 자연스럽게 종이 결이 살아 있어서 부드럽고 온화한 분위기가 느껴진다. 회사에서 이 종이를 사용한다면 왠지 사내 보고서 통과율도 높아지지 않을까 하는 흐뭇한 상상도 해본다. 나무를 살리자고 구매한 사탕수수 종이가 이제는 흰 종이보다 더 좋아졌다. 그러니 꼭 환경을 위하는 마음이 아닌 그 제품 자체가 좋아서 사용하고, 그러다 보니 환경에도 좋은 제품인 걸 알게 되는 소비자가 생길 수 있도록 친환경 제품도 개발과 마케팅의 관점을 다양화하면 좋을 것 같다.

생분해 물티슈는 100퍼센트 생분해되고, 미세 플라스틱이 검출되지 않는 원단의 물티슈라고 한다. 일반적인 물티슈에는 미세 플라스틱 성분이 들어 있는데, 이것이 바다로 흘러 들어가 분해되지 않고 해양생물을 통해 결국 인간의 몸속으로까지 돌아올 수 있는 무서운 존재다. 그런데 PLA라고 불리는 이 생분해 플라스틱에 대해서는 좀 더 논의가 필요해 보인다. '45일 만에 완벽히 분해된다'라는 문구를 제품 구매 페이지에서 볼 수 있지만, 이 45일이라는 기간은 온도 58도, 습도 70퍼센트 이상인 조건에서만 가능한 결과라고 한다. 그런데 국내에는 아직 이런 조건을 갖춘 매립지가 거의 없는 상황이어서 생분해 플라스틱의 효용성에 대해서는 다양한 견해가 있다.

45일 분해가 가능한 환경 조건이 성립되지 않아 시간이 오래 걸리긴 하더라도 PLA는 결국 완전히 분해되어 자연으로 돌아가고, 소각할 때 잔여물이 남지 않는다는 점에서 일반 플라스틱과 확연한 차이는 있다. 또한 만드는 과정에서도 일반 플라스틱보다 약 60~70퍼센트 탄소가 적게 배출된다고 한다.

현재 PLA는 전체 플라스틱 사용량의 1퍼센트가 채 되지 않

연산호의 일종인 가죽산호Leather Coral.
필리핀 말라파스쿠아.

아 전용 매립지 건설보다는 일반 플라스틱 사용을 줄이자는 캠페인이 활성화되어 있지만, 점차 PLA의 사용량을 늘려가고 전용 매립지도 건설된다면 플라스틱 캠페인의 내용과 방식도 달라질 수 있을 것이다. 최근에는 PLA가 일반 매립지에서도 200일 이내에 분해되도록 만들어주는 효소가 개발되는 등 바이오 플라스틱 산업이 성장 중이라는 점은 좋은 소식이다.*

텀블러 사용도 좋지만, 매장에서 아예 친환경 플라스틱 용기나 사탕수수 부산물로 만든 종이컵을 제공할 수 있으면 어떨까. 기존에 용기를 만들던 업체들의 아우성과 특정 업체에 일감 몰아주기라는 의심, 가격 문제 등 여러 잡음이 벌써 들려오는 것 같다. 그렇지만 편리한 걸 눈앞에 두고 불편함을 감내하라고만 강요하면서 변화를 기대하는 건 너무 큰 욕심이다. 물론 여기서 내가 제시한 의견도 그저 여러 아이디어 중 하나일 뿐이다. 어떤 주제의 캠페인 내용이 반드시 하나의 결론으로 매몰될 필요는 없지 않을까. 좀 더 다양한 생각과 의견을 나누었으면. 그게 나의 첫 번째 바람이다.

* www.carbiolice.com

우릴 그냥
사랑하게 해주세요

"난 네가 싫어졌어. 우리 그만 헤어져."
산호의 차가운 마지막 말에 주산텔라는 더는 머물 수 없었다. 곁에 머무는 것이 산호를 괴롭게 한다고 생각한 주산텔라는 아픈 마음으로 떠난다. 뒤를 돌아보면 다시 돌아가 예전 추억을 읊으며 매달리게 될까 봐 앞만 보고 멀어져간다. 장밋빛 웃음을 짓던 주산텔라가 떠나가는 뒷모습을 바라보며 산호는 하얗게 색을 잃어갔다.

사람의 얼굴 표정과 빛깔이 담긴 안색을 보면 그 사람의 기분과 건강상태를 짐작할 수 있는 것처럼 바다에도 그 상태를 드러내는 안색이 있다. 바닷속으로 하강하며 산호들이 눈에 들어오는 순간, 이 바다의 표정과 건강을 읽는다. 산호초는 전체 해양생물의 25퍼센트가 살고 있는 바닷속 삶의 터전이다. 산호가 건강하면 다양한 생물군으로 형성된 생태계가 반짝이며 살아가는 바다이고, 그 반대는 산호의 아픔과 함께 생명의 빛이 꺼져가는 바다다.

화이트 크리스마스는 로맨틱한 감성의 상징이고, 앙상한 나뭇가지에 살포시 내려앉은 하얀 눈은 추운 겨울이지만 왠지 포근한 느낌을 준다. 영화 〈겨울왕국〉 속의 하얀 설원과 신부가 입은 순백의 웨딩드레스는 아름답다. 그래서 다이버가 되기 전 우연히 스친 하얀 산호 사진이 그때는 참 예뻐 보였다.

그러나 바다와 친구가 된 후 알게 되었다. 하얀 산호는 예쁜 것이 아니라 아픈 것이라고. 산호의 백화 현상은 1980년대 산업화 이후 시작된 슬픈 사랑 이야기다. 탄소 배출량과 온실가스의 증가, 지구 온난화와 기후 상승이 만들어내는 가슴 아픈 이별이다. 환경이 달라지지 않았다면 백년해로했을 바닷속 로미오와 줄리엣. 원치 않는 헤어질 결심을 하게 된 산호와 주산텔라의 새드 엔딩이다.

육상의 수십 년 된 커다란 나무가 멋진 수형과 푸른 잎, 넓게 드리운 그늘로 웅장하고 든든한 편안함을 주는 것처럼 바닷속 산호는 다채로운 색감과 우아한 형태가 참 아름답고 신비하다. 성인 키보다 훨씬 크게 자라기도 하고, 숲처럼 산호초 군락을 이루는 모습이 한자리에서 성장하는 나무와 닮았다고 생각했는데, 산호가 식물이 아니라 소화기관을 가진 동물이란 사실을 처음 알았을 땐 적잖이 놀랐다. 식물은 광합성을 하며 스스로 에너지를 얻지만, 산호는 어떻게 한자리에서 살아가는 것일까. 그 생명의 비법은 산호가 자신의 목숨보다 더 사랑하는 영혼의 짝꿍 주산텔라Zooxanthellae에게 있다.

주산텔라는 살뜰하게 산호의 식사를 챙겨주는 공생조류다. 주산텔라는 광합성을 통해 만든 유기탄소와 아미노산, 지방산을 산호에게 제공해주고, 산호는 주산텔라에게 안전한 보금자리와 일정 영양성분을 주며 둘은 함께 산다. 둘의 관계는 태어날 때부터 맺어지기도 하고, 유영하던 산호 유생이 한곳에 정착한 후에 만나기도 한다. 산호의 아름다운 빛깔은 주산텔라의 색과 산호가 가진 색소 단백질이 조합된 것이다. 산호는 자신의 정체성이라고 할 수 있는 겉모습을 서로 마음을 나누며 교감한 사랑의 결과로 선택했다. 둘은 그렇게 서로가 더해진 모습이 곧 자신이라고 여기며 살았다.

그런데 이 운명의 커플에게 심각한 위기가 찾아왔다. 산호는 온도 상승에 아주 취약해서 수온이 1도만 높아져도 많이 아프다. 그냥 감기몸살 정도가 아니라 그동안 지켜왔던 존엄을 유지하기 어려울 만큼 큰 고통에 빠진다. 주산텔라는 평소와 다른 연인의 모습에 당황하며 어떻게든 도와주려 애쓰지만, 산호의 마음이 조급해진다. 병간호에 지쳐갈 주산텔라의 모습

하트 모양 산호. 필리핀 보홀

Save

투병 중인 부채산호. 카리브해.

을 보고 싶지 않고, 자신이 아파서 달라지는 모습을 보여주고 싶지도 않다. 무엇보다 자신이 주산텔라를 다치게 할 것만 같아 두렵다.

"나, 네가 싫어졌어. 가! 제발 떠나라고."

산호는 냉정하게 주산텔라를 밀어낸다. 주산텔라는 평생을 같이했던 산호와의 이별이 너무 두렵지만, 산호를 위해 헤어질 결심을 한다. 뒤돌아보면 다시 돌아가 매달리고 싶어질까 봐 한참을 정신없이 흘러갔다. 정신을 차렸을 때는 이미 주산텔라의 광합성 기관도 온도 상승으로 망가져 있었다. 주산텔라는 이런 모습을 보이기 전 산호를 떠나 다행이라고 생각하면서도 산호가 걱정됐다.

산호는 아픈 몸으로 이제 먹을 수조차 없으면서도 주산텔라가 건강한 다른 산호를 만나 다시 밝고 행복하게 살아가길 소망했다. 주산텔라와 함께 만들었던 예쁜 색깔은 사라지고 산호의 안색이 창백해진다. 세상에서 가장 쓸쓸한 하얀 죽음이 이 뜨거운 바다에 그렇게 퍼져간다.

1은 자연수 중 가장 작은 숫자여서 때론 그 가치가 미미하게 느껴지곤 한다. 그렇지만 다이버는 수중에서 1도의 차이가 얼마나 큰지 안다. 웨트슈트를 입은 상태에서 수온이 1도 낮아지면 온도가 떨어졌다는 걸 바로 체감할 수 있다. 생각해보니 코

별산호Elliptical Star Coral. 필리핀 보홀.

로나19로 시행된 사회적 거리두기 기간 동안 우리를 통제하던 숫자의 절댓값은 1이었다. 집을 제외한 거의 모든 공간에서 발열 체크는 필수였고, 평균 정상체온 36.5에서 1도 높은 37.5도를 넘어서면 의심환자로 분류되어 출입이 거절됐다.

백신을 맞고 2~3일을 앓아누웠다. 입맛도 기력도 없고, 해열 진통제를 시간마다 챙겨 먹었다. 수시로 체온을 살폈는데 38도를 넘진 않았다. 열이 나본 사람은 안다. 1도 올라간 체온이 나를 얼마나 무기력하고 서럽게 만드는지. 내게는 고통을 줄이고 열을 내릴 약도 있고, 힘든 시간도 며칠 견디면 끝이 난다. 곁에서 빨리 나으라고 보살펴주는 사랑하는 사람도 있다.

그런데 산호에게는 아무것도 없다. 헤어질 결심을 해야 하고, 뜨거워진 바다는 언제 제 온도를 찾을지 기한이 없다. 아니, 온도가 계속 오르는 건 기정사실이 되어버렸고 그 속도를 늦출 수 있으면 다행이란다. 주산텔라는 산호의 사랑과 보호 안에서 지구 대기중 산소의 주요 공급을 담당해왔는데, 우리는 그 산소를 마시며 살고 그들은 아픈 이별 후 죽어간다.

낮인데도 형광빛을 강하게 드러내는 산호를 본 적이 있다. 어쩜 이렇게 예쁠까 생각했는데, 바다 환경 다큐멘터리를 보다가 그것이 산호의 마지막 절규라는 것을 알게 되었다. 주산텔라의 광합성 기관에는 광포화 지점이 있어서 필요 이상으로 더 많은 빛은 오히려 광합성 기관을 파괴할 수도 있다. 이걸 막기 위해 산호는 자신의 형광 색소 단백질을 차광막으로 사용한다는 것이다. 자리 이동이 불가능한 산호는 계절에 따라 광량이 너무 강한 시간에 이런 현상을 보이기도 한다.

그런데 강한 빛뿐만 아니라 높은 온도에서도 똑같은 반응이 일어난다고 한다. 강한 빛은 한때지만 한 번 올라간 해수 온도는 낮아지지 않는다. 괴물로 변하지 않기 위해, 주산텔라와 이별하지 않기 위해, 온 힘을 다한 산호의 마지막 절규를 그저 예쁘다고 생각한 나의 무지함이 너무 미안했다. 절규마저도 그렇게 아름답게밖에 표현하지 못하는 산호가 처연하다.

알콩달콩 사랑이 가득한 바다를 보고 싶은데, 눈물 젖은 이별의 바다를 마주하게 될까 봐 두렵다. 산호와 주산텔라. 이대로 그냥 사랑하게 해줄 수 없을까.

바다에게 무해한 자외선 차단제

Save

(왼쪽) 백화가 많이 진행된 산호.
(오른쪽) 아름답고 슬픈 산호의 SOS. 필리핀 코론.

덕질의 기록

오레오. 몸무게가 2킬로그램이 채 안 되는 장모 치와와. 내가 성인이 된 후 가장 오랜 시간을 함께한 생명체다. 다른 가족 구성원 없이 키운 첫 반려동물이라 막중한 책임감을 느끼면서 그만큼 나도 레오에게 감정적으로 참 많이 의지해왔다. 올해로 열세 살이 된 레오는 신체의 나이만 많아졌을 뿐 내게는 여전히 아기다. '노견'이라는 단어는 저 귀여운 얼굴과 체구에 너무나 안 어울린다고 생각했는데 어느 날 어린 시절 영상과 확실히 외모도, 신체 능력도 달라졌다는 걸 알게 되었다. 이후 반려동물과의 이별 영상은 눈물 버튼에서 오열 버튼이 되어버렸다.

5년 전, 당시 내 남친이자 현재의 남편을 만나게 된 레오는 그전에 내가 전혀 몰랐던 새로운 모습을 자주 보여주었다. 놀거리를 더 찾아주려는 남편의 행동력과 내가 아닌 다른 인간과의 소통이 레오의 다른 모습을 끌어낸 것이다. 너무 순하고 얌전한 소심쟁이인 줄 알았는데 치와와 성격의 대표 단어인 '분노와 떨림'으로 큰 웃음을 주고, 대단한 점프력과 우렁찬 목

소리, 엄청나게 삐친 얼굴과 꼰대 같은 행동으로 우리 집 서열 1위를 차지했다. 결혼 후 레오가 아주 아팠던 적이 있었다. 그때 남편이 눈물을 뚝뚝 흘리며 레오를 보살피는 걸 보고 나 역시 엉엉 울면서도 묘하게 안도의 감정이 솟아올랐다. 남편을 만나기 전에는 레오를 혼자 키워왔기 때문에 레오를 사랑하는 마음, 헤어질 순간의 상실감을 온전히 나눌 수 있는 사람이 없다는 것이 그동안 내게 큰 공포였나 보다. 나만큼 레오를 잘 알고 아끼는 가족이 생겨 참 다행이라는 생각이 들었다. 두 배로 받은 사랑 덕분인지 다행히 레오는 힘든 시간을 잘 견뎌냈고, 여전히 우리 곁에서 웃음을 준다.

나의 레오 이야기는 아마도 반려견 가족과 개를 좋아하는 사람에게는 공감할 수 있는 이야기였을 거다. 혹여 개를 좋아하지 않아서 이 이야기에 진심으로 공감할 순 없더라도 화자의 기분이 어떨지 상상하거나 주변에 비슷한 경험을 가진 사람을 떠올릴 수 있을 만큼 반려견은 많은 사람에게 정말 친숙한 존재가 되었다. '나만 고양이 없어'라는 말이 유행어가 될 정도로 반려묘 가정도 많아졌다. 수많은 랜선 집사들이 타인이 키우는 반려동물의 영상을 보며 마음의 위안을 얻고 그 아이의 건강과 행복을 진심으로 바란다.

해양생물에 대한 나의 고민은 여기서 시작됐다. 해양생물은 말 그대로 바다가 집이다. 그런데 바다와 같은 환경을 집 안에 구현하는 건 기술적으로도 어려울 뿐만 아니라 인간과 생물 모두에게 큰 스트레스일 거다. 수조에 해수어를 기르는 사람도 있지만, 강아지나 고양이만큼 큰 해양생물을 집에서 키우기는 쉽지 않다. 그래서 일반 대중에게 해양생물은 영상으로나 만나는 존재라서 심리적 거리감이 크다. 게다가 매체에 나오는 해양생물 영상은 〈TV 동물농장〉에 흔히 나오는 동물처럼 친근하지도 않다. 바다는 접근성이 육지보다 현저히 낮아서 촬영 자체가 기술적으로도 경제적으로도 훨씬 어려운 프로젝트다. 많은 예산을 들여 어렵게 찍어낸 고퀄리티의 영상은 늘 진중한 목소리의 성우와 대자연과 탐험이 생각나는 배경음악, 진지한 내용으로 구성되곤 한다. 해양 다큐멘터리를 보면 신비롭고 웅장하단 느낌을 받곤 하지만, 생물이 정말 귀엽고 나도 가서 보고 싶다는 마음으로까지 연결되진 않는 것 같다. 그래서 나와 먼, 어떤 다른 세계의 이야기처럼 느껴진다.*

* 그래서 넷플릭스 다큐멘터리 〈나의 문어 선생님〉을 강력 추천한다. 다큐멘터리 촬영 감독인 주인공 크레이그가 남아프리카의 바다에 매일 맨몸으로 들어가 문어 한 마리의 생을 함께한 이야기다. 화려한 앵글이나 편집 없이 담담하게 담아낸 그의 진심이 눈물 나게 좋다.

"왜 그렇게까지 해요?"

수익활동이 아닌 분야에 목숨 건듯 시간과 열정을 바치는 사람들은 종종 이 질문을 받는다. 나도 다이빙에 대해 이런 질문을 받아왔다.

"저 덕후거든요."

그냥 좋아서라고 답하기엔 뭔가 부족한 것 같고, 설명한다고 해도 상대가 공감하지 못할 것 같을 때 대답할 수 있는 맞춤 단어, 덕후. 마니아를 의미하는 일본어 '오타쿠おたく'가 변형된 '오덕후'의 줄임말이다. 덕후에게는 단순한 취미 활동을 넘어 더욱 전문적인 수준의 애착 대상이 있는데 덕후가 그 대상과 관련된 것들을 모으거나 파고드는 행위를 '덕질'이라고 부른다. 다행히도 타인이 나와 같기를 원하거나 강요하면 꼰대로 보는 이 시대는 덕질 하나쯤 하는 걸 인생의 낭만으로 받아들여준다. 스쿠버 다이빙을 '바다 덕후의 해양생물 덕질'로 표현하니 보다 많은 이들의 공감 영역 안쪽으로 한 발짝 들어갈 수 있었다.

Save

호주 포트링컨에서 만난 물개Sealion.
정말 귀여운 출연자.

유튜브 채널 '송현C필름'*은 내 덕질의 기록임과 동시에 해양생물에 대한 대중의 호감을 높이고 싶은 연출자의 간절한 바람 그 자체다. 바다를 잘 모르는 사람들의 엇나간 기획 의도, 촬영 현장에서 빚어지던 갈등에 지친 나는 직접 바다와 해양생물, 스쿠버 다이빙에 대해 영상을 만들고 싶어졌다. 악마의 편집도, 거짓 연출도 없는 진짜 바다 덕후의 이야기. 반려견처럼 매일 소통하고 보살피며 살 수는 없지만, 해양생물을 만나는 과정을 친근하게 보여주고 잘 몰랐던 해양생물의 이야기도 들려준다면 누군가는 이 바닷속 세상을 궁금해하고 좋아해주지 않을까.

해양환경에 관한 다큐를 볼 때면 병들고 다치고 죽는 어두운 이야기로 가득한 구성이 참 불편했다. 바다가 얼마나 아름답고 활력 넘치며 사랑스러운 곳인지 보여준다면, 그래서 그 세상을 동경하고 좋아하게 된다면 자연히 그곳 생물들의 행복과 건강을 응원하게 될 텐데. 좋아하기도 전에 공포와 훈계로

* 여기서 C는 다음의 세 가지 의미로 넣었다.
① 상대를 존중하면서도 친숙하게 부르는 호칭.
② 바다를 뜻하는 'Sea'와 동음이.
③ 나의 성을 영문으로 표기한 'Choi'의 첫 글자.

멕시코 라파스La Paz에서 만난 물개.
맘을 열고 내 친구가 되어주었다.

바다를 심리적으로 더 멀리 보내버리는 것 같아 안타까웠다. 무거운 마음으로 클릭하거나 외면하는 영상이 아니라 쉬러 오는 바다 공간을 온라인에 구축하고 싶었다.

영상 편집을 전혀 할 줄 몰랐던 나는 독학으로 영상 편집을 배우기 시작했다. 영상 편집 채널의 친절한 실력자 크리에이터들이 내 선생님이었다. '송현C필름'에 처음 업로드된 건 마코 상어와 물개를 만났던 멕시코 바하 캘리포니아 영상이었는데, 너무 욕심을 낸 나머지 4분이 안 되는 영상을 완성하는 데 한 달이 걸렸다. 어느 분야나 데뷔하는 초보자가 범하기 쉬운 잘못인 '힘 빼기'가 안 되어 온갖 편집 효과를 다 집어넣으려 했던 탓이었다. 2018년 첫 영상을 올릴 때 내가 이미 지상파 미디어에서 10년 넘는 세월 동안 카메라 앞 출연자로 살아왔던 것도 극복해내야 할 숙제였다. 열 대가 넘는 카메라가 기본이었던 촬영 현장과 수십 명의 스태프에게 익숙했던 나는 유튜브의 간결하고 위트 있는 영상 구성 맥락에 적응하지 못하고 자꾸만 더 담아오지 못한 영상을 아쉬워하거나 퀄리티에 집착했다. 내가 스킨 스쿠버 강사 단체인 PADI를 대표하는 홍보대사라는 점도 오히려 부담이었다. 자극적이고 흥미를 유발할 수 있는 요소로 구독자를 끌어와야 한다는 건 알고 있지만, 온전히 나 혼자 만들어내는 채널이기에 모든 책임이 나에게 있다는 중압감으로 말과 행동, 주제 선정에 더 조심스러웠다.

그러던 중 남편을 만나게 되자 고독했던 내 채널 운영에 큰 빛이 쏟아진 느낌이었다. 그동안 수중에서 내 모습을 담으려면 같이 투어 중인 사람에게 미안한 마음으로 부탁해야 했지만, 수중 촬영과 와이프 촬영이 즐거움인 남편 덕분에 이런 마음의 부담이 사라졌다. 그동안 여자 연예인이라는 이유만으로 내 강사 자격과 훈련의 시간을 외면하는 사람들이 쓰던 근거 없는 비난과 시비의 댓글도 스쿠버 다이빙 단체 최고 레벨인 남편이 채널에 등장하자 모두 사라졌다.

그렇게 즐겁게 채널을 키우고 오프라인에서 구독자들도 만날 여러 계획을 세우던 중, 코로나19라는 엄청난 변수가 생겼다. 당시 코로나에 걸리는 것만으로도 범죄자가 된 것인 양 비난의 수위가 높던 시기였기에 나는 남편이 다이빙 교육을 중단하고 시간이 흐르기를 좀 기다려주었으면 했다. 다이빙은 강사에게는 생계가 걸린 일이지만 배우러 오는 사람에게는 여가의 영역이기 때문에 만약 남편이 인솔하는 팀에서 누군가 코로나에 감염된다면 문제가 커질 것 같아서였다. 하지만 그 기간이 그렇게 길어질 줄 누가 알았을까. 우리 부부는 같이 코로나 블루 속으로 침잠했고, 나는 유튜브 채널에서도 오래 떠나 있게 됐다.

그런 나를 다시 일으켜 세운 것은 15분 강연으로 유명한 플랫폼 '세바시'에서 해양환경을 주제로 한 강연 제안이었다. 당시 구독자 150만 명이 넘는 유튜브 채널에서 바다와 해양생물에 대한 이야기를 할 수 있다니, 그 자체만으로도 아주 많이 설렜다. 제안을 해온 '세바시' 작가님은 내 유튜브 영상을 많이 봐왔다면서 환경 문제가 점점 중요한 사회적 이슈로 자리 잡으면서 여기저기서 등장하는, 이른바 전문가라는 많은 사람 중에 송현 씨가 진심을 가진 진짜라는 것이 이 영상들로 증명될 거라는 말을 해주었다. 순간 울컥했다. 그렇게 진심 어린 격려로 시작된 강연 대본이 지금 이 책으로 이어지게 된 것이니 '세바시'는 내게 갑자기 나타난 귀인처럼 참 감사하고 소중한 기회였다.

'송현C필름'은 아직 너무 작은 채널이고, 쉼이 있던 시간 동안 충성 구독자들도 많이 떠나갔지만, 다행한 일은 내게 전보다 마음의 여유가 생겼다는 점이다. 또한 꼭 바닷속 풍경을 담은 영상이 아니더라도 말로 전할 수 있는 많은 이야기가 있다는 것을 이 책을 쓰면서 깊게 느끼게 되어 참 다행이다.

내 영상이 상어나 고래, 거북이도 강아지, 고양이만큼 사랑스럽고 친숙한 존재가 되는 데 아주 조금이나마 이바지하기를. 그래서 해양생물 영상을 보면 기분이 좋고, 해양생물이 아파할 때 마음 아파하는 사람이 하나둘씩 더 많아지기를. 이런 내 진심을 담아 '송현C필름'을 이어가다 보면 언젠가 내 꿈인 수중 다큐멘터리 감독으로 OTT 서비스에서 내 영상을 만나는 날이 올 수 있지 않을까.

송현의 '세바시' 강연 영상

상어 케이지 다이빙shark cage diving에서 촬영한 백상아리Great White Shark.
호주 포트링컨.

우리 상어,
그런 애 아니거든요!

세계 최초이며 현재까지 유일하게 유튜브 조회수 100억 뷰를 넘은 '베이비 샤크 댄스Baby Shark Dance' 영상*에는 중독성 강한 동요에 맞춰 율동을 하는 어린이들이 등장한다. 그리고 제목에서부터 알 수 있듯이 주인공은 상어다. 아이부터 어른까지 전 세계인이 사랑하는 이 귀여운 상어 가족 캐릭터의 모티브는 다름 아닌 백상아리Great White Shark. 1975년 개봉한 스티븐 스필버그의 영화 〈죠스〉에 등장하는 공포의 대상, 바로 그 백상아리다. 만약 백상아리들이 이 사실을 안다면 어떤 반응을 보일까.

"반세기 전에는 살인마에 흉악하기로 소문났던 내가 이젠 세계 신기록을 세운 슈퍼스타라고?"

그러면 이런 답을 해주어야 할까?

"아니, 그건 영화고, 이건 만화라서 느낌이 달라."

* 2023년 4월 현재 127억 뷰. 'Pinkfong Baby Shark-Kids' Songs & Stories' 채널

정말이지 '백상아리둥절'할 소리다. 가끔 사람들은 전문가의 이야기보다 미디어가 만들어낸 이야기를 더 믿고, 자신이 그 분야를 잘 안다고 착각하는 경향이 있다는 걸 느끼게 될 때가 있다. 폐쇄형 질문yes-no question은 개방형 질문open question에 비해 의도의 순수성이 의심스러울 때가 있다. 수많은 선택지가 있음에도 불구하고 질문자가 원하는 프레임 속에 인터뷰 대상자를 짜 맞추려는 불순한 의도가 느껴져 순간적으로 방어모드를 작동시킨다. 마치 스쿠버 다이빙을 하는 내가 '무서운 상어에 맞서 도전하는 용감한 여배우'인 것처럼 만들려는 질문의 의도가 느껴질 때면 나는 '예스'도 '노'도 아닌 장황한 답변을 늘어놓는, 진지한 상어 변호인이 되었다가 상어와 함께 통편집을 선고받곤 했다.

비록 내 이야기가 그들이 원하는 답변은 아니었을지라도 그 자리에 함께한 사람들이 갖고 있던 상어의 무서운 이미지를 조금이나마 바꿔놓았을지도 모른다는 기대에 위안을 삼는다. 그래, 잘못된 정보를 접했을 때 질문조차 하지 않고 당연한 진실로 믿는 사람들이 절대다수인데, 이렇게 질문을 받았을 때만이라도 억울한 오해 속에 살아가고 있는 상어를 위해 용기를 내야지! 나는 이런 생각이 들 때마다 정의감에 차 올랐다.
"우리 상어 그런 애 아니거든요!"

세상에서 가장 빠른 상어 청상아리Shortfin Mako Shark.
멕시코 바하칼리포르니아.

하지만 막상 공개적으로 상어를 변호하려고 하니 내가 찾은 자료가 과연 공신력이 있는 것인지, 혹여나 잘못된 데이터를 인용하고 있는 것은 아닌지 망설여질 때가 있었다. 그러던 중 참 반갑게도 오랫동안 상어를 연구해온 해양생물학 박사님이 출간한 상어 변론서를 발견했다. 지금부터는 바로 그 책, 애리조나 주립대학 연구원인 데이비드 시프먼David Shiffman의 《상어가 중요한 이유Why Sharks Matter》에 담긴 저자의 주장과 이를 뒷받침할 근거들을 전하려고 한다.

박사님의 이야기에 내 경험이 더해진 이 글이 실제 상어도 유튜브 100억 뷰의 '아기상어'처럼 대중에게 친근한 존재가 되어가는 여정의 시작이길 소망해본다.

1년에 상어에게 물리는 사람이 몇 명일까? 플로리다 자연사 박물관의 ISAFThe International Shark Attack File*에 따르면 전 세계인이 1년간 상어에게 물린 평균 70~100개의 상처 중 약 10개 정도가 치명적일 뿐 나머지는 반창고를 붙일 정도의 가벼운 상처다. 매년 바다에 가는 수십억 명의 사람 중 10

* 미국 플로리다 자연사 박물관과 미국 앨라스모브랜치 협회(상어, 가오리를 연구하는 국제 연구자들로 구성된 전문가 조직)에 의해 관리되는 '알려진 모든 상어의 공격 모음'.

명만이 상어에게 물려 치명적인 상처를 입는 것이다. 사람들은 상어와 바다에 같이 있을 때도 인지하지 못하는 경우가 많고, 그말은 즉 그 바다에서 상어는 인간을 해치지 않았다는 것이다.

ISAF 보고서에 따르면 상어 물림 사고는 미국에서 가장 많이 발생한다. 데이비드 박사는 저서에서 본인의 나라이자, 사고 건수가 가장 많은 미국에서 발생한 상어 물림 사고를 다른 사망 사고와 비교했다. 2000년, 해변에서 사망한 미국인 132명 중 12명은 구조 대원이 순찰하던 지역에서 익사했다. 그해에 상어 때문에 죽은 미국인은 없었다. 1998년부터 2013년까지 보트사고로 사망한 미국인은 3,900명이 넘지만 같은 기간에 상어 때문에 사망한 미국인은 13명이다. 1987년 뉴욕에서 인간이 다른 인간에게 물린 사례가 1,587건이나 보고됐지만, 상어에게 인간이 물린 건 13건뿐이었다. '웃픈' 통계이지만 지난 몇 년 동안은 상어 때문에 죽은 사람보다 셀카를 찍다가 죽은 사람이 더 많다고 한다. 그렇지만 이런 통계 자료를 제시해도 아직 상어가 인간에게 위협적이라는 대중들의 생각은 쉽게 바뀌지 않는다. 사람들의 머릿속에 신념처럼 굳어진 포악한 상어의 이미지는 그 정도로 강력하다.

미디어에 상어가 등장할 때는 언제나 음산하고 공격적이며

Save

불안한 리듬의 배경음악이 먼저 흘러나온다. 많은 사람들이 1975년 영화 〈죠스〉의 줄거리는 잘 몰라도 그 음악을 기억하는 건 바로 그 음악이 여전히 자극적인 상어 영상에 종종 사용되기 때문이다. 〈죠스〉의 흥행은 상어를 '인간이 싸워서 이겨내야 하는 괴물'로 설정한 상업 영화를 꾸준히 생산하는 원동력이 되었다.

안타까운 사실은 픽션이 아닌 다큐멘터리에서까지도 상어가 등장할 때면 공포를 조장하는 찢어질 듯한 불협화음의 배경음악이 필수 공식이 되었다는 점이다. 다큐멘터리 전반이 전하려는 메시지가 '상어 보호'임에도 불구하고 영상의 흥행을 인식한 탓에 상어가 입을 크게 벌려 사냥을 하는 모습, 사람의 물림 사고 등 선정적인 장면도 포기하지 못한다. 상어 보호에 관한 본격적인 이야기를 펼치기도 전에 이런 자극적인 상어의 모습을 반복적으로 보게 된 시청자는 로또 당첨보다도 훨씬 어려운, 수억 분의 일 확률의 상어 물림 사고가 마치 내게도 일어날 수 있는 일처럼 느껴진다.

2016년 「상어 다큐멘터리의 배경음악이 상어에 대한 시청자들의 인식에 미치는 영향The Effect of Background Music in Shark Documentaries on Viewer's Perceptions of Sharks」이라는

논문이 발표됐다.* 연구자들은 온라인으로 접속한 피실험자들을 무작위로 실험 그룹에 배치해 각기 다른 배경음악이 입혀진 60초 길이의 똑같은 비디오 클립을 시청한 후 설문에 응답하게 했다. 영상은 a. 기분 좋은 음악, b. 무음, c. 불길한 음악으로 소리만 다르게 설정되었고, 시각 자료는 상어가 헤엄치는 똑같은 모습이었다. 시청 후 상어에 대한 이미지와 보존 의지에 대한 설문조사를 진행했다. 결과는 a, b 그룹에 비해 c 그룹이 상어를 부정적으로 생각하고 보존에 대한 의지가 훨씬 적게 나타났다. 실험 결과를 바탕으로 생각해보면, 아무리 상어 보호를 외친다고 해도 공포스러운 배경 음악의 상어 영상이 지속적으로 제작된다면, 이를 보는 사람들은 현실의 상어를 동요 속 핑크퐁의 아기상어처럼 느낄 수 없을 것이다.

플로리다 뮤지엄의 「상어 물림Shark Bites 2022년 보고서」에 따르면 현재까지 확인된 상어는 총 548종이다. 데이비드 박사는 이 중에서 사람을 죽음에 이르게 한 상어는 10종이고 그중 5종은 단 1명을 죽였다고 했다. 상어 대부분은 사람을 자신의

* Andrew P. Nosal, Elizabeth A. Keenan, Philip A. Hastings, Ayelet Gneezy, 2016. https://journals.plos.org/plosone/article?id=10.1371/journal.pone.0159279.

먹이라고 오인해서 물게 되는데 물고 나서는 도망가는 경우가 많다. 뺑소니다. 무는 순간 이게 내 먹이가 아니란 걸 알게 되어서 공격의 의지가 사라지고 오히려 내빼는 소심함을 보이는 것이다. 사람은 워낙 날카로운 상어의 이빨에 물렸기 때문에 피를 많이 흘려 사망에 이르는 경우가 많다. 또한 늘 보트가 주변에서 대기하는 수중 레저 활동보다 해변에서 걸어 나와 즐기는 수상 레저 활동 중에 상어 물림 사망자가 더 많이 발생한다. 상어 물림 사고는 골든 타임에 적절한 방법으로 구호 조치를 받는다면 사망에 이르지 않을 수 있다는 뜻이다.

아마 적지 않은 다이버가 상어가 위험하지 않다는 사실을 알고 있고, 상어를 만나면 기뻐하며 안전수칙을 지키면서 조용히 관찰할 것이다. 그렇지만 아직 상어가 두려운 분을 위해 상어를 대하는 올바른 자세와 위험을 피하는 비법을 알려드리려고 한다. ISAF는 상어 물림을 피하는 법으로 혼자서 해가 없는 새벽, 해가 지는 늦은 오후, 야간에 해안에서 먼바다에 들어가지 말 것을 권한다. 상어는 색맹이라서 특정 색상에 반응한다는 것은 낭설이지만 대비와 반짝임을 감지하기 때문에 금속 액세서리나 명도와 채도의 차이가 극명한 색상의 슈트는 피하는 것이 좋다. 상어가 가까이 다가와 공격했을 땐 가장 예민한 부분인 눈과 아가미를 공격해서 벗어나야 한다. 상어는 전기

자극을 감지하기 때문에 전자기기를 가지고 있다면 코 주위를 자극해 밀어내고 서서히 빠져나가는 것도 좋다.

'아, 나 욕먹으라고 헤드라인 이렇게 뽑았구나. 인터뷰할 때는 맞장구쳐주며 재밌게 대화해놓고는. 기자님 정말 너무하네.'

방송 생활을 처음 시작할 때는 아직 경험이 부족해서 내가 한 말의 앞뒤를 다 자르고 자극적인 기사가 나온다는 생각은 꿈에도 하지 못했다. 그래서 철없이 꺼낸 이야기가 정말 당황스러운 헤드라인으로 둔갑하는 경우를 종종 마주하곤 했다. 그런데 악의적인 기사는 사람에게만 국한된 게 아니었다! 상어를 '연쇄 살인범'으로 표현하거나 곁에 다가가기만 했는데도 '인간을 위협했다'라는 자극적인 표현으로 상어에 대한 부정적이고 위험한 이미지를 만들어냈다. 이러한 보도 행태가 그동안 얼마나 상어들에게 큰 아픔을 주었는지, 아마 클릭 수에 만족한 기사 작성자들은 전혀 모를 것이다.

인간 중심적인 보도 내용도 상어를 타자화된 낯선 존재로 만드는 데 일조한다. '이곳은 상어가 사는 바다'라는 표현부터 잘못됐다. 바다는 원래 상어가 사는 곳이다. 게다가 상어는 워낙 넓은 지역을 이동하며 생활하기 때문에 특정 해안에 존재하는 상어를 다 없앤다고 해도 또 다른 상어들이 다시 그곳을 채울 것이다. 데이비드 박사는 디스커버리 채널이 매년 편성하는 다큐멘터리 시리즈 〈상어 주간Shark Week〉에 대해서도 비판의 목소리를 내는 것으로 유명하다. 상어에 대한 대중의 관심을 높이는 데 이 프로그램이 기여하고 있는 것은 사실이지만, 관련 학위가 없는 이른바 '상어 전문가'라는 사람들이 방송에 등장해 과학적으로 확인되지 않은 내용을 사실인 양 전달하거나, 전문가에게 특정한 상어 종의 행동에 대해 질문을 해서 얻은 답을 제작진이 마음대로 짜깁기해서 전체 상어의 특성인 것처럼 악마의 편집으로 내보내는 식의 비양심적인 행태가 발견된다는 것이다.

영화 〈죠스〉의 원작 소설가 피터 벤치리는 영화가 흥행한 후 자신의 이야기가 이렇게까지 상어에 대한 부정적 인식을 만들어내고 그 결과 상어를 해치게 만들었다는 것에 놀라 상어 보존을 위한 책을 쓰고, 강의를 하고, 상어를 위해 기부도 했다. 그렇지만 그가 행한 선행의 파급력은 〈죠스〉를 보고 정의감에 불타 상어를 심판하려고 일어선 대중의 대단한 의협심 놀이를 잠재우기엔 너무도 부족했다. 사람을 위해 괴물을 없애겠다는 근거 없는 정의감은 수많은 상어를 죽음으로 몰아갔다.

Save

'수억 분의 일 확률이라도 상어에게는 인간을 죽일 힘이 있잖아.'

많이 위험하진 않더라도 여전히 상어가 위험하다고 생각하는 당신께, 도리어 인간이 상어에게 얼마나 무섭고 위협적인 존재인지, 멸종의 길을 걷고 있는 상어가 어떤 일들을 겪고 있는지, 그리고 인간이 얼마나 무지하며 위선적인 행동을 반복하고 있는지 이야기해드리고 싶다. 반드시 행동하지 않더라도 속고 있는 사람보다 진실을 아는 이가 많아진다는 사실만으로도 에너지는 이동하기 시작할 테니까.

백상아리 케이지 다이빙

태국 로신에서 만난 고래상어

다이빙하면서 만난 상어 TOP 10

배경음악이 시청자의 인식에 미치는 영향

상어는 억울해요

샌드바샤크Sandbar Shark,
갈라파고스샤크Galapagos Shark 무리. 하와이 오아후.

Save

상어에게 무죄를 선고합니다

2016년, SBS 예능 프로그램 〈정글의 법칙〉* 촬영을 앞두고 나는 심리상담을 받을 만큼 큰 걱정을 안고 있었다. 보통 남성 멤버 다수에 여성 1~2명으로 팀을 구성하는 기존 방송 포맷과는 달리, 파푸아뉴기니로 떠나는 이번 촬영은 여성 멤버 특집인 데다가 내가 큰 언니였고, 그중에서도 물속 경험이 많은 이는 나 혼자뿐이었다. 만약 육지에서 음식을 구하지 못하면 내가 수중에서 물고기라도 잡아야 한다는 생각에 엄청난 두려움이 엄습했다. '만약 그런 상황이 오더라도 그건 전적으로 나와 동료의 생존을 위한 행동일 것'이라는 상담 선생님의 말씀도 바닷속 귀한 생명인 물고기를 내가 직접 해하게 될지 모른다는 괴로움을 덜어주진 못했다.

내게 살생의 아픔을 주지 않으려는 하늘의 배려였을까. 일

* 문명의 흔적이 없는 해외 오지에서 10명 안쪽의 팀원이 약 일주일간 의식주를 자연에서 자력으로 해결하며 정글 생활을 체험하는 프로그램.

주일 남짓한 촬영 기간 동안 딱 반나절을 제외하고는 계속 비가 내려 물고기 사냥은커녕 겨우 소라 몇 개를 주워나온 한 번의 입수가 전부였다. 촬영 후 한참이 지나 방송된 영상을 보니 흙 묻은 과일과 작물을 귀하게 먹는 내 모습이 참 낯설었다. 당시 나는 내 배와 등이 붙어버린 게 아닐까 하고 걱정했을 만큼 심리적으로도 심각한 기아 상태였다. 한국에 돌아와서는 먹어도 먹어도 채워지지 않는 마음의 허기 때문에 거의 한 달여를 폭식했다. 물고기 살생이 두렵다며 눈물을 흘리고 상담받던 내 자아가 과연 배고픔과 식욕이라는 본능 앞에 남아 있었을까? 아마 그때의 나는 물고기를 잡을 수 있다는 사실에 도리어 기뻐했을지도 모르겠다.

환경 보호와 동물 복지에 관해 이야기하려고 할 때면 그때의 기억이 떠오른다. 비록 방송 촬영을 위한 상황이긴 했지만, 그렇게 처절하게 춥고 배고프고 씻지 못하며 피고름이 나는 발로 노동을 하던 원초적인 경험은 처음이었다. 사람은 단 며칠만 열악한 환경에 처해도 생각의 기준이 달라질 수 있다는 것을 배운 시간이었다. 인간이 환경과 동물에 관해 이야기하기 시작한 것은 바람직하고 아름다운 변화지만, 만약 그 주장이 다른 인간이 누려야 할 기본권과 충돌한다면 진지하게 다른 방향을 모색해봐야 한다. 조금 확장된 의미로, 인간의 삶과 직결되지 않는 이슈에 관한 이야기는 삶이 힘든 사람들에게는 단지 배부른 자의 사치로 들릴 수 있다. 사실 모든 메시지는 공감의 통로를 찾는 것이 늘 어렵다.

내게 상어는 귀하고 멋진 슈퍼스타다. 그렇지만 상어 낚시와 포획을 금지해야 하는 이유로 '내게 소중하니까 당신도 상어의 고통을 생각해야 한다'고만 한다면 이에 공감하지 못하는 사람이 많을 수밖에 없다. 마찬가지로 오랜 시간 상어를 연구하고 사랑해온 데이비드 박사도 상어의 멸종을 막기 위한 최선의 캠페인은 '이성적'이어야 한다고 말한다. 자신이 상어를 얼마나 아끼는지가 아니라, 생물학자의 관점에서 상어를 가장 위협하는 원인과 대책을 알릴 때 비로소 설득력 있는 메시지가 된다는 것이다. 그래서 그는 상어의 고통에 감정적으로 대응하는 목소리는 잠재워야 한다고 말한다. 공감되지 않는 상태에서 전달되는 강성 메시지는 한정된 대중의 관심마저 분산시켜 오히려 역효과를 내기 때문이다. 상어가 멸종되더라도 아프게 죽지 않는 게 더 중요하다는 극단적인 발언에 데이비드 박사는 결국 '포유류와 같은 신경세포를 갖고 있지 않은 어류가 과연 고통을 느끼는가'라는 원론적인 의문을 제기하며 대응했다. 그 결과 데이비드 박사는 나치 전범 취급을 받으며 악플 세례에 시달려야 했다. 특정 대상을 마음으로 아끼는 열성 지지자들은 긍정적인 변화를 이뤄내는 원동력이 되기도 하지만 때론 이성적인 대화가 불가능한 일방적인 행보로 가장 힘겨운 걸림돌이 되기도 한다.

여러분이 만 원을 제공받은 실험 상황을 가정해보자. 당신은 눈앞에 있는 각 사회단체의 소개 글을 읽고 그중 하나를 선택해 만 원을 기부해야 한다. 당신에게는 어떤 손해도 없고, 단지 스스로 가질 수는 없는 돈을 기부하는 기쁨만 얻을 수 있는 상황이다. 이어지는 상어 이야기를 읽고 당신이 가진 만 원의 도착지를 한 번쯤 고민할 수 있길 바라며 이 글을 쓴다.

IUCNInternational Union for Conservation of Nature*의 2021년 연골어류 평가 보고서에 따르면 상어는 31.2퍼센트가 멸종위기에 처해 있다. 상어는 해양생물 중 가장 인지도가 높은 생명체 중 하나라서 마치 슈퍼스타의 은퇴처럼 세상에서 사라진다는 멸종이란 단어가 더 낯선 느낌이다. 상어는 왜 멸종위기에 처한 것일까? 상어가 태어나 성장하는 속도보다 죽음으로 몰린 속도가 훨씬 빠르기 때문이다. 상어는 보통 수많은 알을 체

* 전 세계 자원 및 자연보호를 위한 국제기구.

외수정하는 어류들과 달리 체내에서 수정된 후 어미 뱃속에서 그 알을 깨고 새끼로 태어나는 난태생이거나 아예 알 없이 모체에서 바로 영양분을 공급받는 태생인 경우도 있다. 종마다 차이는 있지만, 임신과 출산에 시간이 오래 걸리고, 새끼의 수가 적다. 많이 태어난 새끼 중 강한 아이가 살아남는 약육강식의 법칙을 어미의 배 속에서 형제들과 싸우며 겪어낸 후 승자인 강한 소수만이 세상에 나오게 되는 것이다. 그런데 오랜 시간을 걸려 태어난 그 몇 안 되는 새끼가 다음 세대로 이어지기도 전에 인간에게 죽임을 당하니 멸종의 어두움이 드리워질 수밖에.

1년에 사람이 죽이는 상어의 수를 정확히 알기는 어렵다. UN 식량농업기구 FAO의 회원국들은 IPOA-SHARKInternational Plan Of Action for Conservation and Management of Sharks*를 통해 상어의 어획량을 보고하도록 권장되지만, 정확성이 떨어진다. 2013년 발표된 한 논문**에서 연구자는 인간에 의해 생명을 잃는 상어가 연간 6,300만에서 2억 7,300만 마리 사

* 상어 보호와 관리를 위한 국제 공동행동. 1997년 FAO의 어업위원회 회의에서 상어 포획확대와 개체 수 감소에 대한 위기의식에서 촉발되어 1998년 여러 실무회의를 통해 개발되었다.

** Boris Worm, 「Global Catches, Exploitation Rates and Rebuilding Options for Sharks」.

이일 것이라고 한다.*** 그리고 상당히 많은 상어가 잡힐 때 받은 스트레스로 다시 놓아준다고 해도 죽을 확률이 높은데, 앞서 언급한 연구 결과에는 방류 후 죽은 상어 개체수가 포함되어 있지 않다고 한다.

상어 보호에 대한 캠페인과 기사에서 가장 많이 접하는 단어는 '샥스핀'이다. 미국 사람이고 미국에 거주 중인 데이비드 박사는 이미 판매와 유통이 지역 내에서 법적으로 금지된 것조차 모르고 샥스핀에 대한 캠페인을 벌이는 자국 내 단체들을 안타까워한다. 내 생각도 다르진 않지만, 한국은 샥스핀에 대해 좀 더 논의할 필요가 있다고 생각한다. 샥스핀 최대 소비국인 중국과 최대 국제 거래소인 홍콩, 그리고 일본, 이들이 2022년 상어의 국제 거래를 금지한 CITESConvention on International Trade in Endangered Species of Wild Flora and Fauna****

*** 숫자의 범위가 넓은 이유는 연간 거래된 상어의 총 무게로 개체수를 추정했기 때문이다. 가장 무겁고 덩치가 큰 상어를 기준으로 총 무게를 나누면 개체수는 줄어들고, 가장 작고 가벼운 상어로 총무게를 나누면 그 결과의 수가 커지게 된다.

**** 멸종위기 동식물 국제거래협약. 88개국이 상어 보호 확대에 찬성했고, 29개국은 반대, 17개국은 기권한 것으로 알려졌다. 중국과 홍콩, 일본, 인도네시아 등이 반대 의사를 밝혔다.

고래상어Whale Shark. **상어 중 가장 크다.**
새우나 작은 물고기, 플랑크톤을 먹으며, 온순하고 친근해서 다이버들에게 인기가 많다. 태국 로신.

의 표결에 반대했는데, 한국은 이들과 교류가 많은 초인접 국가이기 때문이다.

샥스핀은 상어의 지느러미인데 이를 재료로 만들어진 요리를 칭하기도 한다. 중국 3대 진미 중 하나인 고가의 음식으로 콜라겐 성분이 높아 귀하게 취급되지만, 실은 완전 단백질을 구성하는 20개의 아미노산 중 결핍된 요소가 있어 실제보다 영양분이 과대평가된 식재료다. 중국을 중심으로 샥스핀의 수요가 많아지면서 지느러미만 자르고 상어를 산 채로 바다에 버리는 잔인한 생매장 행위는 전 세계적으로 비난받고 있다. 지느러미가 잘린 상어는 이동과 사냥이 불가능하기 때문에 결국 바다에 가라앉은 채 서서히 쓸쓸한 죽음을 맞게 된다. 그런데 이런 가혹한 행위에 대한 도덕적 판단은 미뤄두더라도 왜 어부들은 상어처럼 큰 고기를 잡았는데도 취하지 않고 버리는 것일까?

우리 몸은 단백질을 사용하고 생긴 부산물인 요소를 소변으로 배출하지만, 상어와 가오리 같은 연골어류는 요소를 체내에 보관해 바닷물과 비슷한 삼투압을 유지한다. 그래서 상어가 죽으면 몸속 요소가 분해되어 암모니아의 불쾌한 냄새가 나게 되고 이는 상어고기의 상품 가치는 물론 함께 이동한 다른 고기의 상품성도 떨어뜨리기 때문이다.

그렇다면 데이비드 박사는 왜 샥스핀 반대 캠페인에 부정적일까? 규제할 수 있는 샥스핀 거래나 포획은 지느러미를 잘라내고 상어의 몸체를 바다에 버리는 경우뿐이기 때문이다. 지금까지의 샥스핀 반대 캠페인은 상어를 잡고 처리하는 '방법'에 중점을 두고 있었는데 그보다는 어획량 자체를 줄이는 남획 방지 캠페인으로 힘을 모으는 것이 옳다는 주장이다. 상어의 멸종위기를 막기 위해 바꿔나가야 할 다른 이슈들이 많은데 그러한 문제들이 편법으로 규제를 벗어나고 있어 안타깝다는 것이다. 무엇보다도 우연히 그물에 걸린 죽은 상어는 거래에 제재를 받지 않는다는 법의 사각지대를 없애는 노력이 필요하다. 일례로 에콰도르는 2007년부터 상어잡이를 금지했지만 상어 지느러미 수출량은 나날이 늘어간다. 어부들은 그저 다른 생물을 잡으려 그물을 던졌을 뿐인데 죽은 상어가 걸렸다는 뻔한 거짓말로 합법적인 어획을 인정받으며 실상은 상어 조업을 하고 있다. 심각한 문제는 이곳에서 잡히는 주요 4종의 상어가 모두 멸종위기 종이라는 것이다.

법의 맹점을 노리지 않고도 마음 편히 상어를 죽일 수 있는 인간도 있다. 바로 레저 낚시꾼이다. 데이비드 박사는 2013년 미국의 해양대기청인 NOAANational Oceanic and Atmospheric Administration의 연례 미국 어업 보고서에 실린 상업 어부와 레저 낚시꾼의 대형상어 어획량을 단순 비교했다. 자기 돈을 쓰면서 취미를 즐기는 사람들의 어획량이 얼마나 되겠냐며 상업 어부의 어획량과 비교할 생각조차 못 했던 동료들은 발표를 보며 큰 충격을 받았다. 레저 낚시꾼이 잡은 대형상어가 450만 파운드(약 204만 킬로그램)로 상업 어부가 잡은 대형상어 320만 파운드(약 145만 킬로그램)보다 더 많았기 때문이다!

레저 낚시 대회 중에는 같은 종 물고기 중 가장 큰 걸 낚은 사람에게 상을 주는 이른바 '트로피' 낚시가 있다. IGFAInternational Game Fish Association*로부터 권위 있는 상을 받고 싶은 진지한 참가자들은 특정 종의 가장 큰 물고기를 잡는 것에 집착하는데, 문제는 IGFA가 IUCN의 레드 리스트Red List에 멸종위기종으로 지정된 총 85종에도 상을 준다는 점이다. 여기에는 10여 종이 넘는 상어도 포함된다. 같은 종에서도 크기가 큰 물고기는 생물학적으로 건강한 다수의 새끼를 낳을 확률이 높다고 한다. 법적 규제도 받지 않는 레저 낚시꾼들에게 가장

* 국제 게임 낚시 협회. 1939년부터 세계 바다낚시 공식기록을 보관 중이다. 전 세계적인 낚시 규정과 장비채택을 공식화, 업데이트하는 공신력을 가진 협회다. 협회에서는 공식적으로 낚시한 어류를 기록 측정 후 방류할 것을 권장하고 있지만, 기록을 세우기 위한 어획 과정 중에 그리고 방류 후에 죽는 어류의 양은 협회가 관리하지 못한다.

크기가 큰 멸종위기종의 대형상어를 참가자들끼리 경쟁하며 잡아 죽이게 만드는 트로피 낚시는 정말 무지한 인간의 생태계 파괴 쇼다.

상어의 멸종이 가져올 두려운 세상이 여기저기서 이미 예고편처럼 선공개되고 있다. 뱀상어Tiger Shark의 개체 수가 현저하게 줄어들면서 이들의 먹이인 초식성 녹색 바다거북의 수가 증가했고 늘어난 거북이들이 먹은 만큼 버뮤다 지역의 해초가 많이 감소했다. 거북이들이 해초를 먹으면 해초에 저장되어 있던 탄소가 발생하고 해초가 생산하는 산소의 양은 줄어들어 기온이 상승하게 된다. 지금까지는 기후변화로 인한 생태계 파괴의 주원인은 온도 상승이며, 이 때문에 해양생물의 보금자리인 산호초가 무너지면서 먹이사슬의 최하위부터 상위 단계로 올라가며 악영향을 끼치는 것이 결과라고 생각했다. 그런데 뱀상어 개체 수가 감소하면서 나타난 현실은 그 반대였다. 최상위 포식자부터 역방향으로 무너진 먹이사슬이 원인이 되어 기후변화가 초래되는 무서운 상황이다. 문제해결의 골든타임을 놓치게 된다면 기후변화와 생태계 파괴는 서로 원인과 결과가 맞물려 어디가 해결점의 시작인지 손쓸 수 없는 혼돈의 상태로 빠져들게 될지도 모른다. 가능하면 인간의 관점에

블랙팁상어Blacktip Shark. 각 지느러미 끝에 붓으로 칠한 듯 같은 까만 무늬가 있다. 프렌치폴리네시아 모레아 섬.

서 이 글을 마무리하고 싶지만, 대체 상어의 억울함은 누가 풀어줄 수 있을까. 눈물 젖은 상어의 호소가 들려온다.

내 집에 침입한 수억 명 중 10명을 의도치 않게 물었다가 연쇄 살인마란 악명을 얻었고, 1년에 상어 1억 마리를 의도적으로 죽이는 그들은 우리가 너무 무섭다며 피해자 코스프레를 한다. 우리를 죽이는 인간들은 방법도 기상천외해서 팔다리를 잘라 생매장을 하기도 하고, 잔인하게 죽여놓고는 이미 죽어 있는 걸 우연히 건졌다고 거짓말까지 한다. 우리는 고통스럽게 펄떡이며 죽어가는데 누가 더 큰지 사진 찍고 자로 재면서 자기들끼리 자랑스럽다고 웃는다. 저 깊은 바다에서 끌려오며 사투를 벌여 입안은 피투성이에 상처도 깊은데 질식 직전까지 웃으며 가지고 놀더니 좋은 사람인 척 바다로 돌려보내는 위선까지 더한다. 그들은 괴물을 이겨낸 강한 사람이라고 상도 받고, 환경을 사랑해서 잡았던 상어를 바다로 돌려보냈다며 칭찬도 받았지만, 내 상어 친구들은 중환자실에 입원해도 하루를 넘기기 어려운 상태로 길바닥에 버려진 것과 마찬가지로 다들 고통 속에 죽어갔다. 인간의 그 엄청난 미소가 너무도 무섭다. 우리는 정말 이렇게 지구에서 사라지게 될까.

나는 한 번도 인간의 땅으로 나가 인간을 해친 적이 없는데,

나한테 왜 그러는 걸까. 우리가 물개만큼 귀여웠으면, 고래처럼 크릴새우를 먹었다면 이런 일은 없었을까.

Save

최고의 바다 축제, KIOFF

부산, 바다, 영화, 개막식, 홍보대사, 국제.

이렇게 내가 좋아하는 키워드만 다 모아놓은 행사가 얼마만일까. 2023년 7월, 부산에서 개최된 제6회 국제해양영화제 KIOFF Korea International Ocean Film Festival의 홍보대사와 개막식 사회를 요청받고, 나는 일이 아닌 다이빙 투어가 계획된 것처럼 들뜨기 시작했다. KIOFF는 매년 여름 부산에서 열리는, 바다가 주인공인 영화제다. 나는 진정한 바다 덕후답게 이번 행사에 유별난 애정을 쏟았다. 운영위원회에 먼저 적극적으로 사전 홍보에 대한 아이디어를 제공했고, 유튜브 채널 구독자를 대상으로 무료 영화 티켓 이벤트를 여는 등 영화제를 손꼽아 기다리며 최선을 다해 응원했다.

금요일 저녁 개막식을 진행하는 것까지가 나의 역할이었지만, 행사 후 곧장 서울로 돌아가지 않고 해운대에 계신 시어머님 댁에 둥지를 틀었다. 이후 토요일, 일요일 내내 아미르공원과 영화의전당을 오가면서 축제를 진심으로 즐겼다. 아니, 누렸다고 해야 할까. 코로나 이후로 왠지 영화관에 가는 것이 조

금 낯설어진 요즘, 극장에 가는 횟수가 확 줄어버린 데다가 사실 바다가 주인공인 화면을 큰 영화관 스크린으로 보는 것은 정말 오랜만이어서 '좋다'는 기분을 계속 만끽할 수 있었다.

처음부터 영화제 기간 내내 부산에 머무를 계획이긴 했지만, 이번 영화제에 더욱 진심이 된 것은 개막식 덕분이었다. 개막식이 개최된 부산 영도의 아미르공원은 바로 눈앞에 바다가 보이고 아름다운 건축물인 국립해양박물관이 있는 곳이다. 아주 더운 날이었지만 바닷바람이 닿는 곳은 정말 시원했고, 기분 좋은 바다향이 당장이라도 장비를 착용하고 뛰어들고 싶은 '다이빙 마려움'을 선사했다. 한여름 야외 공간이라 개막식에 얼마나 와주실까 살짝 걱정했는데, 속이 뻥 뚫리는 청량한 음악에 제주도 정서를 듬뿍 담아 들려준 밴드, '사우스카니발'의 오프닝 무대 덕에 공연 후 내가 단상에 올라갔을 때는 관객석이 꽉 차 있었다. 바다에서 만난 부산 사나이와 사랑에 빠져 결혼했다는 내 멘트에 객석에서 박수가 터져 나온다. 아, 내 사랑 부산!

30대 중반까지는 행사 중에 대본에 없는 내 이야기를 곁들이는 게 참 어려웠는데, 나도 연륜이 쌓인 걸까. 요즘은 행사 진행이 재밌다는 생각이 든다. 더구나 여긴 부산이고 나는 국제해양영화제 MC잖아! 스쿠버 다이빙 강사인 내 경력과 그동안 바다를 만나면서 느껴왔던 것들을 행사 중간중간 말씀드렸는데, 개막식 후 진행된 네트워킹 파티에서 내 경력을 듣고 신뢰감이 높아졌고, 내 이야기가 진심으로 느껴져서 좋았다는 말씀을 많이 해주셔서 마음이 따뜻하게 채워졌다.

이번 KIOFF의 개막작은 〈나의 돌로레스 이야기〉*였는데, 다

* 원제는 〈Patrick and Whale〉이다.

큐멘터리 감독이자 다이버인 패트릭이 도미니카에서 향유고래와 보낸 시간을 담은 영화였다. 해가 져서 상영관 주변이 어두워졌고, 바다향과 바람이 관객들의 감각을 한층 끌어올려 완벽한 시간과 공간을 만들어냈다. 혹등고래를 만난 후 나의 다음 소망이 된 향유고래를 영화 속에서 원 없이 볼 수 있었던 것도 좋았지만, 더 좋았던 것은 패트릭의 눈이었다. 나는 바다와 해양생물에 관해 이야기할 때 사랑이 담긴 눈을 알아볼 수 있다. 진실한 마음 없이 입으로만 사랑을 이야기하는 사람은 절대 만들어낼 수 없는 눈빛. 그 뭉클하고도 영롱한 감정이 패트릭의 눈에 담겨 있었다. 진정 고래를 사랑하는 마음 때문에 생겨난 고민과 그의 감정 변화를 간접체험하면서 영화를 보는 내내 마음이 파도를 타듯 일렁거렸고, 나는 울다 웃다를 반복했다. 개막작 상영 후 영화제에 내한한 패트릭과 관객과의 대화의 시간에는 질문이 끊기질 않았고, 행사 후에도 많은 관객이 패트릭에게 다가와 감사 인사를 전했다. 네트워킹 파티 장소까지 패트릭과 함께 이동하는 길에 내가 다른 사람들에게도 이 영화를 꼭 추천하고 싶다며 OTT 상영 계획을 물었다. 영화가 레드불**

** 에너지 드링크 브랜드. 본사가 오스트리아 푸슐암제Fuschl am See에 있다.

의 투자로 제작되어서 오스트리아 극장에서 먼저 개봉한 후 아마 OTT에도 업로드될 것 같지만 아직 확실히 정해진 것은 없다고 했다.

최근 OTT에는 바다와 관련된 수많은 상업적인 다큐멘터리들이 소개되고 있다. 그런데 그 중에는 영상물에 엄청난 자본이 투자된 것이 눈에 보이지만, 정작 그 안에 마음을 울리는 메시지가 없는 작품이 많아 마음 한쪽이 씁쓸했다. 바다에서 진정으로 느끼고 경험한 사람들이 아니라, 마치 바다를 잘 모르는 사람들이 회의실에서 메시지를 정한 것처럼 내용이 영 엉뚱하게 흘러가는 다큐멘터리를 볼 때면 참 안타까웠다. 아주 좋은 값비싼 재료로 만들었지만 맛이 조화롭지 않은 음식을 먹는 기분이랄까. 그런 영상들 사이에서 패트릭의 〈나의 돌로레스 이야기〉는 단연 빛나는 진심이다. 너무 머지않은 시간에 그 작품을 다시 보고 또 많은 사람에게 소개할 수 있길 간절히 바란다.

조하나 운영위원장님은 개막사에서 요즘 바다와 관련된 콘텐츠는 너무나 주제가 환경오염에 치우쳐 있어서 상영작을 선정할 때 최대한 환경, 플라스틱 등의 키워드를 배제하려 했다고 말씀하셨다. 나는 그 이야기가 참 좋았다. 바다를 사랑하고 누구보다 바다를 위해 무언가 하고 싶은 나에게도 방송을 통해 쏟아지는 바다 오염과 플라스틱 이야기는 피로감을 준다. 〈TV 동물농장〉이 오래 사랑받는 이유는 학대의 현장이나 고통받는 동물보다 훨씬 많은 분량으로 귀엽고 사랑스러운 동물들의 모습을 방송에 담아내기 때문일 거다. 동물에 대한 애정이 생긴 후에 전해지는 동물 보호 메시지는 생각의 변화와 참여의지를 자연스럽게 높여줄 수 있다. 바다도 마찬가지다. 아름답고 신비로운 바다의 모습을 더 많이 보여줘서 바다를 잘 모르는 사람들이 바닷속 세상을 궁금해하고 좋아할 수 있는 여지를 주는 것이 먼저다. 그런 후에 바다를 아끼기 위해 해야 할 일이나 아파하는 바다를 보여주면 뭔가 달라질 텐데. 지금은 온통 오염된 바다, 죽어가는 해양생물들로 바다 컨텐츠가 도배되고 있다.

대외적으로 무게감 있어 보이려면 문제의식을 내포한 듯 홍보하는 축제가 후원을 더 받거나 내세울 명분이 많을지 모르겠지만, KIOFF는 그러지 않아서 정말 좋았다. 정말 바다를 사랑하는 사람들이 무엇이 먼저여야 더 바다에게 좋을지 고민하며 만들어가는 영화제라는 생각에 홍보대사라는 자리가 참 감사했다. 덕분에 영화제 운영위원회의 멋진 기준으로 선정된 국내외 작품들을 보면서 많이 웃고 많이 감동하며 다양한 주제의 영화를 볼 수 있었다.

영화제는 영도 아미르공원과 센텀시티 영화의전당에서 동시에 진행되었는데, 아쉽게도 양쪽의 상영작이 달라서 선택과 포기 사이에서 고민하는 시간이었다. 가장 아쉬운 선택은 〈하바나 리브레Havana Libre〉라는 작품을 놓친 것이었다. 서핑이 불법인 쿠바에서 자유를 갈망하는 서퍼들의 이야기인데, 아미르공원을 찾은 많은 서퍼들이 맥주 한 캔씩 들고 마시며 감상했다는 이야기를 듣고는 너무 후회됐다. 맥주와 바다향을 마시며 커다란 스크린으로 만나는 바다와 서퍼는 얼마나 멋졌을까!

영화의전당에서는 바다를 배경으로 하는 상업 영화도 상영되었는데, 상영 후 팝 칼럼니스트 김태훈 님께서 영화에 대해 다양한 배경지식을 곁들여 이야기를 들려주시는 시간도 재밌었다. 그리고 배우 문희경 선배님께서 인어로 열연해 모두가 집중하고 즐겁게 봤던 〈인어춘몽〉을 비롯한 세 편의 단편영화 상영 후에는 GVGuest Visit*가 진행됐는데, 무대에 직접 나오신 문희경 선배님 덕분에 오랜만에 팬 미팅에 온 것처럼 설레는 시간이었다.

참 즐거웠던 시간. 퀄리티 높은 작품들을 모아 보며 바다를

* 감독, 배우 등 영화 제작과 관련된 인물이 영화 상영 후 관객과 질의응답을 하고 영화에 대한 이야기를 나누는 무대.

만났던 사흘 동안 나는 KIOFF의 무한 발전을 응원하는 지지자가 되었다. 수년 전부터 꿈꿔온 수중 영화감독이 되기 위한 첫 시도로 내년에는 국내 상영작 공모전에 응모해보고 싶다. 감독으로 GV에 참석한 모습을 그리면서.

2023 국제해양영화제 상영작 소개

2023 국제해양영화제 리뷰

니모의 정원

2020년 봄, 우리 부부에게 반가운 이메일이 도착했다. 이탈리아의 스쿠버 다이빙 장비 회사인 오션리프OCEAN REEF에서 우리를 글로벌 홍보대사로 위촉하고 싶다는 내용이었다. 오션리프는 얼굴 전체를 다 덮는 풀 페이스 마스크로 유명한 회사다. 일반적인 다이빙 마스크는 눈과 코를 덮어 수중에서 앞을 보게 해주는 단순한 기능이지만, 풀 페이스 마스크는 눈, 코, 입을 포함해 얼굴 전체를 덮고 호흡기까지 연결되어 있어서 여러 이점이 있다. 일반 마스크보다 투명창 용적이 커서 시야가 넓고, 마스크 창에 김 서림이 없다. 무엇보다도 코로 숨을 쉴 수 있어 건조한 압축공기로 목이 피로해지는 것을 막을 수 있다는 점이 큰 장점이다. 입이 마스크 안에 있으니 송수신기를 장착하면 수중에서 말로 대화할 수 있고, 연결 장치를 사용하면 액션캠, 수중 라이트를 마스크에 붙일 수 있는 것도 좋은 점이다.

오션리프의 홍보대사가 되면서 나는 이 사랑스러운 가족 기업이 단순한 장비 생산 회사가 아니라 환경과 사람을 생각하는 기업이라는 것을 알게 되었다. 일례로 코로나19 팬데믹 시기에는 기존의 스노클링용 풀 페이스 마스크에 연결해 신선한 공기만 흡입할 수 있는 어댑터를 개발했다. 코와 입만 가리는 일반적인 마스크가 해낼 수 없는 완벽한 비말 차단 덕분에 이 마스크는 의료용으로도 사용되었고, 당시 이미 스노클링용 풀 페이스 마스크 누적 구매자 수가 125만 명이었기 때문에 마스크를 소유한 수많은 사람들이 어댑터 연결만으로 안전한 비말 차단 기능을 사용할 수 있었다.

기업이 2012년부터 바닷속에 가꾸고 있는 '니모의 정원Nemo's Garden'(이하 NG)은 이 회사의 홍보대사로서 정말 자랑하고 싶은 아름다운 도전이다. 오션리프의 창립자인 세르지오 감베리니는 자신이 사랑하는 스쿠버 다이빙과 식물 재배를 합쳐보자는 신박한 아이디어를 현실화했다. 이탈리아 리비에라의 놀리만Riviera Bay of Noli 바닷속에 바질을 키운 것이 그 시작이었다.

그게 정말 가능할까? 아마 대부분 바닷속에서 해양식물이 아닌 일반 농작물을 키운다는 것은 상상해보지 못했을 거다. 물론 상상을 현실로 이루어낸 이들도 처음부터 완벽하진 못했다. 시작은 PVC 비닐로 만든 지붕을 수중에 설치하고 공기를 넣어 비닐 안쪽 바닷물을 빼낸 후, 그 속에서 식물을 재배하는 방식이었다. 날씨의 변화에 처참히 무너지기도 했고, 1년 중 프로젝트 시행이 허가된 몇 개월만 설치했다가 거둬들이기를 반복했다. 2014년 지름 2미터, 기체 2,000리터 용량, 아크릴로 만든 단단한 구조물이 처음 설치되었고, NG에서 키워낸 바질로 만든 페스토 소스와 잎이 무성한 최초의 스쿠버 샐러드를 맛보았다. 밀라노 엑스포 2015에 참가하며 전 세계에 NG를 알리게 되었고, 최초의 아이디어 실행부터 11년이 지난 지금 NG는 매우 안정적인 시스템을 갖추고 점차 확장하고 있다.

반구의 아크릴 구조물은 커다란 열기구의 풍선 반쪽처럼 생겼는데 2023년 6월 현재 9개의 구조물이 있다. 바다는 낮과 밤의 기온 차가 육지보다 훨씬 덜하고 해충이나 다른 오염으로부터 격리된 환경이라는 이점이 있다. 구조물 내부의 기온은 연중 24~32도로 온화하고 습도는 80~90퍼센트, 일교차는 5도 이내다. 내부 공기와 바닷물의 온도 차 덕분에 바닷물이 증발해서 구조물 내부에 담수로 응결되고, 이 담수가 흘러내려서 별도로 물을 공급할 필요도 없다. NG를 글로 설명하기엔 부족함이 많을 것 같아 책에 사용해도 될 사진 몇 장을 요청했는데 통 큰 기업 오션리프는 월별로 정리된 사진 자료가 통째로 담긴 드라이브 링크를 내게 전송했다! 한국의 독자들께 NG를 소

반구의 아크릴 구조물로 이루어진 니모의 정원.
©OceanReefGroup & Nemo's Garden By OCEAN REEF

개할 수 있어 큰 기쁨이라는 오션리프 덕분에 바닷속 식물 재배 시스템 현장인 NG의 사진을 책에 담을 수 있었다.

2023년 6월 현재, 세계 인구는 약 80억 4,500만 명이다. 유엔식량농업기구 FAO 보고서에 의하면 지구상 인구 80억 명 중 10퍼센트 가까이가 식량부족으로 이미 영양실조 상태이고, 농업과 관련된 토지와 수자원은 한계점에 다다르고 있다. 여기에 더해 2050년까지 20억 명의 인구가 더 늘어날 것이라고 한다. 유한한 자원 속에서 인류가 어떻게 이 폭발적인 수요를 감당해낼 것인지 전 세계적으로 많은 연구가 이루어지고 있고 그중 한정된 농지에서 수확량을 늘리기 위한 새로운 농법의 개발은 중요한 과제다.

최근 단일재배와 환경파괴에 영향을 준 산업형 농법*의 대안으로 수직 농법이 주목받고 있다. 수직 농법은 좁은 대지에 집을 쌓아 올려 주거난을 해소하는 아파트처럼 좁은 면적에 층층이 타워를 높이 쌓아 각 층마다 작물을 재배하는 방식이

* 단일재배는 넓은 토지에 하나의 품종만 집중적으로 심어 생산하는 방식으로 살충제와 화학비료의 사용을 증가시킨다. 동식물의 서식지와 다양성을 파괴한다는 비판을 받는다.

니모의 정원에서 수확한 농작물.
바닷속이지만 이곳에서는 장비 없이 숨쉴 수 있다.

바닥에서 바라본 니모의 정원의 모습.
니모의 정원에는 식량이 될 식물뿐만 아니라 꽃도 자란다.

3/09
3/26

다. 관리자는 각 층에 설치된 LED 조명의 색상과 밝기, 온도, 습도는 물론이고 환기와 수경 시스템의 물과 영양분까지 스마트폰으로 조절할 수 있다. 첨단 기술이 결합된 재배 방법이라서 최근 IT업계에서 엄청난 투자금이 쏟아지고 있다. 소프트뱅크, 구글의 수장이었던 에릭 슈미트와 아마존 창업자 제프 베이조스는 수직농장 플렌티Plenty에 2억 달러(한화 약 2,700억 원) 이상을 투자했다.

그런데 수직 농법은 1제곱미터당 드는 설비 투자비용이 일반적인 온실 시스템의 3.33배로 높다. 물과 비료를 적게 사용하고 생산성이 높은 수직 농법의 장점을 유지하면서 시스템 비용도 온실보다 더 낮출 수 있다면 최고의 대안이 되지 않을까. 그런데 그 꿈같은 대안은 바닷속에서 이미 현실이 되었다. 오션리프가 바닷속에서 실현한 새로운 대안 농법 NG는 수직 농법보다 시설 설비 비용을 절반 이상 아낄 수 있고, 심지어 일반 농법의 온실 시스템 설비 비용보다도 10퍼센트 더 저렴하다. '초기 설비가 저렴한 대신 바닷속을 관리하는 특수인력이나 장비 등 유지 비용이 많이 들지 않을까?' 하고 생각할지도 모른다. 그러나 NG의 관리 시스템은 수직농장의 스마트폰 관리 시스템이 자랑하는 편의성과 효율에 절대 뒤지지 않는다.

유럽 최대의 엔지니어링 회사인 독일 기업 지멘스Simens가

프로젝트에 참여하면서 NG는 더욱 안정적인 시스템을 갖추게 되었다. 다양한 시뮬레이션 기법으로 설계 옵션을 탐색해 식물이 성장하는 데 최적의 위치에 배치가 가능해졌고 식물을 돌보고 수확하는 작업을 로봇에게 가르쳤다. 센서들이 기체의 농도, 광도, 온도 및 습도, 담수의 수준, 구의 기울기와 시각적 상태 정보를 AI 알고리즘을 통해 실시간 모니터링하면서 각 생물권 내의 환경을 지속적, 자율적으로 조정한다. 실제로 오션리프의 웹사이트에는 NG의 모습이 실시간 방송으로 송출되어 누구든지 볼 수 있다.

NG에서는 10여 년 동안 총 50여 종*의 작물을 재배했는데, 토양에서 자란 것보다 에센셜 오일의 항산화 활성률은 31.52퍼센트, 폴리페놀 함량은 13.3퍼센트 더 높은 슈퍼푸드라는 것이 데이터로 확인되었다. 화학비료를 사용하지 않지만, 수심 5~12미터 구간에서 육지보다 높은 압력을 받으면서 일교차가 적고 습도와 내부 공기의 성분이 안정적으로 관리되는 환경 덕분에 식물을 건강하게 키워낸 것이다. 이에 〈내셔널지오그

* 바질, 타임, 세이지, 민트, 오레가노, 로즈메리, 감초, 블랙 커민, 마저럼, 전륜화, 토마토, 딸기, 라벤더, 금잔화, 스테비아, 양귀비, 알로에, 양상추, 시계초, 꿀풀, 무 등등.

래픽〉은 NG를 '기후 변화로부터 세상을 구할 100가지 기술 중 하나'라고 극찬했다.

2023년 6월, 이탈리아에서 성장하던 NG가 미국 오하이오주에도 설치되었다.* 지구 면적의 약 11퍼센트로 인류의 식량을 책임지던 시대에서 드디어 70퍼센트의 바다로 시선을 돌리는 새로운 시대가 왔다. 지속 가능한 친환경 농업이 시작된 바다는 다이버에게도 찾아가고 싶은 아름다운 생명의 탄생지가 된다. 나의 새로운 꿈이 NG의 식물과 함께 자라난다. 머지않은 미래에 NG를 직접 보고 바닷속에서 성장하는 그 소중한 생명과 인사할 수 있기를 마음 깊이 소망한다.

* 미국 오하이오주 퍼트넘 카운티Putnam County에 위치한 길보아Gilboa 지역에 설치됐다.

사막에서 탄생한 바다숲

정말 사랑하면, 상대에게 받지 못할 때보다 줄 수 없을 때 더 큰 슬픔과 좌절을 느낀다. 사랑하니까 떠난다는 이별의 대사는 어쩌면 상대에게 주고 싶은 만큼 줄 수 없는 자신의 고통으로부터 탈출한다는 말일지도 모르겠다. 내가 주고 싶은 것과 상대가 바라는 것이 다르진 않은지, 내가 모르는 다른 방법이 있진 않은지 생각해볼 에너지조차 잃어버린 채.

바다는 말이 없었다. 이렇게도 많은 걸 베풀었지만 자신을 아프게 하는 인간에게 바다는 대체 어떤 마음일까. 내가 해양 쓰레기를 줍는 건 결국 염치없는 이 관계에서 내 마음의 불편을 덜어내려는 몸부림이었다. 매번 비싼 상차림으로 대접받고도 보답할 여력이 없어 제발 설거지라도 돕게 해달라는 것처럼. 좋은 걸 해주진 못하더라도 아프게 게 한 상처나마 회복시킬 치료법이라도 있으면 좋겠는데, 바다를 위한다는 인간의 노력 중 내가 아는 건 그저 바다가 병드는 속도를 늦추는 행동들뿐이었다.

10년간 내 마음을 무겁게 누르던 죄책감은 지난해 제주 바

사막화된 바다에 인공어초를 투하하는 장면.

출처 : 해양수산부 유튜브 '어서오션TV'

다숲에서 희망을 만나며 한결 가벼워졌다. 바다 생태계의 기초인 바다숲은 바닷속에 다시마, 감태, 모자반 같은 해조류가 육상의 숲처럼 무성하게 자란 지역이다. 내가 다이빙을 시작하기 전인 2009년부터 해양수산부가 수많은 예산을 투입해 바다숲 조성사업을 진행해왔는데 그 사실을 이제야 알았다니! 감사하게도 내게 그 벅찬 현장에 동참할 기회가 주어졌다.

바다숲 조성사업은 해양오염과 기후변화로 암반이 하얗게 변하는 갯녹음 현상을 개선하고 연안 생태계를 복원하는 일이다. 쉽게 말하면 사막화된 바닷속에 인공어초를 설치하고 그 위에 해조류를 심고 보살펴서 수많은 물고기가 살 수 있는 보금자리로 변화시키는 일이다. 땅을 개간해 작물을 심거나, 산에 나무를 심어 생태계를 조성하는 건 많이 봐왔던 일이지만, 바닷속 황무지에 바다숲을 만든다는 것은 전혀 예상하지 못한 그림이었다.

바다식목일*을 맞아 바다숲 조성사업 현장에 참여한 나의 미션은 고둥, 군소, 성게 등의 조식동물을 채집해 다른 곳에 방류하는 일이었다. 생태계의 기본 토대인 해조류가 조식藻食동

* 매년 5월 10일은 대한민국의 바다식목일이다. 바다식목일에 맞춰 영상을 업로드하기 위해 바다숲에는 4월 중순에 방문했다.

물의 빠른 번식 속도를 감당할 수 있을 만큼 안정적으로 성장할 때까지는 인간의 도움이 필요하다.

첫 번째 다이빙 포인트는 바다숲 조성사업이 진행된 지 3개월 차인 제주 구좌읍 평대리 바다였는데 입수해서 느낀 첫인상이 마치 '계획 신도시' 같았다. 인공어초는 아늑한 환경을 제공해 해양생물이 자연스럽게 모여드는 주거지인데, 10년 동안 다이빙하면서 이런 대단지 해양생물 아파트를 본 건 처음이었다. 무게가 수 톤인 계단형 인공어초가 오와 열을 맞춰 끝도 없이 펼쳐져 있었다. 이 수많은 인공어초를 해저에 내리고 계단형 어초 구조에 맞춰 한 줄 한 줄 감태를 심었을 한국수산자원공단 전문가님들의 모습을 상상하니 진심으로 존경스러웠다.

바다숲을 조성하는 일이 육지에서 숲을 가꾸는 것보다 훨씬 어려운 이유는 날씨의 영향을 많이 받기 때문이다. 보통 육지의 식물은 싹을 틔운 후 흐른 시간에 비례해 대략 어느 정도 더 성장했을 거라 예상할 수 있지만, 바다에서는 그렇지 않다. 날씨따라 시시각각 예민하게 변화하는 바다는 몇 달 동안 정성스럽게 키워놓은 바다숲을 종종 통째로 날려버리곤 한다. 기상악화를 뉴스로 확인하고 언제 입수할 수 있을지 마음 졸이다가 바다에 들어갔을 때 폐허가 된 현장을 확인한 그분들의 마음은 어땠을까.

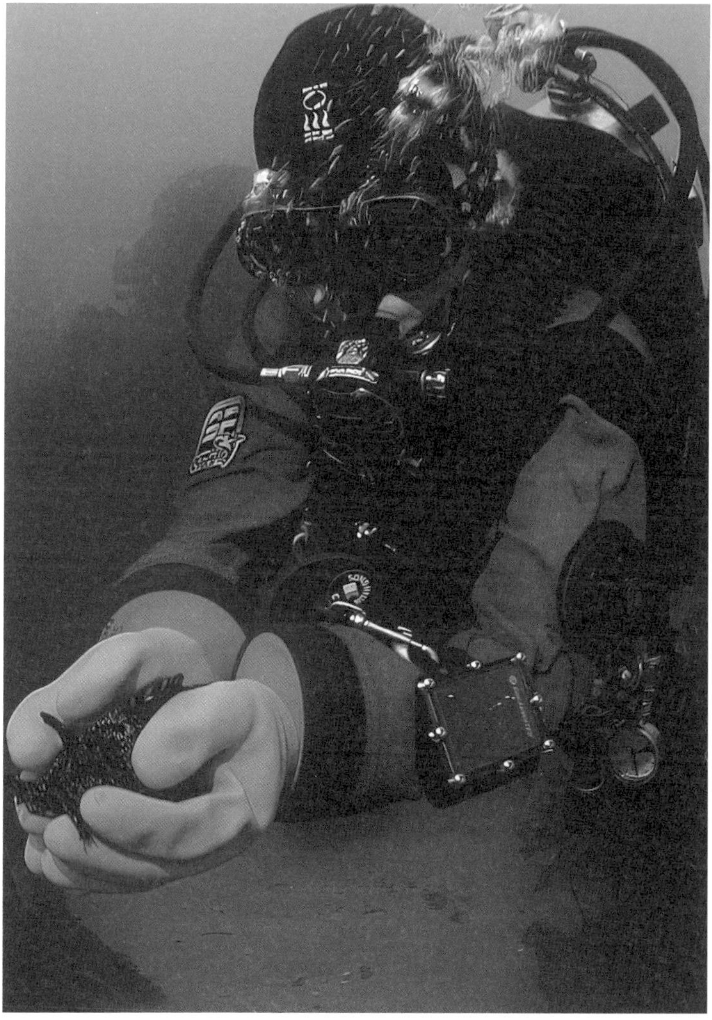

조식동물이 해조류를 먹는 것을 막기 위한 작업.
군소를 조심히 옮기고 있다. 제주도 평대리.
출처 : 해양수산부 유튜브 '어서오션TV'

평대리 감태들은 다행히 씩씩하게 잘 자리 잡고 있었다. 인공어초에 단단히 고정된 밧줄에는 감태가 케이블 타이로 열 맞춰 묶여 있었는데 헐거워진 케이블 타이를 다시 조이는 것도 내가 할 일이었다. 주어진 미션 수행을 위해 조심스럽게 군소와 고둥을 채집망에 넣었다. 기체 탱크로 숨을 쉬면서 10년 만에 처음 생물을 만진다는 게 낯설기도 하고 조식동물에게는 너무 갑작스러운 강제이사일 것 같아 미안하기도 했다. 바다숲이 성공적으로 자리 잡길 소망하며 배로 이동해 건강한 바다로 옮겨주었다.

두 번째 다이빙 포인트는 바다숲 조성사업을 시작한 지 3년이 된 제주 구좌읍 종달리였다. 파도가 거칠어지고 조류도 매우 센 늦은 오후였지만 왠지 미소를 머금은 전문가님들의 표정이 이곳은 기대할 만하다고 예고해주는 것 같아서 설렘과 긴장을 품고 입수했다. 내 예감은 적중했다. 이 멋진 곳을 얼마나 빨리 보여주고 싶었을까! 내 눈앞에 진짜 숲이 나타났다.

엄청나게 센 횡조류*가 흐르고 있어서 3미터 가까운 긴 모자반들이 수면으로 뻗지 못하고 가로 방향으로 물결치고 있었

* 좌우 방향으로 흐르는 조류.

는데 그 하늘하늘한 움직임에 줄기에 달린 작고 둥근 공기 부레들이 반짝거리고 있었다. 분명 황량한 모래바닥에 설치한 인공어초에서 시작했을 텐데, 이미 생물들에 뒤덮인 인공어초는 그 존재감이 미미했고 이곳은 생생하게 살아 있는 바다숲 그 자체였다.

바닥의 거대한 생명체가 내 눈에 들어왔다. 보통 군소는 내 손만 한데 이 아이는 손끝에서 팔꿈치까지 길이의 울트라 슈퍼 라지 사이즈다. 신선한 충격을 안고 열심히 조류를 거슬러 전문가님을 따라갔더니 수중 라이트로 인공어초의 안쪽을 비춰주셨다.

'아, 이렇게 우아하고 커다란 수지맨드라미 산호는 본 적이 없어.'

아름다운 빛깔의 연산호 군락은 제주 바다의 자랑이고 이 연산호에 반해 제주를 다시 찾는 해외 다이버도 많다. 그렇지만 다 성장해도 30센티미터 정도인 수지맨드라미 산호가 내 키만큼 컸다면 내 말을 믿어줄까. 너무 센 조류 탓에 수중 촬영감독님은 멀어져 있었고 아무리 출연자로 참여한 프로젝트지만 작은 액션캠 하나 갖고 오지 않은 사실이 너무도 후회됐다.

'아, 나 이래서 다이빙했었지.'

코로나로 해외에 못 나간 지 오래였다. 코로나 블루에 침잠

Save

정말 크고 건강한 모자반이 횡조류에 나부끼고 있다. 제주도 종달리.
출처 : 해양수산부 유튜브 '어서오션TV'

하며 해외보다 상대적으로 훨씬 신경 쓸 게 많은 국내 다이빙에 단순히 여가를 즐길 목적으로는 선뜻 몸이 움직이지 않았던 것도 사실이었다. 그런데 황량했던 모래사막에 인간이 만들어낸 바다숲을 만나면서 내가 사랑에 빠졌던 그 천연의 바다를 다시 만난 기분이었다. 그렇게 한참 행복하고 감사한 다이빙을 하던 중 상승하자는 사인을 보고 너무 원망스러웠다. 더 있고 싶었다. 이렇게 조류가 심하고 이미 시간도 꽤 흘렀는데 출수를 원하지 않는 마음이라니 정말 오랜만에 느끼는 기분이었다. 누구나 올 수 있는 관광지가 아니라서 다신 올 수 없을지도 모른다는 아쉬움도 있었지만, 배 위에 오르며 내 마음을 채운 가장 커다란 감정은 희망이었다.

그동안 이렇게 많은 사람이 바다를 치료하고 새로운 보금자리를 만들기 위해 수많은 지원과 노력을 하고 있었는데도, 그 사실을 내가 몰라서 바다를 살릴 방법이 아예 없다고 생각했다. 물론 앞으로 내게 직접 바다숲 관리에 힘을 보탤 기회가 생긴다고 해도 그건 일회성 이벤트에 그칠 확률이 높다. 나는 해양학자도, 예산 집행에 관여하는 행정관료도 아니니 바다에 관한 연구나 정책에 미칠 수 있는 영향도 기대하기 어렵다. 그렇지만 바다를 경험하며 느끼는 감성과 에너지를 여러 사람들과 나누고 공감하는 것 그리고 이 소중한 일이 없었던 일이 되지 않도록 바다를 사랑하고 보호하는 방법이 있음을 알리는 것은 내가 잘할 수 있는 일이다. 나의 바다에게 내가 해줄 수 있는 것과 그 방법을 알 것 같다. 지금 이 순간, 이 글을 읽고 있는 소중한 당신, 이 길에 함께 해줘서 고마워요.

사막에서 꽃피운 제주 바다숲

출수

세상에서 가장 성공한 바다 덕후

"I see you."

전 세계 박스오피스 1위 영화 〈아바타〉에 등장하는 아름다운 가상의 세계, 판도라 행성의 토착 원주민인 나비 족의 인사말이다. 〈아바타〉 2편의 개봉 소식에 설레는 마음으로 찾은 극장에서 정작 내가 〈아바타〉 전편에 대해 기억하는 것이라곤 파란 외계 종족과 그들의 인사말 '아이 씨 유'뿐이라는 사실에 당황스러웠다. 구체적인 스토리 라인을 떠올리기에 13년은 꽤 긴 시간이지만, 그동안 나는 여러 인터뷰에서 황홀했던 다이빙 경험을 설명하며 '아바타 속 주인공이 된 기분이었다'는 표현을 종종 사용했는데 말이다.

그런데 어쩌면 영화 〈아바타〉는 아름다운 영상과 나비 족, '아이 씨 유', 이것이 전부일지도 모른다. '당신을 본다'는 의미의 그 말속에는 어떤 편견도 없이 상대를 있는 그대로 보고 상대의 존재와 영혼을 존중한다는, 너무도 귀한 가치가 담겨 있다.

제임스 캐머런 감독님은 영화 〈타이타닉〉과 〈아바타〉를 크게 성공시킨 것으로 유명하지만, 내게는 심오한 해양학자이자 바다 덕후의 이미지가 더 강하다. 세계에서 가장 깊은 곳인 마리아나 해구에 직접 개발한 잠수함을 타고 홀로 다녀온 세계 최초의 사람.* 그는 한 공개 강의에서 타이타닉호 이야기를 영화로 만들고 싶었던 진짜 이유는 심해에 빠져 있는 타이타닉호에 실제로 가보고 싶었기 때문이었다고 했다. 오랜 시간 꿈꿔왔던 소망을 자신의 전문 분야인 영화를 통해 이뤄내다니, 진정한 덕업일치덕業一致**다.

캐머런 감독님의 바다 사랑에 대해 알고 난 후, 왜 내가 울릉도 바닷속에서 어느 외계 행성 숲속 이야기인 〈아바타〉 1편을 떠올렸는지 자연스럽게 이해가 됐다. 영화 속 나비 족의 삶의 터전은 숲이었지만 그곳에는 바다 덕후 감독님이 바다에서 영감을 얻어 창조해낸 수많은 바다 생물이 컴퓨터 그래픽으로 구현되어 있었기 때문이었다. 내가 바닥에서 수면까지 뻗은 모자반 숲 사이를 다이빙 스쿠터를 타고 누비며 느꼈던 감동

* 마리아나 해구에서 가장 깊은 곳은 1만 99미터인 챌린저 딥Challenger Deep이다. 1960년 미 해군 대위와 해양학자가 심해 잠수정을 타고 이곳에 내려간 기록이 있지만 혼자서 내려간 최초의 기록은 2012년 제임스 캐머런 감독님이다.

** 자기가 좋아하는 열성적인 일을 직업으로 삼음.

은 나비 족의 자유로운 영혼과 자연을 사랑하는 마음 그리고 판도라 행성을 닮아 있었다. 그런데 〈아바타〉 2편의 부제는 '물의 길'이다. 대놓고 물이 영화의 핵심 공간이라고 말한다.

'아, 감독님이 이제 제대로 꿈을 펼쳤겠구나.'

앞서 이야기했던 것처럼 최근 몇 년 사이에 환경 문제가 시대적 화두가 되면서 OTT 서비스에는 해양생물과 바다 환경에 대한 콘텐츠도 늘어났다. 그중에는 정말 감동적인 양질의 콘텐츠도 있지만 그렇지 않은 경우도 있다. 실제 바다와 다르게 표현됐더라도 그것이 상상의 영역이 더해진 픽션 장르의 콘텐츠라면 다소 아쉽더라도 이해할 수 있다. 그렇지만 다큐멘터리는 다르다. 자본을 투자받기 위해 바다를 그저 소재로만 이용했다는 느낌이 드는 상업적 다큐멘터리를 볼 때면, '저건 가짜야. 진짜 바다를 아는 사람이라면 저렇게 표현했을 리가 없어' 하는 생각이 들어 속상하기도 하고, 저 막대한 자본이 무의미하게 낭비된 것이 아깝기도 했다. 그런데, 〈아바타 2-물의 길〉이라니! 진짜 바다 덕후, 해양전문가인 대장이 기술력과 상상력을 총동원해 물속 세상을 실감나게 그려낸 작품이겠지. 부푼 기대를 안고 코로나19로 한동안 가지 않았던 영화관을 정말 오랜만에 찾았다.

사실 극장에 가기 5주 전, 후방 충돌 교통사고를 당해 치료를 받고 있었다 처음에는 아픈 몸을 이끌고 기본적인 통원 치료를 받았지만, 며칠 후 몸 상태가 급격히 안좋아져서 MRI 검사를 받았고 결국 허리 디스크 파열 진단을 받았다. 병원 치료를 위한 잠깐의 외출 외에는 집 안에서 의자에 오래 앉아 있는 것조차 어려운 상태여서 러닝 타임이 세 시간 넘는 영화를 극장에서 보는 것은 너무 무리일 것 같았다. 그런데 남편에게 다이빙을 배운 교육생 커플이 꼭 우리와 함께 보고 싶다며 감사하게도 편하게 누워서 볼 수 있는 좌석을 예매해주었고, 그 덕분에 극장에 가게 됐다.

극장 좌석은 정말 편안했지만, 집에서 극장까지 이동하는 차 안에서의 시간과 주차장에서 극장까지 걷는 것은 아무래도 무리였던 것 같다. 영화가 시작되기도 전에 나는 이미 지쳐 있었고, 영화의 앞부분은 잘 기억나지 않는 13년 전 전편과 이어지는 이야기라서 몰입이 다소 힘들었다. 영화보다는 자꾸 허리 통증과 하지 전체로 퍼져나가는 저릿한 방사통에 온통 신경이 쓰였다. 정신력을 발휘해야 할 때쯤, 영화의 주인공 설리 가족이 숲을 떠나 물의 부족이 사는 세상으로 이동했다.

'아, 나 진짜 바다 좋아하는구나.'

가끔 그럴 때가 있다. 당연히 좋아한다는 걸 알고 있었지만,

내가 이 정도로 정말 이걸 좋아하는구나 인지하며 놀라는 순간. 숲에서 살아온 주인공 제이크 설리 가족이 낯선 수중생활에 적응해가는 모습과 함께 진정한 '물의 길'이 시작되던 그 순간이 바로 그랬다. 눈물이 왈칵 나면서 심장에서 몽글몽글하고 뜨거운 무언가가 넘실대는 느낌이 들며 나는 어디가 아팠던가를 이미 잊어버린 채 판도라 행성 속으로 빠져들었다.

판도라 행성의 물속에는 다양한 생물들이 살고 있다. 모두 실존하지 않는 가상의 생물들이지만 그중에는 우리에게 친숙한 해양생물을 떠올릴 수 있는 캐릭터들도 있다. 제임스 캐머런 감독님은 인터뷰에서 수중 생물들을 창조하는 일이 정말 즐거웠다고 했다. 얼마나 신났을까. 아마도 바다 덕후에게는 인간과 닮은 파란 나비 족의 외형을 디자인하는 일보다 혹등고래를 모티브로 한 '툴쿤'에 거북과 같은 갑피를 입히고 뿔을 다는 일이 더 즐거웠을 것 같다. 영화를 보고 난 후《아바타 그림 사전Avatar Visual Dictionary》이라는 책을 구매했다. 영화 속 생물 하나하나의 이름과 특징을 설명한 이 책에는 생물 창조에 담긴 캐머런 감독님의 열정과 사랑이 가득하다. 때론 창조주의 마음으로, 때론 진지한 학자나 디자이너로 생물의 외형과 습성을 만들어가는 과정에서 팀원들만이 공유했을 그 희열이 부러웠다.

〈아바타〉 2편의 스토리에 대해 혹평을 하는 사람도 있다. 단순하고 전형적인 서사에 예측 가능한 이야기라고. 그런데 내 생각은 조금 다르다. 감독님은 바다와 생물, 그리고 인간과의 관계에 대해 하고 싶은 이야기가 많았다. 그래서 어쩌면 다른 서사를 조금 더 간결하게 만들어 본인이 정말 하고 싶었던 이야기가 비집고 들어갈 공간을 남겨두고 싶었던 게 아닐까. 이야기하고 싶은 주제에 대해 너무 심오하게 집중적으로 가르치려 들면 거부감이 드는 인간의 마음을 잘 아는 이 스토리텔러는 쉽고 단순한 이야기 속에 정말 말하고자 하는 부분을 의도하지 않은 듯 슬쩍 그러나 강력하게 표현하는 법에 능숙한 세계적인 영화 거장 아닌가.

영화 속에는 '일루'라는 생물이 등장하는데 물속에서 나비족의 주된 이동수단으로 육상의 말과 같은 역할을 담당한다. 말을 처음 탈 때 어려운 것처럼 일루를 처음 타는 것이 설리의 두 아들에게는 쉽지 않지만 두 딸에게는 수월한 일로 그려진다. 영화의 설정상 특별한 영적 능력을 갖춘 것으로 보이는 킬리는 그렇다 치더라도, 여섯 살인 막내 투크마저도 용맹한 전사인 오빠들이 어려워하는 일루 타기를 바로 해내는 모습에서 나는 바다 덕후의 마음을 읽어낸 것 같아 괜히 혼자 좋았다.

'바다는 인간이 지배자라는 마음으로 군림하려고 할 때 절

대 마음을 열어주지 않는다. 교감하고 친구가 되려고 할 때 자애로운 내면으로 들어갈 수 있어.'

혹등고래를 모티브로 만들어진 종족 '툴쿤'은 영화에서 인간보다 높은 지능을 가진 존재이며 특히 감성을 주관하는 대뇌의 변연계가 인간보다 훨씬 발달해 섬세한 감성을 지닌 생물이다. 나비 족의 수화를 눈으로 읽을 수 있어 정교한 대화가 가능하고 서로 영적인 친구 관계를 맺을 수 있다.

내가 지금까지 바다에서 만난 생물 중 최고를 단 하나만 꼽으라면 주저 없이 혹등고래다. 혹등고래를 수중에서 직접 만났을 때 정말 좋으면서도 처음에는 그 거대함에 압도당해서 공포를 느꼈다. 그런데 시간이 흐르면서 이 커다란 생명체가 나를 인지하고 배려하고 있음이 느껴지는 기적 같은 찰나의 순간을 경험했다. 말로 설명하기 어렵지만 그 순간이 내게는 '바다에서 고래를 봤다'를 넘어서는 정말 귀한 선물이었다. 나의 짧은 숨, 전할 수 없는 마음이 아쉬웠던 그 시간. 바다 덕후 감독님도 나처럼 혹등고래와의 대화를 꿈꿔왔을까.

폭력을 사용해서는 안 된다는 규율이 있는 툴쿤 족은 공격할 힘이 있음에도 불구하고 인간의 무차별한 공격에 학살당한다. 그 장면에서는 정말 많이 울었다. 툴쿤의 뇌 속에 존재하는 '암리타'라는 물질이 인류의 노화를 정지시킬 수 있음을 안 학살꾼들은 고작 성인 팔뚝 정도 양에 불과한 액체를 채취하고는 툴쿤의 사체를 물속에 버린다. 그런데 이 잔인한 죽음은 상상 속 판도라의 생물인 툴쿤에게만이 아닌, 실제 지구의 고래, 돌고래, 상어가 겪고 있는 일이기도 하다. 전 세계 박스오피스 1위 기록 보유자, 바다 덕후 감독님은 바로 그 사실을 관객들에게 말하고 싶었던 것 같다.

숲의 부족이었던 설리 가족이 물의 부족인 멧카이야를 처음 찾았을 때 대부분이 그들에게 적대적이었지만 부족장의 딸인 츠이레야는 유일하게 호의적이다. 그런 츠이레야가 처음 물에 적응하는 호흡법을 알려줄 때 마음을 안정시켜주던 한 편의 시, 그리고 결정적인 순간에 다시 등장하는 '물의 길'에 바다 덕후의 '찐' 바다 사랑이 원액 100퍼센트로 담겨 있다. 그중 내 마음을 울렸던 두 문장을 소개하고 싶다.

The sea is around you and in you

(바다는 네 주위에 있고 네 안에 있어)

Water connects all things

(물은 모든 것을 연결해)

영화를 보고 나자 나비 족의 인사가 다르게 들린다.

"I sea you."

바다가 내게 가르쳐준 사랑과 희로애락, 세상을 다르게 보는 시각, 존재의 가치에 대한 고찰 등 그 수많은 의미와 과정을 한마디로 다 설명하긴 어렵다. 그러나 만약 '바다'가 동사라면 한 대상을 진심으로 탐구하고 존경하며 두려워하고, 존재하는 그 자체로 사랑한다는 마음을 내가 가진 최고의 숭고한 예를 담아 말하고 싶다.

"나는 너를 바다해."

부록

알아두면 재미있는 다이빙 사전

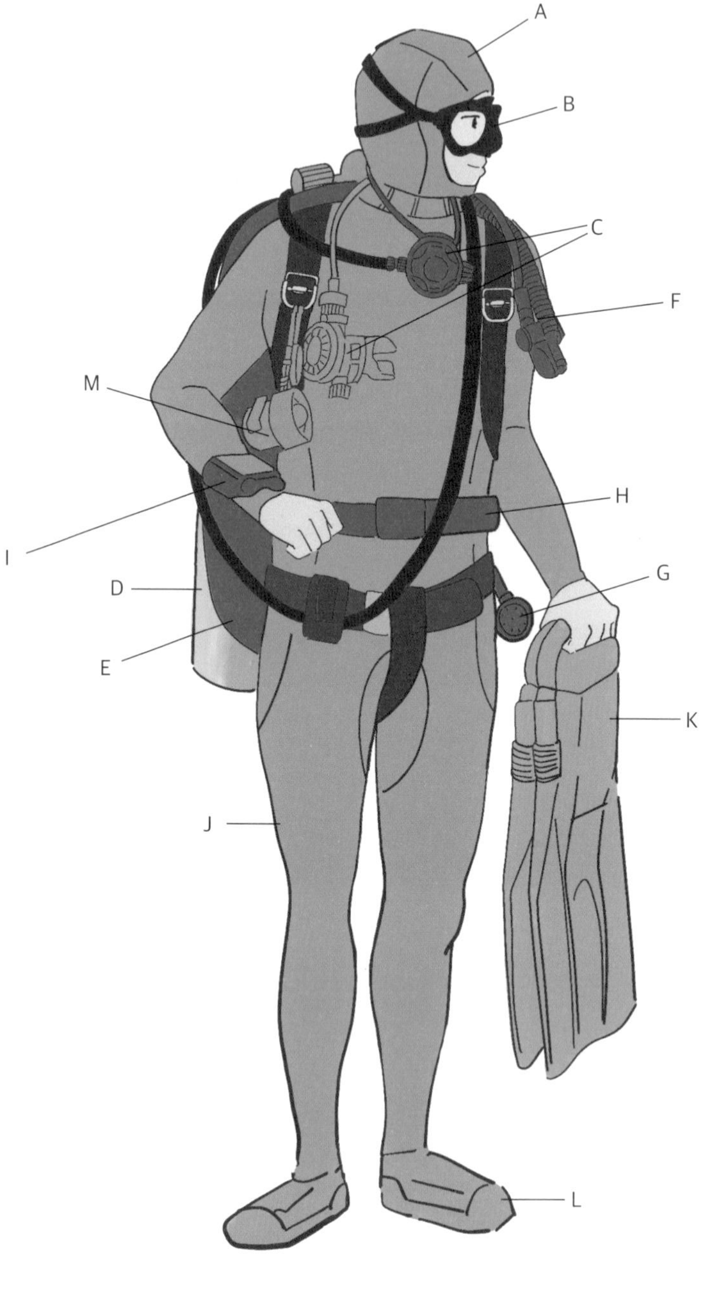
A
B
C
F
M
H
I
G
D
E
K
J
L

다이빙 장비

A. 다이빙 후드 Diving Hoods

다이빙할 때 머리에 쓰는 일종의 모자인데, 보통 눈썹 위 이마부터 턱 아래쪽을 감싸고 목 부분도 커버하기 때문에 모자보다는 바라클라바와 더 비슷한 형태에 눈코입이 노출된 모습이랍니다. 웨트슈트의 재질인 네오플랜으로 만들어진 것이 대부분이라 보온 기능이 있는데요. 웨트슈트처럼 두께가 다양해서 수온에 맞게 선택할 수 있어요(2, 3, 5, 7밀리미터 등). 보온뿐만 아니라 긁힘, 찔림 등의 위험으로부터 머리를 보호하고, 머리카락 끼임 사고도 방지할 수 있는 안전 장비입니다. 후드는 귀까지 덮이기 때문에 썼을 때 잘 안 들리고(일상 대화를 좀 더 크게 말하면 잘 들려요), 착용이 답답하다며 열대 바다에서 안 쓰는 다이버도 많은데요. 저는 보온과 안전을 위해 후드를 꼭 사용할 것을 적극 추천합니다! 다이빙풀에 입수할 때는 반드시 착용하라는 규정이 있는 곳이 대부분인데, 수영장에서는 머리카락 빠짐을 방지하는 것이 가장 큰 목적이라서 전용 후드가 아닌 수영모로 대체해도 무방합니다.

B. 다이빙 마스크 Diving Mask

수영할 때 착용하는 수경처럼 수중에서 볼 수 있게 해주는 안경이에요. 그러나 수경과 가장 큰 차이는 마스크 안에 코가 들어간다는 점이랍니다. 수심이 깊어질수록 수압이 강해지는데, 압력이 강해지면 기체의 부피는 줄어들어요. 마스크 안 기체가 압력을 받고 눈 주위를 압착하면 코로 숨을 내쉬어 압착을 풀어주어야 하거든요. 마스크의 투명창이 양쪽으로 나뉘지 않고 하나로 된 형태인 1안식, 뿔테 안경처럼 왼쪽과 오른쪽이 마스크 프레임으로 나뉘어진 형태인 2안식 마스크가 있어요. 해녀가 쓰는 동그랗고 커다란 타원형 마스크나 스키 고글 같은 생김새의 마스크가 1안식이에요.
풀 페이스 마스크는 마스크와 호흡기의 기능을 합쳐 입을 포함한 얼굴 전체를 가려주는데 이때는 육지에서처럼 코로 호흡이 가능할 뿐만 아니라 송수신기를 장착해 수중에서 대화도 가능하답니다. 마스크 압착을 풀어주는 별도의 노력도 필요하지 않아요.

C. 다이빙 호흡기 Diving Regulator

탱크에 호스와 연결해서 수중에서 숨을 쉴 수 있게 해주는 장비입니다. 숨을 들이쉬는 행위를 할 때만 기체가 빨려 들어오고 내쉬는 숨은 수중으로 배출되어요. 배출된 기체가 수중에서 방울방울 보이는 것을 '버블'이라고 해요. 호흡기는 탱크와 연결하는 부위를 1단계, 입에 무는 마우스피스가 달린 부분을 2단계라고 부르는데, 1단계 1개에 2단계 2개가 한 세트입니다.
2단계 2개 중 하나는 내가 주로 호흡하는 주 호흡기, 나머지 1개는 예비 호흡기인데요. 예비 호흡기는 주 호흡기에 문제가 생기거나, 나의 동료가 도움이 필요할 때 사용하는 것으로 다이빙할 때 필수로 장착해야 합니다. 혹시나 호흡기에 2단계가 하나만 달린 장비를 빌려준다면 그곳에서는 다이빙하지 않는 것이 좋습니다.

D. 다이빙 탱크 Diving Tanks **(실린더**Cylinders**)**

다이버가 수중에서 숨을 쉴 수 있는 압축된 기체가 들어 있는 용기를 말해요. 일반적인 레저용 다이빙에서는 대기 중과 같은 성분인 산소 21퍼센트, 질소 약 78퍼센트, 다른 성분 기체의 합 약 1퍼센트로 구성된 탱크를 사용하는데요. 21퍼센트보다 높은 비율의 산소가 포함된 기체를 엔리치드 에어enriched air 또는 나이트록스nitrox라고 불러요. 산소 비율이 높아지면 수중에서 머물 수 있는 시간이 길어지고 다음 다이빙까지 수면에서 휴식해야 하는 시간이 짧아지는 장점이 있습니다. 반면에 산소의 농도가 높아질수록 산소 중독의 위험 때문에 갈 수 있는 수심은 낮아진답니다. 일반적인 레크리에이셔널 다이빙이 아닌 테크니컬 다이빙 과정에서 산소 50퍼센트, 산소 100퍼센트 기체 사용을 배우고 훈련해요(산소 50퍼센트는 수심 21미터, 산소 100퍼센트는 수심 6미터보다 깊이 내려가면 위험합니다).

'산소통'이란 산소 100퍼센트 기체를 뜻하는 말이라서 일반적인 다이빙 탱크를 산소통이라고 부르는 건 완벽하게 잘못된 용어에요. 다이버라면 '산소통'이라는 잘못된 말에 알레르기처럼 격하게 싫어하는 반응을 보이니 용어 사용에 주의하세요. 다이빙이 등장하는 영화에서 배우가 분명히 산소를 뜻하는 단어 '옥시즌oxygen'이 아니라 '에어 탱크air tank'라고 말했는데도 자막이 '산소통'으로 표기될 때면 번역가님이 원망스러워져요. 산소의 비율과 상관없이 통칭할 때는 기체 탱크(기체 실린더, 기체통), 대기와 같은 산소 21퍼센트의 일반적인 다이빙 탱크를 지칭할 때는 기체 탱크나 공기 탱크라고 표현하는 것이 맞습니다.

E. 부력조절기BCD, Buoyancy Control Device

흔히 수영하지 못해도 다이빙을 배울 수 있다고 하는 이유는 바로 BCD 덕분인데요. 기체 탱크와 연결해 수중에서 기체를 넣고 빼며 뜨고 가라앉는 부력을 조절할 수 있어요. 재킷 형태(조끼형)와 배낭 형태인 백 플레이트형 등 다양한 모양이 있습니다. 기체로 부풀어 오르는 부분을 블래더bladder라고 하는데 재킷형이 아닌 배낭 형태 BCD의 블래더는 윙wing이라고 불러요.

F. 인플레이터 Inflator

BCD의 일부분으로 블래더에 달린 주름진 호스 뭉치입니다. 탱크와 연결된 이 주름진 호스 끝에는 2개의 버튼이 달려 있어 기체를 넣고 뺄 수 있어요. 인플레이터는 기체를 주입해 팽창한다는 뜻인데요. 호스에는 기체를 배출하는 메커니즘도 있지만 합쳐서 인플레이터라고 부르는 경우가 많아요. 두 버튼 중 인플레이터 버튼을 누르면 BCD 내부로 탱크 속 기체가 유입되고, 디플레이터 버튼을 누르며 호스 뭉치를 BCD의 블래더보다 윗쪽으로 들면 기체가 배출된답니다(기체는 뜨는 성질이라 호스가 아래를 향하면 디플레이터 버튼을 눌러도 기체 배출이 일어나지 않아요). 만약 기체 탱크의 기체를 다 사용해서 출수했더라도 수면에서 입으로 불어서 기체를 주입할 수 있는 오럴 인플레이션 시스템도 인플레이터의 필수 기능이에요.

G. 잔압계(게이지gauge**)**

내 기체 탱크에 얼마만큼의 기체가 들어 있는지 알려주는 장비예요. 탱크에 연결된 호스에 장착해 기체량을 알 수 있습니다. 일반적으로는 눈금과 바늘이 있는 동그란 아날로그 형태를 많이 사용하는데 전자식 숫자로 표기되는 것도 있어요(실제로 사용하는 건 많이 못 봤지만, 다이빙을 소재로 한 영화에서는 남은 기체량을 잘 표현하기 위해 종종 사용하더라고요).

압축공기를 표시하는 단위로는 '바bar'를 사용하는데 보통 다이빙 풀에서는 150바, 다이빙 리조트에서는 200바를 충전해줍니다. 수중에서 기체가 얼마나 남았는지 잔압계를 수시로 확인해야 하고요. 보통 레크리에이셔널 다이빙을 할 때는 70바가 남았을 때부터 상승을 천천히 준비해서 안전정지를 마치고 출수했을 때 50바 정도 남는 것이 안전합니다.

H. 웨이트 벨트Weight Belt

다이빙 슈트는 부력이 있어서 하강하려면 납덩이가 필요해요. 이 납덩이를 웨이트라고 부르고 웨이트를 엮어 허리에 벨트 형식으로 착용한 것이 웨이트 벨트랍니다. 벨트 없이 웨이트를 착용할 수도 있는데 BCD의 웨이트 주머니에 넣거나 넥 웨이트neck weight, 발목 웨이트처럼 긴 원통형의 유연한 재질 안에 작은 금속 알갱이로 무게감을 더해 목걸이나 발찌처럼 착용할 수 있는 형태도 있어요. 넥 웨이트는 프리다이빙에서 사용하고, 스쿠버 다이빙에서는 사용하지 않아요. 발목 웨이트는 수중 수평 자세에서 발이 위로 뜨는 사람들이 이를 보완하기 위해 착용하는 경우가 가끔 있는데요. 웨이트는 위험 상황에서 수면으로 상승하기 위해 쉽게 풀러 버릴 수 있는 퀵 릴리스quick release가 중요하기 때문에 발목 웨이트는 개인적으로 추천하지 않습니다. 강사의 도움으로 웨이트의 위치나 전체적인 장비 세팅을 정교하게 하면 발이 뜨는 어려움도 해결할 수 있어요.

I. 다이빙 컴퓨터 Diving Computer

다이빙 수심, 다이빙 시간, 온도, 상승 속도, 감압 시간 등 다이빙에 필요한 필수 정보를 알려주는 장비입니다. 상승 속도가 빨라지거나 다이빙을 마무리할 때 질소를 배출할 시간을 충분히 채우지 않으면 소리나 색깔 변화로 경고해요. 다이버마다 이동한 경로의 수심이 다르고 며칠째 다이빙인지, 그날의 몇 번째 다이빙인지 각자의 다이빙 히스토리가 다르기 때문에 반드시 1인 1컴퓨터를 사용하고 컴퓨터의 지시에 따라야 합니다. 반복 다이빙을 할 때 다이버가 지켜야 할 수심과 시간은 그 전 다이빙 기록에 영향을 받기 때문이에요. 동그란 손목시계와 비슷한 크기와 모양도 있고 더욱 많은 정보와 정교한 세팅이 가능한 손등 정도 크기의 직사각형도 있어요. 손목이 아닌 호흡기에 장착하고 컴퓨터를 보고 싶을 때 시선을 조금만 아래로 떨구면 마치 SF영화 속 로봇의 시선 장면처럼 눈앞에 디지털 숫자들이 펼쳐지며 정보를 볼 수 있는 컴퓨터도 있답니다. 마이크로 LCD와 확대경의 원리로 만들어진 이 매력적인 컴퓨터를 처음 보고 참 신기해했던 기억이 나요.

J. 다이빙 슈트 Diving Suit

그림에서처럼 몸에 딱 밀착하며 물에 젖는 슈트를 웨트슈트라고 불러요. 웨트슈트는 주로 네오플랜 소재로 2밀리미터 7밀리미터까지 두께가 다양한데요. 다이버보다 움직임이 훨씬 많은 서퍼의 웨트슈트는 0.5밀리미터, 1밀리미터 등 더 얇은 종류도 있어요. 수온 29~30도 정도의 열대 바다 다이빙에는 2~3밀리미터 슈트가 적당합니다. 사람에 따라 추위를 느끼는 정도가 달라서 열대 바다에서는 슈트 없이 래시가드나 반바지를 입고 다이빙하는 경우도 있는데요. 반복 다이빙은 체력과 체온을 떨어뜨리기 때문에 보온과 피부 보호에 좋은 전신 슈트를 꼭 입기를 강력 추천합니다.

K. 다이빙 핀Diving Fin

다이빙은 수영과 달리 유영할 때 팔과 손을 사용하지 않습니다. 발에 착용한 핀으로 전진, 후진, 회전이 모두 가능하답니다. 다이빙 핀은 초보자용인 비교적 짧은 길이의 플라스틱 핀부터 100퍼센트 생고무로 된 무겁고 추진력이 좋은 핀까지 모양과 소재가 아주 다양해요. 발뒤꿈치 부분이 스트랩으로 되어 있어서 다이빙 부츠를 신고 착용하는 오픈 힐 핀open heel fins, 맨발로 풋 포켓에 발을 넣는 풀풋 핀full foot fins 등이 있어요. 프리다이버는 스쿠버 다이빙 핀보다 더 폭이 좁고 길이는 두 배 정도 되는 롱핀을 많이 사용하는데 소재는 플라스틱, 유리섬유fiber glass, 카본 등이 있답니다.

L. 다이빙 부츠Diving Boots

오픈힐 핀을 착용할 때 신는 신발이에요. 발을 보호하고 바닥에는 미끄럼 방지도 되어서 입수하는 곳까지 신고 걷기에 안전하고 편하답니다. 수온에 따라 두께를 선택할 수 있고, 보통 발목까지 오는 숏부츠가 3밀리미터, 발목 위로 올라오는 롱부츠는 5밀리미터예요. 발의 보온과 피부 보호를 위해 부츠 안에 신는 다이빙 삭스Diving Socks도 있어요. 피부가 약한 분들은 반복 다이빙으로 핀을 계속 차면 발목 부위가 쓸리는 경우가 많아서 다이빙 삭스를 챙기면 좋습니다.

M. 다이빙 라이트 Diving Light

수중에서 사용하는 손전등입니다. 수심이 깊어질수록 수면에서 내려오는 태양 빛의 양이 줄어들기 때문에 바닷속은 다소 어둡고 눈에 보이는 색깔도 다르답니다(바닷속에서는 빨간색부터 사라지기 때문에 빛이 없는 상태에서 피가 나면 검은색에 가깝게 보여요). 밝은 낮에 다이빙할 경우 필수 장비는 아니지만, 위험 상황에 신호할 수 있고 자연의 진짜 색이 궁금할 때 유용하게 사용할 수 있어서 다이빙할 때 늘 몸에 지니길 추천합니다. 나이트 다이빙에서는 물론 필수 장비랍니다. 수중 영상을 촬영하는 대부분의 다이버도 라이트를 사용하는데 이때는 작은 원의 빛이 멀리 뻗어 나가는 직선형 라이트가 아니라 넓게 빛이 퍼지는 방사형 라이트를 사용해요. 사진이나 영상 조명도 그렇듯 10만 원 안쪽의 저가형부터 수백만 원을 호가하는 고성능의 라이트도 있습니다.

드라이슈트Dry Suit

찬물 다이빙을 위해 고안된 특수 슈트입니다. 드라이슈트는 몸 안에 물이 유입되지 않아 보온에 탁월한데요. 목과 손목은 물이 유입되지 않는 라텍스나 실리콘과 같은 소재라서 피부에 밀착되고 발목에는 부츠가 붙어 있어요. 상·하체가 연결된 일체형인데요. 가슴이나 등에 있는 길고 큰 지퍼를 열고 발부터 부츠에 넣어 슈트를 상체까지 올린 후 손을 넣고 마지막에 머리를 넣은 후 지퍼를 닫습니다. 물이 유입되지 않기 때문에 슈트 안에 내피를 입을 수 있고 내피의 두께는 수온에 맞게 선택합니다. 드라이슈트는 피부와 밀착되는 웨트슈트와는 다르게 슈트와 내 몸 사이에 기체가 있어서 수압에 따라 부피가 달라져요. 수심이 깊어지면 슈트 내부 기체의 부피가 줄어들며 몸에 압착이 오기 때문에 슈트를 기체 탱크와 연결해서 수심이 낮아질 때마다 적절한 양의 기체를 넣어줘야 해요. 반대로 상승할 때는 슈트가 부풀어 오르기 때문에 기체를 적절하게 배출해주어야 급상승하지 않을 수 있어요. 우리나라처럼 수온이 아주 낮은 바다 환경에서는 가장 효용이 높고 사계절 내내 다이빙을 가능하게 만들어주는 좋은 장비지만, 다른 기본 장비보다 가격이 매우 높고 반드시 교육을 받은 후 착용해야 한답니다.

SMBSurface Marker Buoy

수면으로 상승을 시작하기 전, 다이버가 수중에 있음을 알리기 위해 수면으로 쏘아 올리는 긴 막대기형 튜브입니다. 주로 주황색을 많이 사용해서 다이빙 소시지라고도 불려요. 다이빙 중에는 기체가 들어 있지 않은 상태로 돌돌 말아 매달고 다니다가 상승 전에 기체를 불어넣으면 연결된 라인이 풀리면서 수면으로 솟아오른답니다. 이때 연결된 라인은 동그란 실타래에 풀고 감기 쉽게 만들어진 형태인데 다이빙 스풀spool이라고 해요. 투어에서는 보통 현지 가이드가 SMB를 담당하기 때문에 SMB를 안 가져가거나, 갖고 있어도 수중에서 제대로 불어 수면으로 쏘아 올리는 방법을 잘 모르는 다이버도 많아요. 그렇지만 기초 과정에서 배우는 기술이고, 만약 팀원과 헤어지게 되었을 때 구조신호를 할 수 있는 정말 중요한 장비라서 1인 1SMB를 꼭 소지하고 본인이 잘 사용할 수 있도록 훈련해야 합니다.

수중 스쿠터DPV, Diver Propulsion Vehicle

다이빙 실린더처럼 동그랗고 긴 금속 원형의 모양에 모터가 달려 있고, 전원을 켜고 동작시키면 빠르게 물속을 헤치며 나갑니다. 핀 킥을 할 필요가 없고 킥으로 전진하는 속도와 비교가 되지 않게 빨라서 조류를 거스르거나 넓은 반경을 크게 돌아보고 싶을 때 아주 유용해요. 매우 비싸고 무거운 장비이지만 정말 신세계를 느낄 수 있어서 스쿠터가 있는 리조트에 간다면 한번 체험해보는 것을 추천합니다! 그러나 부력 조절을 잘하지 못하면 스쿠터를 잡고 수면으로 솟아오르거나 바닥으로 내리꽂힐 수 있으니 언제나 전문가와 함께 주의를 기울여 사용하세요.

웨트노트Wet Note

수중에서도 글씨를 쓸 수 있어요! 보통 노트와 연필 세트로 이루어져 있는데 연필은 수중에서 잃어버리지 않도록 실이나 긴 고무줄 등으로 노트와 연결되어 있어요. 수신호만으로는 긴밀한 소통이 어려워서 교육 중에 간단한 설명을 하거나, 새로운 생물의 이름을 알려줄 때 요긴하게 사용합니다. 현지 가이드들은 간단하게 물고기 이름을 썼다 지우는 용도로 자석식 메모판도 많이 사용해요. 비교적 긴 문장을 정교하게 적고 싶고, 그 내용을 출수해서도 확인하고 싶다면 웨트노트가 좋습니다. 일반 노트나 연필과 비교하면 엄청나게 비싸지만 쓰고 나서 매직 블록으로 문지르면 지워져서 재활용이 가능하다는 꿀팁!

다이빙 용어

압력 평형 Equalizing

수중에서는 수심에 따른 기압의 변화가 대기 중 고도에 따른 변화보다 커요. 우리가 걸어 다니는 지표면은 1기압인데 여기서 1,000킬로미터를 올라가면 약 0.9기압이에요. 1,000킬로미터에도 약 0.1기압의 변화가 있는 것이죠. 그런데 수중에서는 수심 10미터마다 1기압씩 증가해서 수면이 1기압, 수심 10미터는 2기압, 수심 20미터는 3기압으로 압력의 변화폭이 크답니다. 우리 몸의 대부분은 액체와 고체로 이루어져 있어 이런 압력 변화를 별로 느끼지 못하지만, 귀와 폐 등 기체로 이루어진 공간은 달라요. 기체는 압력을 세게 받을수록 부피가 줄어들어서 압착이 오거든요. 폐는 호흡기를 통해 계속 숨을 쉬기 때문에 압착으로 고통받지 않지만, 귀는 압착을 풀어주지 않으면 아파요. 그래서 거의 매 1~2미터 깊어질 때마다 압력으로 밀린 귀 내부 공간에 기체를 불어넣어 압착을 풀어주는데 이를 압력 평형이라고 합니다. 몇 가지 방법 중 가장 대중적인 것은 코를 엄지와 검지로 꼭 잡아 구멍을 막고 코를 풀듯이 숨을 불어 내쉬는 발살바balsalva 방식이에요. 코로 나가야 할 기체가 콧구멍이 막혀 있으니 귀 쪽으로 빠지면서 눌려있던 고막을 펴준답니다. 다이버들은 대화 중에 압력 평형을 나타내는 영어 단어 '이퀄라이징(이퀄)'이라는 말을 더 자주 사용해요. (예: "이퀄라이징이 잘 안 돼요.", "하강할 때 이퀄 신경 쓰면서 천천히 해요.")

중성부력Neutral Buoyancy

수중에서 위로 떠오르지도 아래로 가라앉지도 않고 그 수심을 유지하는 상태를 말합니다. 중성부력은 정밀하게 완성하기까지 어렵고도 오랜 훈련이 필요하지만, 동시에 다이빙의 가장 기본이 되는 상태이기도 해요. 급상승, 급하강을 방지하기 위해서도 중요하고 수중 생물들을 다치지 않게 하기 위해서도 바다에 나가기 전 수영장에서 반드시 훈련해야 합니다. 누구나 어느 분야나 초보자는 어렵고 힘들어요. 초보자 때는 자신의 의지에 따라 뜨거나 가라앉을 수 있도록 방법을 잘 익혀 넓은 구간 안에서 중성부력을 지켜나가면 됩니다. 다이빙 초고수는 깊은 수심에 다녀온 사람이 아니에요. 자신이 머물고자 하는 수심에서 상하전후좌우 어느 방향으로도 움직이지 않는, 정밀한 중성부력을 완성해가는 것이 진정한 다이빙 초고수입니다.

안전정지Safety Stop

다이빙을 할 때는 수심이 깊어지면 압력이 세지는 만큼 한 번의 호흡 안에 더 많이 압축된 공기가 체내에 들어와요. 따라서 몸속에 쌓인 질소를 적절하게 배출하지 않고 수면으로 상승하면 감압병의 위험에 노출됩니다. 일반적인 레크리에이셔널 다이빙은 이렇게 질소를 몸에서 배출해내는 감압 과정이 별도로 필요하지 않은 수심과 시간 안에서 진행됩니다. 그래서 무리하게 빨리 상승하지만 않는다면 체내에서 기체를 빼내기 위해 수중에 머무는 별도의 시간이 필요하지 않아서 '무정지 다이빙'이라고 부릅니다. 그렇지만 무정지 다이빙에서도 만약을 위해 출수 전 수심 약 3~6미터 사이에서 3분 정도 머무는 시간을 갖는 것이 일반화되어 있는데 이것을 안전정지라고 불러요. 각자의 컴퓨터가 안전정지로 권고하는 시간이 그 다이버의 다이빙 히

스토리(수심, 반복 다이빙 등)에 따라 다르므로 팀원 중 마지막 한 사람의 컴퓨터가 안전정지 시간이 0초가 될 때까지 다 같이 머무는 경우가 많습니다. 안전정지 중에는 그 수심대에 존재하는 예쁜 산호와 물고기들을 보느라 시간 가는 줄 모르고 보내는 때도 있지만, 망망대해에서 팀원들과 SMB만 보여 지루하게 보내야 할 때도 있어요. 카메라가 있는 사람들은 카메라를 배에 전달하기 쉽게 렌즈 커버를 씌우거나 넓게 펴진 수중 라이트를 정리하기도 하고, 탱크를 여러 개 가지고 다이빙한 사람들은 보트에 바로 전달하기 쉬운 위치와 형태로 탱크를 이동하여 달아두는 등 출수에 필요한 조치를 하는 시간이에요.

비행금지 시간 No-fly Time

다이빙 후 질소가 체내에서 완전히 빠져나가기 전에 비행기를 타고 높은 고도에 올라가면 기압이 낮아지면서 체내의 기체가 팽창할 위험이 있어요. 그래서 다이빙 후 일정 시간 동안은 비행기에 탑승하지 않을 것을 권고합니다. 단 한 번 다이빙했을 때는 최소 12시간, 2회 이상의 반복 다이빙 후에는 최소 18시간 동안 비행기를 타지 않아야 하며 24시간 이상 휴식을 권장합니다.

버디Buddy

다이빙하기 전 수중 짝꿍이 정해지는데 이 짝꿍을 버디라고 불러요. 여러 명이 팀으로 다이빙을 같이 할 때도 그 안에서 1:1 버디가 정해져 있답니다. 버디는 입수할 때 서로의 장비 체크를 돕고, 수중에서도 가까운 거리에 위치하며 서로의 보디가드가 됩니다. 강사나 현지 가이드가 있더라도 팀 전체를 인솔하기 때문에 팀원 개개인의 어려운 상황에 즉각적으로 대처하기가 물리적으로 어려울 수 있어요. 그래서 내 곁을 지키는 버디는 아주 중요한 존재랍니다. 혼자 다이빙 투어에 참여한 사람이나, 홀수 구성원의 팀이면 처음 보는 사람과 버디가 되기도 해요. 위급 상황에서 나를 구해줄 수 있는 짝꿍이니까 버디의 다이빙 경험과 실력도 물론 중요하지만, 바닷속에서는 다이버마다 좋아하는 것과 다이빙 스타일이 다르기 때문에, 나와 비슷한 성향의 버디와 함께하면 그 다이빙이 좀 더 즐겁고 편안할 거예요.

로그북Log Book

다이빙 장비를 착용하고 입수해서 하강 후 다시 출수하는 과정을 1로그로 계산해요. 제가 속한 단체 PADI에서는 강사가 되는 시험에 응시하기 위해서는 최소 100로그가 필요합니다. 로그북은 로그에 대한 기록인데 다이빙했던 환경과 수중에서 경험한 것, 관찰한 것들을 적는 노트에요. 날짜, 장소, 다이빙 포인트 이름, 날씨, 기온, 수온, 다이빙 입수 시각, 다이빙한 시간, 착용한 장비, 수중 조류 등을 기록해요. 다이어리 형식으로 기본 정보를 적는 공간이 있고 커다란 공란에 수중에서 있었던 일들을 자유롭게 일기처럼 적는 경우가 많습니다. 최근에는 로그북 어플도 많아서 손으로 쓰지 않고 휴대폰에 입력하는 다이버도 볼 수 있어요. 수중에서 만난 해양생물을 손으로 그리는 것도 다이버의 즐거움 중 하나이기에 아날로그 노트를 좋아하는 다이버도 많지요. 로그북은 단순히 추억 기록의 의미도 있지만, 같은 바다를 다시 방문하거나 비슷한 환경의 바다에 갈 때 예전에 내가 사용한 장비와 웨이트 무게 등을 확인할 수 있고, 주의점 또한 상기할 수 있어서 도움이 됩니다. 강사 시험을 보기 위한 100로그도 100개의 로그북 기록을 확인하는 방식이에요. 아마추어 다이버는 로그북 작성

후 함께했던 인솔 강사나 현지 다이브 마스터의 사인을 받고 다이빙 리조트 도장을 찍는데, 그 날짜, 그 포인트에서 다이빙했다는 것을 인증받는 절차랍니다.

PADIProfessional Association of Diving Instructors

미국 캘리포니아에 본사를 둔 PADI는 전 세계에서 가장 많은 다이빙 회원을 보유한 다이버 기관입니다. 2023년 현재 2,900만 개의 자격증을 발급했고 매년 100만 개 이상의 새로운 자격증이 발급됩니다. 전 세계 186개국에서 운영하고 있으며 6,600여 개의 다이브 센터와 리조트가 있어요. 저는 미국 본사에서 한국을 대표하는 홍보대사다이버AmbassaDivers로 2019년 임명되어 지금까지 활발히 활동하고 있습니다. 단체별로 레벨업 과정의 세부 커리큘럼과 통과 기준이 다른데 PADI는 재밌고 안전한 다이빙을 추구하지만, 강사 시험만큼은 매우 엄격해요. 강사 시험을 치르기 위해서 필수로 강사개발과정 프로그램을 이수해야 하고 시험은 다양한 과목을 이틀에 걸쳐 응시해요. 5과목의 이론 시험은 과목별로 75점 과락이 있어서 총점이 높더라도 한 과목에서 실수하면 통과하지 못합니다. 그 외에도 발표 수업, 수영장과 바다에서 이뤄지는 다양한 테스트들이 있는데 모든 과목에서 합격점을 받아야 합니다. 다른 다이빙 단체 중에는 합격과 탈락을 가르는 시험 없이 강사 교육 과정을 수료하면 강사 자격을 부여하는 곳도 있습니다.

PADI는 강사 시험 응시료만도 약 100만 원이고 시험 합격 후 각종 등록비를 합하면 160만 원 이상이 들어요(2022년 12월 호주 달러 기준). 강사 시험 전의 강사개발과정은 프로그램을 진행하는 코스디렉터에 따라 다르지만 대략 300~400만 원 수준입니다. 교육비와 시험

참가비용이 대단히 큰 의미는 아닐 수 있지만, 적어도 준비가 안 된 사람이 그냥 한번 해볼까 하는 마음으로 참여하기는 쉽지 않다는 점, 그리고 PADI 본사 직원인 시험 감독관이 평가하며 전원 합격이 아니라 탈락자가 발생하는 엄격한 시험이라는 점에서 대외적으로도 공신력을 인정받고 있습니다.

오픈 워터 다이버 Open Water Diver

PADI의 다이빙 입문자 코스인 오픈 워터 다이버 코스를 이수하고 이론 시험에 합격하면 주어지는 자격입니다. 최근에는 이론 수업이 온라인 교육으로 대체되어 오프라인으로 수업할 때보다 전체 코스 이수 시간이 훨씬 단축되었어요. 수영장에서 다이빙에 필요한 기초 기술들을 익힌 후 바다에서 실전 훈련을 합니다. 다이빙을 안 해본 사람들이 처음 바다와 만나는 과정이므로 배워야 할 기술의 양이 상대적으로 많습니다. 하지만 좋은 강사님과 시간의 여유를 가지고 배운다면 아주 재밌고 감동적인 시간일 거예요. 해외 리조트에서는 2박 3일의 일정으로 진행하는 경우가 많습니다. 원래 오픈 워터란 '개방 수역'을 뜻하는데 수영장처럼 인공적으로 제한되어 시야, 평온함, 수심 등이 일정한 상태인 '제한 수역'의 반대 개념이에요. 그런데 오픈 워터 다이버라는 말이 길다 보니 제일 기초 수준의 다이버를 오픈 워터라고 줄여서 부르는 경우도 많습니다. (예: 제 친구는 오픈 워터예요.)

패디 레벨 업PADI Level Up

오픈 워터 다이버 이후 레벨업 과정은 어드벤스드 오픈 워터 다이버, 레스큐 다이버, 다이브 마스터, 강사의 순서입니다. 강사는 강사 시험 합격 후에 가르친 학생 수와 여러 교육, 성과를 더해 단계가 업그레이드되며 총 6단계입니다. 가장 윗 단계는 코스 디렉터Course Director라고 부르는데요. 줄여서 CD라고 호칭합니다. 1년에 단 두 번, 전 세계 상위 30여 명을 서류로 선발해 10여 일간의 일정 동안 훈련과 테스트를 거친 후 주어지는 자격입니다. 강사개발과정을 진행할 자격이 주어지고 강사의 최고 단계인 만큼 '강사님' 대신 'CD님'이라고 불러요.

사이드마운트Sidemount

다이버의 모습을 상상하면 대부분 등에 다이빙 탱크를 메고 있는 모습일 거예요. 사이드마운트는 등이 아니라 겨드랑이부터 골반 라인으로 몸 양쪽에 탱크를 장착하는 방식입니다. 동굴의 좁은 구간을 다이빙할 때 적합하도록 고안되었지만, 여러 장점이 있어서 동굴이 아닌 넓은 바다에서도 이 방식을 사용하는 다이버가 많아지고 있습니다. 일단 몸 양쪽에 탱크를 장착하니 기체량이 두 배가 되어 마음이 편안해요. 또 등에 탱크가 달려 있을 때보다 목의 움직임이 자유롭습니다. 수면에 맨몸으로 뛰어든 후 탱크를 받아 장착하는 방식에는 장단점이 모두 있는데요. 무거운 탱크를 메고 일어설 필요가 없어 힘이 약한 다이버들에게 좋은 반면, 조류가 흐르고 너울이 심한 수면에서 호흡기 없이 장비 장착을 시작해야 하므로 충분히 훈련되기 전까진 고생스러울 수 있어요. 또한 탱크를 탄성이 있는 번지줄로 장착하다 보니 등에 메는 것과는 다르게 장착한 채로 일어서기가 힘들어요. 그래서 입출수 시 탱크를 내려주고 전달받을 선상 크루가 고생스럽다는 점, 기상 상황이 안 좋을 때 입출수에 시간이 걸리는 점은 단점이에요. 완벽하게 분리된 2개의 탱크이기 때문에 만약 1개의 탱크와 호흡기가 고장이 나더라도 나머지 1개로 안전하게 다이빙을 마칠 수 있다는 것은 큰 장점입니다. 또 등에 메고 있는 탱크는 내 눈에 보이지 않지만 사이드마운트 방식은 탱크와 호흡기의 연결 부위인 밸브가 눈에 보이고 손에 잡히는 위치에 있어서 문제 상황을 빠르게 인식하고 대처할 수 있다는 것도 장점이에요. 한편, 등에 탱크를 메는 방식은 백마운트라고 부릅니다.

레크리에이셔널 다이빙 Recreational Diving

레저를 위해 즐기는 대부분 다이빙은 레크리에이셔널 다이빙에 속해요. 앞서 언급한 체내 기체 배출을 위해 특정 수심에서 머물러야 하는 감압이 필요하지 않은 무정지 다이빙의 수심과 시간 내에서 이루어집니다. 일반적인 레크리에이셔널 다이빙의 한계 수심은 40미터예요. 특별한 과제 없이 관광하며 즐기는 다이빙은 펀 다이빙이라고 부릅니다.

테크니컬 다이빙 Technical Diving

레크리에이셔널 다이빙의 범주를 벗어난 다이빙은 넓은 의미에서 테크니컬 다이빙이라고 부를 수 있어요. 산소 50퍼센트 이상의 기체나 산소와 질소 외에 헬륨 등 다른 기체를 혼합해서 사용하는 경우도 테크니컬 다이빙 교육을 받아야 해요. 오버헤드 환경이란 머리 위가 막혀 있다는 뜻으로 자신이 원할 때 수직으로 상승해서 바로 출수할 수 없는 환경을 말하는데요. 동굴, 아이스, 난파선 등 입수한 곳을 다시 찾아가야만 상승할 수 있는 오버헤드 환경에서의 다이빙도 넓은 의미에서 테크니컬 다이빙에 속합니다. 물론 동굴, 아이스, 난파선 다이빙은 인솔 가이드와 함께하는 레크리에이셔널 다이빙의 범주에서 투어 상품으로 개발되어 많은 다이버가 즐기고 있어요. 그러나 반드시 그 위험도와 위급 상황 시 대처 방법에 대해 주의를 기울여야 합니다. 일반적으로 테크니컬 다이빙은 줄여서 텍 다이빙이라고 부르는데 깊은 수심으로 내려가기 위해 배우는 과정이에요. 텍딥tec deep 과정에서는 수심 50미터에 내려가기 위해 공기탱크 2개, 산소 50퍼센트 탱크 1개, 산소 100퍼센트 탱크 1개, 총 4개의 탱크를 지니고 입수하는데요. 수중에서 이 기체 탱크를 다루려면 이론 수업과 훈련을 받아야 합 니다. 더 낮은 곳으로 가기 위해서는 트라이믹스trimix라는 헬륨, 산소, 질소로 구성된 혼합기체 탱크를 다루는 훈련이 더해집니다. 텍딥 과정까지 마친 저는 트라이믹스를 배우고 싶은데, 가격이 천정부지로 치솟아 200바 충전된 한 탱크에 160만 원이라는 어마어마한 헬륨 값 때문에 엄두를 못 내고 있어요(헬륨이 덜 비싸던 시절에 배워뒀어야 했어요).

브리핑Briefing

다이빙하기 전 수중에서 진행될 사항들에 대해 이야기하는 것을 브리핑이라고 불러요. 브리핑 중에는 교육 브리핑과 투어 중 포인트 브리핑이 있어요. 다이빙 교육은 수중에서 자유롭게 말할 수 없어서 입수 전에 상세하면서도 기억하기 쉬운 브리핑이 필요하고, 교육생도 브리핑 내용에 집중해야 교육이 더 즐겁고 원활하게 진행될 수 있습니다. 투어 중 포인트 브리핑은 이번에 입수하게 될 포인트에 대해 현지 가이드가 설명해주는 시간이에요. 포인트 이름, 수심 몇 미터에서 몇 분 동안 다이빙할 것인지, 집중해서 찾아봐야 할 생물이나 어떤 생물을 만날 거라 기대할 수 있는지, 팀을 잃어버렸을 때 어떻게 해야 하는지, 공유할 몇 개의 수신호, 입출수 방법 등에 대해 이야기합니다. 아무리 다이빙 실력이 좋다고 해도 바다는 변화무쌍한 곳이기 때문에 매일 같은 곳에 입수하는 현지 가이드의 말에 귀 기울이고 브리핑을 꼼꼼하게 듣는 것이 정말 중요합니다.

디브리핑Debriefing

다이빙이 끝난 후 수중에서 있었던 일에 대해 담당 강사가 되짚어주는 시간이에요. 주로 교육 다이빙이나 교육생들을 인솔한 펀 다이빙 후 인솔 강사가 수중에서의 훈련 과정이나 교육생들이 기억해야 할 부분에 관해서 설명하는 시간입니다. 브리핑이 중요한 만큼 다이빙이 끝난 후 디브리핑에도 귀 기울이고 다음 다이빙을 준비한다면 실력 향상과 안전 다이빙에 큰 도움이 될 거예요.

이제 내려가볼까요?

1판 1쇄 발행 2024년 1월 15일

지은이 · 최송현
펴낸이 · 주연선

(주)은행나무
04035 서울특별시 마포구 양화로11길 54
전화 · 02)3143-0651~3 | 팩스 · 02)3143-0654
신고번호 · 제 1997—000168호(1997. 12. 12)
www.ehbook.co.kr
ehbook@ehbook.co.kr

ISBN 979-11-6737-389-2 (03810)